너를
안은 후에

너를 안은 후에

초판 1쇄 찍은 날 | 2018년 10월 19일
초판 1쇄 펴낸 날 | 2018년 10월 31일

지은이 | 문희
펴낸이 | 예경원

편집 | 주승아

펴낸곳 | 예원북스
등록번호 | 제396-2012-000132호
등록일자 | 2012. 7. 25
YRN | 제1-0235호

주소 | 경기도 고양시 일산동구 호수로 646-24 위너스21-Ⅱ 206A호 (우) 10401
전화 | 031-819-9431 팩스 | 031-817-9432
http://cafe.naver.com/yewonromance
E-mail | yewonbooks@naver.com

ⓒ 문희, 2018

ISBN 979-11-89564-17-9 03810

YEWONBOOKS
ROMANCE STORY

너를
안은 후에

문희 장편 소설

Contents

프롤로그

1월은 새해라서, 2월은 맹추위로, 3월은 입학식으로, 4월은 벚꽃이 화사하게 핀 봄이, 5월은 아름다운 신부가 생각이 되는데, 6월은 1년 중에 가장 가운데로 아무런 생각이 없는 달이다. 굳이 생각을 하자면 전쟁?

너무 격하게 멀리 갔다는 생각이 들자 은새의 입가에 피식 웃음이 났다. 이렇게 거창한 생각을 하는 이유는 다름 아닌 오늘 6월 15일이 바로 은새의 첫 월급날이기 때문이었다. 남들은 유난을 떤다고 말할 수도 있지만 그녀에게는 아주 특별한 날이었다.

무남독녀 외동딸인 은새는 어렸을 적부터 손에 물 한 방울 묻히지 않았다. 그렇게 귀하게 자란 은새가 태어나서 처음으로 돈을 벌었으니 충분히 기념할 만한 날인 것이다.

출근 전부터 엄마에게 어디 가면 안 된다고 몇 번이나 신신당부한 후에 요즘 출장이 잦아서 얼굴 보기 힘든 아빠에게도 연락을 해, 오늘은 꼭 저녁을 같이 먹자고 말해 놓으라고 했다. 첫 월급으로 퇴근을 하자마자 백화점에 들러 엄마의 화장품과 아빠를 위한 고급 향수를 샀다. 그리고 집 앞 제과점에서 케이크도 하나 준비했다.

"좋아하시겠지?"

그녀를 대견하게 여기실 부모님의 얼굴이 떠오르자 은새의 입가에 어느새 미소가 피어올랐다. 은새는 아빠가 대학 입학 선물로 사 준 미니쿠페를 몰고 집으로 향했다.

그녀의 가족이 살고 있는 이 집은 은새가 초등학교에 입학할 무렵, 아빠가 지은 단독주택이었다. 그녀의 집안은 할아버지 때부터 건설업을 하고 있었기에 이런 단독주택을 지을 수 있었다. 으리으리하진 않았지만 이 2층집은 동네에서 꽤 큰 집이었다. 동네에서 가장 끝 집이라서 주차공간도 넉넉했다. 그래서 항상 집 앞에 차를 댔는데 오늘은 웬일인지 차를 댈 곳이 없었다.

"뭐지?"

좋던 기분이 갑자기 가라앉으려고 했다. 차도 많았지만 주차 매너도 없는 사람들이었다.

은새는 차 주인에게 전화를 할까 하다가 요즘은 세상이 하도 험악해서 혹시나 하는 마음에 집에서 조금 떨어진 공영 주차장에 차를 대고 집으로 향했다. 양손 가득 선물과 케이크가 들려 있었다.

"어?"

대문이 열려 있었다. 평소 엄마는 겁이 많아서 항상 대문을 잠그는데 이상했다. 잘 보이지는 않았지만 현관문도 열려 있는 것 같았다. 불길한 생각이 머릿속을 스쳤다.

"이상한데……. 엄마!"

"……."

아무 소리도 들리지 않았다. 대문에 들어서자마자 은새는 몸을 낮추고 집 안을 조용히 살펴보았다. 열린 현관문 사이로 검은 슈트를 입은 남자들이 보이고 그 가운데에 엄마가 무릎을 꿇고 앉아 있는 게 보였다.

"엄마!"

무슨 일이 벌어지고 있는 게 틀림없었다. 험악하게 생긴 남자들 앞에서 무릎을 꿇고 있는 엄마를 보니 가슴이 무너져 내렸다. 은새는 손에 든 짐을 거의 집어 던지다시피 내려놓고는 집 안으로 뛰어 들어갔다.

"은새야!"

두려움에 찬 엄마의 얼굴에 쉴 새 없이 눈물이 흐르고 있었다.

"엄마, 일어나. 뭐 하는 거야? 빨리 일어나!"

은새의 말에도 엄마는 꿈쩍도 하지 않았다. 아니 남자들이 두려워 움직이지 못하고 있다는 게 맞았다. 중소기업의 사모님 소리만 듣고 산 엄마였다. 집안 살림만 했지 세상물정은 그녀보다도 몰랐다.

온실 속의 화초 같은 엄마가 새파랗게 질린 얼굴로 주인처럼 소파에 앉아 있는 남자 앞에 무릎을 꿇고 있었다.

"뭐 하시는 거예요?"

은새가 소파에 대장처럼 앉아 있는 남자를 향해 소리쳤다.

"은새야……."

엄마가 작은 소리로 그녀를 말렸지만 은새는 신발까지 신고 들어온 남자들에게 너무 화가 났다.

"어떻게 신발을 신고 남의 집 거실까지 들어올 수가 있죠? 경찰에 신고하기 전에 당장 나가요!"

앉아 있던 남자가 은새의 말이 거슬렸는지 부하에게 고갯짓을 했다. 그러자 남자의 부하 중에 하나가 그녀를 뒤에서 끌어안았다.

"이거 안 놔!"

놀란 은새가 소리쳤지만 부하는 그녀의 말을 비웃었다. 다음은 더 기가 막혔다. 부하가 그녀의 가슴을 거칠게 주물럭거렸다.

"이년 젖탱이가 아주 끝내줍니다."

담배 찌든 냄새에 입에서 악취까지 나는 인간이었다.

"이거 안 놔? 놓으라고!"

필사적으로 몸부림을 쳤지만 은새는 남자를 힘으로 당할 수는 없었다.

"여자는 튕겨야 맛이지만 너무 튕기면 매만 버는 법이야."

"악!"

부하가 그녀의 가슴을 아프게 쥐었다. 그리고 그녀가 고통스러워하자 뭐가 그렇게 좋은지 계속해서 웃으며 거친 숨을 쉬었다. 혼자서 흥분을 했는지 부하의 발기한 페니스가 그녀의 엉덩이를 찌르고 있었다. 다시 한 번 몸을 빼려고 힘을 주었지만 부하의 악력을 당할 수가 없었다.

"으음!"

그가 그녀의 목을 기분 나쁘게 혀로 핥았다.

"저리 가!"

은새는 부하를 떼어 내기 위해 안간힘을 쓰며 엄마를 보았다. 엄마도 다른 부하에게 똑같은 짓을 당하고 있었다. 사람이 아닌 짐승들이었다. 그렇지 않고서야 이런 짓을 할 수가 없었다.

"고 사장이 어디 있는지 말해!"

이제껏 거실 소파에 가만히 앉아 있던 남자가 낮은 소리로 말

11

했다.

"몰라! 모른다고 했잖아."

엄마가 울먹이며 말했다.

"모른다? 너야 젊은 놈과 한번 즐기면 다겠지만 네 딸년은 다르지 않을까?"

남자가 비릿하게 웃으며 담배에 불을 붙였다.

"안 돼! 아직 연애 한번 못해 본 아이라고!"

"후— 처음이라……."

남자가 담배 연기를 길게 뿜어내며 비웃었다.

"형님 저에게 주십시오."

"그래? 말 잘 듣는 우리 식칼에게 줘도 아깝진 않지."

자신을 물건처럼 주고받는 행태가 기가 막혔다. 은새가 넋을 놓고 있는 사이에 부하의 손이 그녀의 블라우스 안으로 들어왔다.

"이가 안 놔? 놓으란 말이야! 개자식아!"

은새의 입에서 좀처럼 나오지 않는 욕설이 튀어 나왔다. 아니 조금만 자유롭다면 죽여 버렸을 것이다.

"이거 놓으라고! 도대체 왜 이러는지 말해!"

은새는 소파에 앉은 남자를 향해 소리를 질렀다.

"알고 싶어?"

"그래!"

"돈!"

"……."

재수 없게 웃고만 있던 남자가 드디어 입을 열었다.

"네 아빠란 새끼가 들고 튄 돈!"

"……아빠가 그럴 리가 없어!"

아빠는 그런 사람이 아니었다. 성실하고 다정다감한 아빠였다. 요즘 회사가 어려워 출장이 잦아서 그렇지만, 은새의 기억에 아빠는 성실한 가장이었다. 이렇게 그들을 버릴 사람이 아니었다.

"이게 뭔 줄 알아?"

남자가 종이 한 장을 들어 보였다.

"차용증! 알겠어? 그것도 10억짜리 차용증이야. 이 정도면 내가 너희들을 막 다뤄도 상관없지 않을까?"

아빠가 그런 거액을 가지고 도망칠 리가 없었다. 은새는 아빠를 믿었다.

"갚을 테니까. 이거 놔!"

"그래? 놔 줘."

그의 부하가 아쉬운 듯 천천히 그녀의 옷 속에서 손을 빼자 은서가 짝 소리가 나게 부하의 손을 쳐냈다.

"어떻게? 구체적으로 얘기해!"

"이 집을 팔아서……."

"이런, 도입부가 마음에 안 들어. 이 집은 이미 내 거야."

"그럼 집값을 빼고 10억이라는 거야?"

"이 집은 이자도 안 돼."

억지였다. 이 집은 10억이 되고도 남았다. 하지만 지금 상황을 모면해야 한다. 그래야 경찰에게 도움을 청할 수 있을 테니까 말이다.

"그럼 회사의 주식을……."

"그 회사 부도났어."

"……."

말문이 막혔다. 도대체 아빠는 어디에 있는 걸까? 엄마는 알아도 말을 하지 않을 것 같았다. 아빠를 너무나 사랑하니까. 그건 그녀도 마찬가지였다.

"아빠가 반드시 해결할 거야."

"미친년, 정신 차리려면 아직 멀었군. 가정을 지키려는 놈은 절대로 도망치지 않아."

Errrrrr—

갑자기 남자의 핸드폰이 요란하게 울렸다.

"씨발, 타이밍 한번 기가 막히네."

그가 휴대폰을 들며 그녀를 매서운 눈으로 보았다.

"네, 형님. 네? 네……."

남자는 누군가와 한참을 통화하고 있었다. 남자는 거의 대답만 할뿐 말을 하지 않았다.

"알아보도록……. 아니 있습니다. 당장 찾아뵙겠습니다."

전화를 끊은 남자가 한참 동안 은새를 보았다.

"빚은 네가 대신 갚아."

"……."

남자의 말뜻을 제대로 이해하기도 전에 은새는 남자의 부하들에 의해 밖으로 끌려 나갔다.

"은새야!"

딸이 끌려가는 모습에 정신을 차린 엄마가 달려 나와 은새를 잡고 있는 남자들의 바짓가랑이 붙잡고 늘어졌다.

"날 데리고 가, 은새는 놔두고!"

엄마는 절규를 하고 있었다. 엄마가 보는 앞에서도 은새를 욕보인 남자들이었다. 은새를 데리고 가서 무슨 일을 벌일지 뻔한 일이었다. 엄마는 울며 소리쳤다.

"미친년, 원망은 네 남편에게 해야지."

김 사장이 엄마를 벌레 보듯이 쳐다보며 말했다.

"돈 쓸 때야 좋았겠지만 갚지 못하면 어떤 꼴을 당하는지도 알아야겠지? 안 그래? 아줌마?"

"제가 대신 갈게요. 뭐든지 다 할게요. 은새는 제발……."

"엄마, 난 괜찮으니까. 기다리고 있어. 아빠한테 분명히 연락이 올 거야."

"은새야!"

"가요."

은새는 바닥에 주저앉아 울고 있는 엄마를 뒤로하고 남자들과 함께 김 사장의 차에 올랐다.

"잘만 하면 집 하나로 빚은 탕감해 주겠어."

"……."

"못하면 사창가로 팔아 버리면 그뿐이고."

"뭘…… 잘해야 하는 거죠?"

몹시 떨렸지만 은새는 호랑이 굴에 들어가도 정신만 차리면 살 수 있다고 생각하고는 조심스럽게 남자에게 물었다.

"내가 모시는 형님의 부탁이야. 네 아빠에게 돈을 빌려 주신 분이기도 하지. 이번에 우리가 사업 하나를 따야 하는데 그 건설회사 오너를 네가 좀 구워삶아야겠어."

"전……."

"닥치고 하라는 대로 해. 넌 안 그러면 아까 그놈에게 줘 버릴 테니까."

그건 죽는 것보다 싫었다. 온몸에 소름이 돋는 은새였다. 그 역겨운 놈보다는 나은 사람이길 바랄 뿐이다.

은새의 입술이 두려움으로 떨리고 있었다.

다음날 저녁…….

TV에서만 보던 거물과 한방에 있다는 건 생각보다 쉬운 일은 아닌 것 같았다. 심장이 거칠게 뛰는 건 흥분해서가 아니라 이 순간이 두렵기 때문인 것이다. 몸은 얼어붙은 채 눈동자만 굴리고 있는 은새의 모습은 안쓰러움 그 자체였다.

남자가 누군지를 알아차린 순간부터는 두려움에 추운 것도 아닌데 온몸에 소름이 돋았다. 안 그래도 큰 눈을 놀란 토끼처럼 크게 뜨고 몸은 마치 얼어 버린 듯이 굳었다.

"현지훈……."

회장이라는 말도 입 밖으로 나오지 않았다. 그는 분명히 SC그룹의 총수이자 우리나라에서 최고의 부자인 현지훈 회장이었다. SC그룹에 입사한 지 한 달이 되었지만 회장을 실물로 본 건 처음이었다. 어제까지만 해도 은새에게 현 회장은 그저 다른 세계의 사람이었다. SC그룹 안에서 현 회장은 거의 신적인 존재였기 때문이다.

평소 TV화면으로 보던 모습이나 먼 거리에서 거의 본 그의 모습은 카리스마 그 자체였다. 190㎝에 육박하는 신장에 운동으로 다져진 다부진 몸에 모델들도 울고 갈 슈트발은 모든 여자들의 로

망인 모습이었다.

하지만 그가 회사에서 신적인 존재로 통하는 건 아버지의 회사를 훌륭하게 키운 그의 경영 능력 때문이었다. 젊은 나이에 그는 완벽한 경영으로 국내 기업으로만 인식되어 있던 SC그룹을 글로벌 그룹으로 성장시킨 장본인이었다.

그는 광범위한 그룹을 정비해서 계열사들을 합병하고, 다른 나라의 기업들을 인수함으로서 SC의 영역을 확대한 사람이었다. 그래서 오늘날 SC그룹은 대학생들이 선망하는 최고의 기업이 되어 있었다. 그건 그녀도 마찬 가지였다.

그런데 오늘 마주한 그의 사생활은 신의 영역과는 조금 거리가 먼 것 같았다.

주르르—

물인지 술인지 액체가 쏟아지는 소리가 들렸다. 작은 소리에도 은새는 소스라치게 놀랐다.

그의 행동 하나하나에 손 안에 맺힌 땀방울이 축축하게 느껴질 정도로 긴장을 했다. 현 회장이란 사람은 은새를 돌아보지도 않고 위스키 잔에 술을 따르고 있었다.

며칠 동안 집 밖을 나가지도 않은 듯 현 회장의 방 안에서는 술 냄새가 진동했다. 나이트가운을 입은 그는 술을 연거푸 들이마시고 있었다.

아빠를 살리는 길은 이 길뿐이었다. 돈……. 은새가 가장 쉽게 아빠의 빚을 갚는 길이라며 사채업자인 김 사장이 가르쳐 준 방법이었다.

쉽지 않은 선택이었지만 달리 방법이 없었다. 세상물정 모르는 엄마와 그녀가 사채업자에게 위협을 받고 있었기 때문이었다.

아빠는 사채업자에게 10억의 빚을 지고 지금 도피 중이었다. 도저히 혼자 힘으로는 빚을 갚을 수 없으니 도망을 친 것이었다. 하지만 은행도 아니고 사채업자가 그냥 놔둘 리가 없었다.

그녀나 엄마에게는 당장 10억을 구할 방법이 없었다. 거기에 집은 이미 넘어간 상황이라서 앞으로의 생계도 불확실했다.

은새의 눈동자가 불안하게 현 회장을 계속해서 보고 있었다. 그는 은새 따위는 안중에도 없어 보였다. 건장한 체격의 그는 은새가 보기에 거인 같았다. 삶을 포기한 거인…….

넓은 방 안엔 아무것도 걸려 있는 것이 없었다. 모두가 바닥에 내동댕이쳐진 상태였다. 다행히 깨진 유리는 없었지만 그의 손에 위태롭게 들린 위스키 병이 언제든지 바닥으로 내동댕이쳐질 것 같아 불안했다.

두려움과 함께 숨 막히는 침묵이 계속되었다. 그는 그녀가 방 안에 들어왔다는 건 알고 있기나 한 걸까?

툭!

현 회장은 발에 걸린 무언가를 차더니 소파에 앉았다. 손에는 술병이 여전히 들려 있었다. 벌어진 가운 안에는 아무것도 입지 않았는지 그의 맨가슴이 달빛에 드러났다. 유혹은 어떻게 하는 걸까? 이곳에 오기 전에 마음을 단단히 먹었는데 역시 은새에겐 두려운 일이었다.

그의 앞으로 가면 되는 걸까? 그다음은? 머리가 터질 것같이 복잡했다. 그때였다. 그녀를 이곳에 밀어 넣은 김 사장의 말이 떠올랐다.

"현 회장과 화끈한 밤을 보내고 나와야 할 거야. 아주 큰 거래가 있거든."

"그럼 경험이 많은 여자가 필요하지 않나요?"

"아니, 오히려 첫 경험인 여자야 해. 현 회장은 처음인 여자가 아니면 상대하지 않아. 아주 까다로운 사람이야. 그런데 기가 막힌 타이밍에 네가 등장한 거지."

첫 경험인 여자가 아니면 상대하지 않는 남자……. 그가 그녀 앞에 있었다.

경험이 있으면 안 된다는 조건에 그녀가 맞아떨어졌다. 김 사장은 요즘 25살에 경험 없는 사람은 구하기가 힘들다고 했다. 그래서 어제 그녀를 처음 본 김 사장의 형님이라는 사람은 처음이 맞느냐는 무례한 질문을 했었다. 이제껏 지켜온 것이 이렇게 쓰이게 될 줄은 몰랐었다.

이 집은 은새가 본 집 중에 가장 크고 근사한 집이었다. 아빠의 사업이 이렇게 엉망진창이 되기 전까지 은새도 부유하게 자랐지만 이곳은 마치 성 같았다.

드라큘라 백작이 사는 높은 성은 아니었지만 그래도 규모가 어마어마하게 큰 집이었다.

거기에 하인들까지 있었다. 재벌이란 이런 삶을 사는구나, 라는 생각이 들게 했다.

"꺼져."

낮은 목소리가 그녀를 잡생각에서 나오게 만들었다.

"내 말 안 들리나?"

"……."

어떻게 해야 할지 순간적으로 머리가 멍했다.

"귀찮으니까 나가!"

이번엔 현 회장의 목소리가 아주 커졌다. 그녀가 정말 싫은 모양이었다. 하지만 이대로 나갈 수는 없었다. 하룻밤만 잘 지나가면 빚을 탕감받을 수 있었다.

이곳에서 쫓겨나면 끝이었다. 은새는 가진 용기를 모두 끌어모아 그의 앞으로 향했다.

그녀가 나가려는 줄 안 그는 이번엔 병째로 술을 퍼마시기 시작했다. 불은 켜지 않았지만 방 안은 달빛 때문에 환한 편이었다. 창밖을 보니 오늘따라 유난히 밝은 보름달이 그녀를 안쓰러운 듯 바라보고 있었다.

"후……."

은새는 땅이 꺼져라 한숨을 쉬고는 현 회장의 앞에 섰다.

"못 나갑니다. 안 나갈 거예요."

"뭐?"

자신의 명령을 누군가 어긴다는 걸 상상도 해 보지 않은 사람처럼 그의 목소리가 날카롭게 변했다.

"안 나간다고요."

은새는 자신을 싸늘하게 바라보는 남자 앞에서 차분하게 말하기 위해 안간힘을 쓰고 있었다. 숫기라고는 하나도 없는 은새에겐 대단한 일이었다. 대학에서 경영학을 전공한 은새는 대기업의 신입사원이었다.

회사에서도 숫기가 없어서 동료들과도 친해지는데 많은 시간이 걸린 은새였다. 처음 보는 사람 앞에서 이렇게 말을 하는 것도 아주 드문 일이었다. 벼랑 끝에 서고 보니 못할 게 없었다.

"……."

그녀에게 나가라고 소리를 지르던 그가 갑자기 멍하게 그녀를 바라보았다.

달빛으로 인해 밝다고는 하지만 불을 켠 상황이 아니기 때문에 정확하게 그의 표정을 읽을 순 없었다. 하지만 현 회장의 표정은 지금 놀란 것 같았다.

자신의 말을 듣지 않고 머물러 있어서 놀란 건가?

"오늘 전 이곳에서 나가지 않을 겁니다. 아셨어요?"

다시 한 번 그에게 말을 한 은새였다.

"새…… 새미야……."

술이 취한 그는 그녀를 새미라고 불렀다.

"전 고은새라고요!"

괜히 다른 여자와 헷갈려서 나중에 김 사장에게 엉뚱한 이름을 말할까 봐 은새는 자신의 이름을 똑바로 말해 주었다.

"상관없어. 네가 이렇게 내 앞에 있다니……."

무슨 소리를 하는 건지 도통 알 수가 없었지만 그의 말투를 보니 그녀를 밖으로 내쫓을 것 같지는 않았다.

"현 회장님!"

남자의 눈은 술에 취해 풀려 있었다. 두려운 생각이 든 은새는 한발 뒤로 물러섰다.

"가지 마!"

"아!"

뒤로 물러서는 은새의 팔목을 현 회장이 재빠르게 잡았다.

"다시는 놓지 않을 거야!"

"헉!"

그가 빠르게 그녀를 안았다. 어찌나 세게 안았는지 온몸이 으스러질 것 같았다.

"회장님…… 읍!"

갑자기 그의 입술이 그녀의 입술을 거칠게 삼켰다. 숨을 쉴 수 없을 정도의 다급한 키스가 이어졌다. 마치 며칠간 배고픔을 참다가 기다리던 음식을 먹어치우는 것처럼 그의 키스는 절실했다.

"으읍!"

왜 이런 키스를 하는 걸까? 그리고 왜 다른 여자의 이름을 부르고 있는 걸까? 은새는 키스를 당하는 와중에도 이런 의문이 들었다.

하지만 이런 생각들도 현 회장의 노련한 키스에 점차 사라지고 있었다.

거친 키스가 되풀이되며 그녀의 입안에 피 맛이 느껴지고 있었다. 아무래도 거친 키스 때문에 입술에 상처가 난 것 같았다. 그의 키스는 끝이 없이 이어지고 있었고 은새는 점점 더 정신을 차릴 수 없이 그의 키스에 빠져들고 있었다.

"새미⋯⋯."

잠깐 떨어진 입술 사이로 또다시 다른 여자의 이름이 그의 거친 숨소리와 함께 흘러나왔다. 새미란 여자가 누구기에 현 회장을 이렇게 정신 못 차리게 만드는 걸까?

"헉!"

갑자기 그의 손이 블라우스 안으로 들어와 은새의 풍만한 가슴을 움켜쥐었다.

그리고 그녀의 가슴을 예상과는 다르게 부드럽게 만지고 있었다. 찌릿한 느낌이 아랫배에서 느껴졌다. 어제 김 사장의 부하가 주무르던 때의 역겨움 대신에 지금 그의 손길은 너무 자극적이었다.

"아흐!"

저도 모르게 신음을 내뱉다가 부끄러움에 멈추었다. 하지만 그녀의 반응을 알아차린 현 회장의 손은 더욱더 적극적이 되었다. 그리고 뭐라고 중얼거리더니 그녀를 안아 들고는 어디론가 급하게 걸어갔다.

현 회장이 향하는 곳이 어디일지는 뻔했고 그녀의 예상은 빗나가지 않았다. 그의 침실은 거실보다 더 어두웠다. 세상과는 완전히 인연을 끊고 싶어 하는 분위기였다.

평일의 그는 SC그룹의 완벽한 회장이었지만 주말엔 예상 밖의 상태였다.

하지만 생각은 여기까지, 그는 그녀를 침대에 내려놓자마자 미친 듯이 그녀의 옷을 벗기기 시작했다.

좌악!

스타킹이 잘 벗겨지지 않자 힘으로 찢어 버렸다. 그는 조급했고 은새는 그걸 온몸으로 느끼고 있었다.

"잠깐만요. 난 새미란 여자가……."

자신이 누구인지 알려 주고 싶었다. 최소한 첫 경험의 상대가 그녀의 이름은 알고 있어야 할 것 같았다. 하지만 그는 틈을 허락하지 않았다. 어느새 그녀 앞에 무릎을 꿇고 앉은 현 회장은 완벽한 나신이었다.

마치 검은색의 로마 장군의 동상 같았다. 그의 몸은 강하고 탄탄한 근육으로 이루어져 있었다. 너무 놀란 은새는 몸을 빼려고 했지만 그는 허락하지 않았다.

어두워서 잘 보이진 않았지만 그는 여전히 그녀를 보며 다른 여자의 이름을 부르고 있었다.

"아악!"

"윽!"

애무도 없었다. 그는 마치 여자에 굶주린 사람처럼 그녀를 단번에 먹어 치워 버렸다. 아픔……. 그녀의 첫 섹스는 마음의 아픔과 육신의 아픔이 동시에 몰아쳤다.

그의 몸짓은 그녀가 정신을 놓을 때까지 계속되었다.

1.
같은 얼굴
다른 여자

　매주 월요일 SC그룹의 사장단 회의 날이면 모든 계열사의 사장과 부사장들이 본사 임원 회의실에 모였다. 스물아홉 개나 되는 계열사 사장과 부사장만 해도 거의 육십 명인데 거기에 수행원까지 합치면 어마어마한 인원이었다.

　오늘도 이 실장은 노련한 솜씨로 회의 전 준비를 진두지휘를 하고 있었다. SC에서 비서로만 일한 지 20년 차인 이 실장은 완벽주의자이기도 했다.

　"김 비서, 준비 자료와 메모지, 그리고 펜들은 다 자리에 놓았나?"

　"네."

그와 손발을 맞춘 지 5년 차인 김 비서는 아직도 빼먹는 것이 많았다. 하지만 오늘은 웬일인지 마음에 들게 일을 했다. 오늘 이 실장 눈에 가장 마음에 들지 않는 사람은 현 회장이었다. 그는 아침부터 정신이 반쯤 빠진 사람처럼 회장실에 앉아 있었다.

하긴 작은 사모님이 돌아가신 지 3년이 되는 해였다. 매년 이맘때면 현 회장은 거의 정신이 나간 사람 같았다. 이해를 못하는 건 아니지만 이제는 그만 죽은 사람은 잊고 새사람을 만나 다시 행복한 가정을 이루었으면 하는 바람이었다.

3년 전, 친정에 다녀오던 길에 대형교통사고로 아내와 딸이 그 자리에서 즉사를 한 후에 현 회장의 충격은 이루 말할 수가 없었다. 그나마 그의 슬픔이 일로 극복되는 바람에 그는 완전히 일밖에 모르는 사람이 되었다.

하지만 그 슬픔의 그림자는 항상 현 회장의 주위를 맴돌고 있었다. 그런 그를 바라보는 명예회장과 큰 사모님은 더 마음 아파하셨다. 그리고 작은 사모님이 죽은 6월 달이면 현 회장은 집에서 거의 폐인이 되다시피 했다.

6월은 현 회장에겐 아픔의 달이었다. 오늘도 그런 그의 모습을 보며 이 실장은 마음이 아팠다. 하지만 엄연히 일은 일이었다. 다른 날엔 현 회장이 회사에선 티를 내지 않았는데 오늘은 아니었다.

"10분 후에 회장님 모시러 가."

"네."

김 비서가 현 회장을 모시러 간 사이에 사장들이 회의실로 들어오기 시작했다. 어딜 가나 반대세력이 있기 마련이었다. 하지만 이 실장의 눈에 매주 거슬리는 인물이 있었으니, 그건 SC전자의 송하철 사장이었다.

현 회장이 회장직에 오르지 못하게 뒤에서 조정한 배후의 인물이자 언제나 회장직을 노리는 야심가인 송 사장이었다. 실력이나 모든 면에서 현 회장이 단연 앞서 있었지만 이 실장이 송 사장을 견제하는 이유는 송 사장의 늙은 여우 같은 면모였다. 언제 뒤통수를 칠지 모르는 인물이었다.

"이 실장, 얼굴이 좋아졌어."

"안녕하십니까?"

이 실장은 언제나와 같이 포커페이스를 유지했다.

"그래, 현 회장은 괜찮은가? 6월인데……."

모르는 것이 없는 송 사장이었다. 그만큼 위험한 인물이었다.

"무슨 말씀이신지?"

"몰라서 묻는 건 아닐 테고."

비아냥거림이 가득했다. 송 사장이 자신을 현 회장의 개 취급한다는 걸 알고 있었다. 하지만 개도 개 나름이었다. 이 실장은 속으로 송 사장을 비웃었다.

"자리에 앉으시죠. 회장님 곧 오십니다."

"그럼, 그럴까?"

아주 흥미로워하는 목소리였다. 현 회장이 뭔가 대형 사고를 치기를 기다리고 있다는 걸 알았다. 하지만 자신이 있는 한은 절대로 현 회장은 실수를 저지르지 않을 것이다. 이 실장 자신이 철저하게 준비를 하고 있을 테니까.

그때 김 비서가 회의실 문을 열고 들어왔다. 한눈에 보기에도 살이 쏙 빠진 현 회장이 들어왔다. 하지만 그는 언제나처럼 차갑고 강한 인상으로 좌중을 압도하고 있었다. 송 사장 따위가 상대할 사람이 아니었다.

이 실장의 얼굴에 그가 모시는 상관에 대한 자부심이 가득했다.

보기 싫은 송 사장의 얼굴이 회의실 문을 열자마자 보였다. 지금 그의 상태에 대한 정보가 빠삭할 것이다. 어디에 가나 송 사장의 정보원들이니까 말이다. 지난달에는 이 실장이 몇 달이나 같이 근무한 비서실 직원을 단칼에 잘라 버렸다.

송 사장의 정보원이었던 것이다. 그의 곁에 이 실장 같은 사람이 있음은 든든한 일이었다. 그가 자리에 앉자 사장단들도 자신의 자리에 앉았다.

"오늘은 SC전자의 2분기 실적 발표에 관해서 송하철 사장님의 브리핑과……."

사회자의 말이 들리지 않았다. 오늘은 다행히 그가 회의를 주재하는 것이 아니라 계열사 사장들의 실적 발표가 많기 때문에 조금은 긴장을 풀어도 되는 날이었다.

그래서일까 지난밤의 일들이 머리를 스치고 지나갔다. 새미와 너무나 닮은 여자와 잠자리를 했다. 아니 술김에 새미인 줄 알았다. 그렇게 닮기는 힘이 들었다. 20대의 새미였다. 아름답고 청순했던 아내의 모습이었다.

그녀를 처음 봤을 때, 무턱대고 사과할 뻔했다. 미안하다고, 미안했다고 말이다. 그날 그렇게 보내는 게 아니었다고 말이다. 그런데 이상하게 키스부터 하고 말았다. 뭔가에 홀린 듯이 그녀를 안고 싶어 죽을 것 같았다.

새미와는 다른 무언가가 그를 강하게 당겼다. 처음엔 키스를 하고 싶었고 환상적인 키스가 끝이 난 후에는 섹스가 하고 싶어졌다. 어차피 새미라고 생각했고, 처음엔 꿈이라고 생각해서 하고 싶은 대로 행동했다.

술을 너무 마셔서 꿈과 현실의 중간 세계에서 허우적거렸다. 그리고 새미가 아님을 안 순간에도 그는 그녀를 놓을 수가 없었다. 새미라서 좋은 건지 다른 여자라서 좋았던 건지 알 수가 없었다.

새미가 죽은 지 3년이 되었고 그동안 그는 여자가 없었다. 너무 오랜만의 섹스라서 미쳤던 건지 머리가 혼란스러웠다.

"후……."

한숨이 절로 나왔다. 그답지 않은 일을 저질렀기 때문이었다. 낯선 여자와 원나잇이라니. 지금 생각해도 이해할 수가 없었다. 하지만 그는 아침에 눈을 뜨고는 깜짝 놀라지 않을 수 없었다.

꿈이 아니었다.

놀란 그가 단잠에 빠져 있는 여자를 깨우자 여자도 당황한 기색이 역력했었다. 누구냐고 묻자 여자는 '고은새'라고 말했다. 어찌나 떨고 있는지 안쓰러울 정도였다. 하지만 그는 여자를 자신의 방에서 매몰차게 내보냈다.

그날 밤은 어디까지나 실수였다. 새미가 죽고 그는 여자를 품지 않았다. 죄책감에 도저히 다른 여자를 생각할 수도 없었다. 3년……. 새미와 그의 딸이자 전부인 이슬이가 그의 곁을 떠난 시간이었다. 벌써 그렇게나 시간이 지났는데 그의 모든 기억은 3년 전 그대로였다.

하지만 은새라는 여자와의 섹스는 굉장히 충격적이었다. 그녀가 나가고 침대에는 그녀가 처음이란 흔적들이 그대로 남아 있었다. 그는 환상적인 섹스가 꿈이라고 생각했었다. 그래서 그는 새미와 했던 섹스보다도 더 격렬하게, 처음이었던 은새를 안았다.

밤새 짐승처럼······.

오늘 그가 이렇게 생각이 많은 건 이틀이 지났는데도 아직 그녀의 느낌을 그의 온몸이 기억하고 있다는 것이었다.

술이 과했다고 생각했지만 이유가 그것만은 아닌 것 같았다. 금요일 퇴근 이후부터 마신 술의 양은 엄청났다. 나중엔 술이 술을 마실 정도로 그는 완전히 술에 절어 있었다. 그렇지 않고서는 도저히 괴로움을 감당할 수 없었기 때문이었다.

하지만 토요일에 새미를 닮은 여자를 안고 나서부터는 이상하게 새미보다는 은새와 보낸 밤을 생각하게 됐다. 죄책감이 들었다. 그래서 괴로웠다. 그는 그냥 단순한 남자의 반응에 불과하다고 생각하기로 했다.

이번 주말의 일은 잊자······. 그는 그렇게 결론을 내렸다.

"회장님."

"어?"

"회의가 끝이 났습니다."

이 실장이 딴생각에 빠져 있는 그의 뒤에서 조용히 말했다. 티내지 말라는 뜻이었다.

"모두들 수고하셨습니다. 일이란 게 잘될 때도 있고 그렇지 않을 때도 있지만, 경기가 어려울수록 실적이 여러분들의 능력을 판단하는 척도가 될 겁니다. 이번 2분기는 호재보다는 악재가 많아서 성과가 그렇게 좋지 않다는 걸 압니다."

그의 말에 송 사장의 표정이 굳었다. 이번에 처음으로 전자가 건설에 밀렸기 때문이었다.

"이번에 실적이 높았던 건설은 따로 포상이 있을 겁니다. 오늘 회의는 여기까지 합시다."

그가 자리에서 일어나자 모두가 자리에서 일어나 그가 나갈 때까지 그대로 서 있었다. 송 사장의 벌레 씹은 얼굴을 보며 그는 회의실을 나왔다.

"점심식사 후에 파주 신 공장 공사 현장 방문이 있으시고, 그 후에 바로 파주 시청 방문이 있으십니다."

"……."

"컨디션은 괜찮으십니까?"

"괜찮습니다."

이 실장은 그보다 나이가 많았다. 아버지를 모시다가 그가 본사에 들어오면서부터 지금까지 그의 곁을 그림자처럼 따라 다니는 사람이기도 했다. 함부로 대하고 싶지 않아 그도 언제나 존댓말을 썼다.

"다행입니다. 그래도 혹시나 해서 파주 신 공장에 가시기 전에 최 박사님께 잠깐 검진 요청했습니다."

"……."

그는 잠시 걸음을 멈추었다. 잘못 본 게 분명했다. 2층에서 아래층의 로비의 직원들 중에 단연 눈에 띄는 여자를 보았다. 그와 하룻밤을 보낸 여자였다. 그녀는 밝은 곳에서 봐도 새미와 많이 닮았다. 그러면서도 은새는 새미와 다른 그 무엇이 있었다. 은새는 동료들과 함께 점심을 먹으러 밖으로 나가는 모양이었다.

"회장님?"

"……."

이 실장이 불렀지만 그는 멍하게 은새를 보고 있었다. 흰색 블라우스, 검은색 타이트스커트에 검은 플랫 슈즈를 신은 그녀는 밤의 요물이 아니라 아주 모범생의 모습이었다. 뭐가 그리 좋은지 얼굴에 웃음이 가득했다. 생각이 복잡한 그와는 많이 다른 모습이었다. 순결 따위는 아무것도 아닌 것인지 그녀는 일상으로 돌아간 것처럼 보였다.

그가 매몰차게 보내기는 했지만 웃고 있는 은새를 보고 있으니 속은 기분이 들었다. 처음이라고 해서 순결에 많은 의미를 부여하는 건 아닌 것 같았다. 거추장스러운 것을 벗어 버린 것 같은 느낌마저 들었다. 그가 너무 보수적인 걸까?

"웃기는군."

그는 미간을 모으며 고개를 돌렸다. 그도 잊을 것이기 때문이었다. 아직은 인연을 만들고 싶지 않았다.

제정신이 아닌데 아무렇지 않은 척하기란 참 힘이 들었다. 첫 월급을 타고 좋아하던 순진했던 고은새는 이제 없었다. 그날 이후 은새의 삶은 많은 것이 변했다. 아빠는 빚에 쫓기는 도망자가 되었고 엄마는 충격으로 말을 하지 않고 침대에 누워 있기만 했다.

조폭이자 사채업자가 매일 그녀에게 전화를 했고 은새는 아무렇지 않게 김 사장의 전화를 받게 되었다. 토요일, 그와 밤을 보내고 김 사장으로부터 아직 연락이 없었다. 알고 있는 건지 모르는 건지 도저히 알 수가 없어 불안했다.

하지만 지금 돈을 벌 사람은 그녀뿐이라 은새는 정신을 차리고 월요일에 평소와 다름없이 출근을 했다.

"주말에 뭐 했어?"

"네?"

"은새 씨 피부에서 광이 나서 말이야. 그 피부 숍 나도 좀 알려 주라."

그녀보다 선배인 하림이 점심을 먹으러 가는 길에 물었다. 걱정이 태산인 그녀의 피부가 뭐가 그리 좋겠냐마는 혹시 남자와 밤을 보내서 그런 건 아닌가, 라는 얼토당토않은 생각이 들었다. 도둑이 제 발 저린 격이었다.

"집에서 팩했는데……"

대충 말을 돌리려고 했다.

"팩만 해도 예쁘네."

"아니에요. 선배님."

그녀에게 제일 잘해 주는 선배였다. 하림은 귀여운 외모에 성격도 좋아 그녀뿐 아니라 많은 사람들이 좋아했다. 다만 궁금한 게 너무 많다는 점이 좀 부담스러울 뿐이었다.

"뭐 먹을까?"

"아무거나요."

솔직히 입맛도 없었다.

"그래? 그럼 오늘은 식당 밥 대신에 내가 특별히 맛있는 갈치조림을 쏘지."

"선배, 좋은 일 있었어요?"

"아니, 실연당했거든. 이럴 땐 먹는 걸로 푸는 거야."

"……."

하여튼 뭐든 긍정적인 사람이었다. 지금 은새에게 가장 필요한 게 긍정적인 생각이었다.

"어? 저기 현 회장님이다."

"……."

"진짜 잘생겼는데……."

슬쩍 고개를 돌리자 2층에 있는 그의 뒷모습이 보였다. 뒷모습마저도 숨 막히게 멋진 남자였다. 그의 벗은 모습이 얼마나 섹시한지 아무도 알지 못할 것이다. 그가 차가운 모습을 하고 있지만 밤새도록 뜨거운 섹스를 할 수 있다는 건 은새만이 아는 비밀이었다.

"그런데 너무 안 됐어."

갑자기 하림의 표정이 어두워졌다.

"뭐가요?"

"은새 씨 몰라?"

"뭘요?"

"우리 현 회장님 상처하셨잖아. 어린 딸도 죽고……. 3년 전인가?"

그때는 은새가 미국에서 어학연수 중이라 국내 소식은 잘 몰랐다.

"이맘때쯤이었던 것 같은데……. 내가 입사한 지 얼마 안 되고 벌어진 일이라서 생생해. 현 회장님의 그렇게 슬픈 모습은 처음 봤어. 교통사고로 사랑하는 아내와 딸을 잃었으니 제정신일 리가 없지."

"혹시……. 부인 이름이 새미인가요?"

저도 모르게 궁금해서 물었다. 혹시 그가 밤새 부르던 이름의 여자일까? 하고 말이다.

"맞아, 윤새미. 어떻게 알아?"

"그냥 기사를 본 것 같아서요."

"하긴 너무 유명한 일이니까."

밤새 그녀를 보며 말한 이름이 죽은 부인의 이름이라니 은새는 기분이 아주 묘했다. 하긴 술김에 그녀를 부인으로 착각한 모양이었다. 술에 찌들어 있을 정도로 그리워한 사람이 죽은 부인이라니……

"표정이 왜 그래?"

"아뇨, 좀 안 됐다는 생각이 들어서……"

"그렇게 생각하는 여직원들 많아. 하긴 여직원들뿐 아니라 우리나라의 모든 여자들이 현 회장님의 슬픔을 달래 주고 그 빈자리를 차지하고 싶을걸?"

"선배는요?"

더 이상 전 부인에 대한 이야기가 듣기 싫어 은새는 말을 돌리려고 했다.

"난 그렇게 될 수만 있다면 영혼까지 팔 수 있지."

"영혼씩이나요?"

"더한 것도 팔 수 있는데 악마가 내 영혼을 거들떠도 안 본다."

하림이 장난스레 눈을 찡그리며 말한 뒤 앞장섰다.

"실연당하셨잖아요?"

"실연을 당했는데 슬프지 않아. 이건 나에게 다른 짝이 있다는 뜻이지."

"못 말려요. 선배."

하림 때문에 잠깐 동안 웃을 수 있었다. 오전 내내 입가에 경련이 날 정도로 미소를 짓고 있느라 피곤했다. 다른 사람에게 티를 내지 않기 위해서였지만 그의 뒷모습을 보는 순간 다시 두려움에 사로잡혔다.

아직 해결된 건 아무것도 없었다.

김 사장의 눈이 바쁘게 돌아가고 있었다. 김재호 인생에 오늘은 최고로 눈이 호강하는 날이었다. 이렇게 고급스럽고 큰 집은 처음이었다. 한쪽 벽은 완벽하게 갤러리처럼 미술 작품들로 가득했다. 어떤 건 학교 다닐 때 교과서에서 본 것들이었다. 예술품에 대해 백치인 그였지만 모두가 진품일 것 같다는 생각이 들었다.

"일어나!"

옆에 앉았던 형님이 그에게 일어날 것을 말했다. 그의 앞에 SC 그룹의 현 명예회장이 모습을 드러냈다. 칠십이 넘은 나이에도 팽팽한 피부를 가진 게 아이들의 신선한 피를 마신다는 소문이 사실이 아닐까, 라는 생각이 들 정도였다.

"안녕하십니까?"

형님이 바닥에 코가 닿을 정도로 허리를 숙여 인사를 하자 김 사장도 형님에게 질까 더 허리를 숙였다.

"앉지."

목소리에 힘이 실려 있었다. 현 명예회장에겐 범접할 수 없는 뭔가가 있었다. 도우미가 그들 앞에 차를 가져다주었다.

"이번에 신경 써 준 것에 대한 답례야."

현 명예회장 옆에 서 있던 남자가 봉투 하나를 형님에게 건넸지만 형님은 봉투를 받지 않았다.

"돈을 받고자 한 일은 아닙니다. 그리고 고작 하룻밤인데……."

옆에서 두툼한 돈 봉투에 입맛을 다시던 김 사장을 형님이 발로 툭 쳤다.

"암요, 저희는 돈을 보고 한 일은 아닙니다."

"그래? 고맙군."

김 사장의 앞에서 다시 돈 봉투가 치워지자 김 사장은 아쉬움이 가득 담긴 눈으로 돈 봉투를 보았다. 마음 같아선 받고 싶었지만 형님의 뜻을 거스를 수는 없었다.

"이번 아가씨는 어떻게 보내게 됐나?"

"아버지가……."

"제가 심사숙고해서 고르고 또 골라서 보냈습니다."

어이가 없게도 형님은 모든 공을 자신의 것으로 만들고 있었다.

"죽은 며늘아기와 아주 똑같이 생겼어. 나도 놀랄 만큼."

"그게 다 제 계획이었습니다. 그래야 현 회장님께서 품에 안으실 것 같아서 말입니다."

김 사장은 자신이 형님을 따라가려면 멀었다는 걸 알았다.

"잘했어."

"감사합니다."

현 명예회장의 얼굴에도 만족한 빛이 떠올랐다. 하지만 이대로 물러설 형님이 아닌데 이상했다.

"회장님……."

"말해 봐."

"제가 이번에 공사에 참여하고 싶은 게 있어서……."

"알았어. 내가 말해 놓지."

너무 쉽게 말을 하는 현 명예회장이었다. 역시 우리나라 최고의 기업 회장다웠다. 왜 그렇게 형님이 공을 들이는지 알 것 같았다.

"나도 부탁 하나 할까?"

"뭐든지 시켜만 주십시오."

"이번 주말에 그 아가씨 다시 보내. 확인할 것도 있고."

아마 아들인 현 회장의 반응을 다시 보고 싶은 모양이었다.

"당연하죠. 저도 그렇게 할 생각이었습니다."

김 사장도 형님과 같이 머리를 숙였다. 그가 완전히 봉을 잡은 것 같았다.

"잘했어."

돌아오는 길에 형님이 그의 손을 잡으며 말했다.

"잘된 일이죠. 이렇게 거물의 마음에 들기는 힘든데……."

"고은새가 우리의 동아줄이 될 거야."

"암요."

"그러니 상품에 금가지 않게 잘 다뤄."

"네."

"잘하면 그년 아비에게 받지 못한 돈보다 몇 배의 돈이 우리 수중에 들어올 테니까."

형님의 얼굴에 모처럼 미소가 번졌다.

"그런데 형님 왜 하필 경험 없는 여자를 원하신 겁니까?"

"그냥, 이왕이면 새 물건이 좋은 거 아니야?"

"그럼요."

김 사장은 형님을 모셔다가 드리고 자신은 은새의 집으로 향했다. 그리고 집 앞에서 은새가 퇴근할 때까지 기다렸다. 이제 함부로 다루면 안 되는 인물이었다. 형님도 상품에 금이 가면 안 된다고 하고 말이다.

"저기 옵니다."

그의 차를 운전하는 부하가 다급하게 말했다.

"잡아 와."

"네."

오늘은 아주 진지한 대화를 나누게 될 것이다.

"살살 다뤄."

"네."

잠시 후에 은새가 창백한 얼굴로 그의 차에 올랐다.

"반가워. 며칠 사이에 아주 예뻐졌어."

"무슨 일이죠?"

"우리 사이에 그렇게 각을 세울 필요는 없잖아."

그가 오면서 산, 금으로 된 두꺼비를 건넸다.

"아주 수고했어. 이거 금 30돈이야."

"……."

"행운을 가져다주는 두꺼비니까 받아."

"왜요?"

은새의 목소리가 날카로웠다.

"여자가 너무 성질만 날카로우면 좋지 않아. 그리고 우리에겐 서로 청산할 빚이 있잖아?"

그가 은새의 손에 금 두꺼비가 있는 자주색 벨벳 케이스를 쥐어 주었다.

"받아. 그리고 앞으로 내가 주는 건 거절하지 마. 난 그런 거에 적응이 안 돼서 말이야."

"목적이 뭐예요?"

은새의 눈이 놀란 토끼눈처럼 커졌다.

"이번 주 토요일에 다시 한 번 가."

김 사장은 최대한 자연스럽게 말했다. 명령하자니 은새를 건드려 봤자 좋을 게 없고 그렇다고 사정을 하자니 웃겼다. 그래서 약간 타이르는 방식으로 가닥을 잡았다.

"지난번 한번 아니었나요?"

"하룻밤에 10억은 너무 비싼 거 아니야?"

"집도 가져가고."

"내 말만 잘 들으면 집도 그냥 두지."

"……."

은새의 눈동자가 흔들리고 있었다. 벼랑 끝에 몰린 사람들이 짓는 흔한 표정이었지만 은새는 그런 표정을 지어도 예뻤다. 그러니 현 회장이 안았지, 안 그랬으면 그녀는 그의 부하들의 품에 안겼을지도 몰랐다.

"토요일에 지난번처럼 차를 보내지."

"……."

그는 은새를 집으로 들여보내고 혼자 기분 좋게 자신의 집으로 향했다. 오랜만에 기분 좋게 잠들 수 있을 것 같았다.

은새는 다리가 후들거려서 대문 안으로 들어오자마자 땅바닥에 그대로 주저앉았다. 너무 처참한 기분이었다. 마치 창녀가 된 느낌이었다. 돈에 팔려가는 그런 느낌…….

"아빠……."

아빠는 이런 상황을 아는지 모르는지, 연락조차 없었다. 엄마는 완전히 삶을 포기한 사람처럼 저러고 있고 어떻게 해야 할지 정신을 차릴 수가 없었다. 귀하게 자란 게 좋은 것만은 아니었다. 이렇게 어려운 상황에서의 대처 능력이 현저히 떨어졌기 때문이었다.

"날 보고 어쩌라고……."

이렇게 자꾸만 현 회장에게 들락거리다가는 그녀가 그의 회사 직원이라는 사실이 탄로 날 것 같았다. 그러면 당장 해고가 될 것이고 엄마와 그녀는 당장 생계 걱정을 해야 하는 상황이 될 것이다.

"어쩌지?"

도무지 방법이 떠오르지 않았다. 그리고 현 회장과 또다시 밤을 보내기가 두려웠다. 첫날은 정신없이 어떻게 보냈지만 경험이 있는 지금은 다시 할 수 있을까? 라는 생각이 앞섰다.

아픔과 같이 느껴졌던 짜릿함…….

"아니야!"

은새는 자신이 받았던 느낌을 부정하며 집으로 들어섰다.

"엄마, 다녀왔어요."

"……."

오늘 하루 은새는 엄마를 잊고 있었다. 하루 종일 현 회장의 일이 떠올라 엄마 걱정을 하지 않아서 너무 죄송했다.

"엄마……."

침대 위에 눈을 감고 있는 엄마는 꼭 죽은 사람 같았다. 걱정스러운 마음에 은새는 손가락을 엄마의 코끝에 가져다댔다. 다행히 숨은 쉬고 있었다.

"엄마, 그만 일어나. 밥 먹자."

"……."

"이 집 괜찮을 거야. 생활비야, 내가 벌면 되고 용돈 모아둔 것도 조금 있고 하니까. ……제발 이러지 마."

"……."

엄마의 눈에서 눈물이 흘러내렸다.

"엄마 다니던 화실도 계속 다니고 꽃꽂이 수업도 받아. 집에 이러고 있지 말고 아줌마들하고 커피도 마시고."

"……어떻게 그래?"

"아니 이제 괜찮으니까, 그래도 돼. 아빠는 내가 천천히 찾아 볼게."

"난 네 아빠 없인 못 살아."

엄마가 울고 있었다. 은새는 더 이상 말을 하지 않고 엄마를 꼭 안아 주었다. 엄마 인생에서 가장 힘이 든 시기가 될 것 같았다.

자신의 방으로 돌아온 은새는 침대 위에 그대로 누웠다. 이틀이 지났지만 아직도 그녀의 아랫도리는 화끈거리고 있었다.

"미쳤어."

생각이 너무 많아서 머리가 터져 버릴 것 같았다. 그냥 평범하고 무난하게 살아서 심심하단 생각을 한 적이 있었다. 얼마나 호강에 겨운 생각이었는지 은새는 며칠 사이에 뼈저리게 느끼고 후회했다.

평범한 게 가장 좋은 것이었다. 오늘처럼 그렇게 우연히 현 회장을 스쳐 지나가는 것만으로도 심장이 오그라들 것 같은데 이번 주 토요일에 또 그의 침실에 들어가야 하다니 정말 미치고 팔짝 뛸 노릇이었다.

그리고 그 새미라는 여자가 그의 죽은 부인의 이름이라는 게 마음이 쓰였다. 괜히 그녀의 자리를 빼앗은 기분이 들어 죄책감마저 들었다.

"나한테 왜 이러는 거야……!"

은새는 침대에 얼굴을 묻고는 소리치며 한참을 울었다. 그리고 그렇게 잠이 들어 버렸다. 아빠를 원망하면서…….

　헉헉헉…….

　가쁜 숨을 몰아쉬며 모처럼 집 안 헬스장에서 몸을 푸는 지훈의 근육들은 몹시도 성이 나 있었다. 몇 년 만에 온몸이 땀에 젖도록 운동을 하는 것 같았다. 거의 자포자기를 한 마음이 들 때는 술로 마음을 달랬지, 이렇게 극한의 고통스러운 체력 단련으로 슬픔을 잊을 생각은 못했다.

　"헉헉…… 역시……."

　잡생각이 들 때는 운동이 그만이었다. 그는 잠시 운동을 멈추고 물병의 물을 순식간에 다 비웠다. 운동을 멈춘 사이에 다시 그녀의 매끄러운 몸이 떠올랐다. 새미와 신혼일 때도 이렇게 새미의 몸을 생각한 적은 없었다.

　왜일까? 그날의 일은 그가 술이 떡이 되고 난 다음의 일이었다. 생각이 나지 않아야 정상인데 그때의 일을 떠올리면 새미와의 좋았던 섹스의 기억은 아무것도 아니었다.

　"그동안 너무 굶었어."

　이렇게 애써 부정을 해 보지만 결론은 여전히 그녀의 아름다운 몸이 그의 밑에서 헐떡이던 모습만이 선명하게 떠올랐다.

　"잊어 버려!"

그는 오늘 점심시간에 은새를 보고부터는 더 그날의 기억을 지우기 위해 애를 쓰고 있었다. 그의 기억엔 새미만이 존재해야 했다. 아름다운 그의 부인인 새미만이 그의 마음에 있어야 했다.

그래야 그날의 미안함을 잊을 수 있을 것 같았다. 그날이 떠오르자 그는 다시 그의 헬스장에서 가장 무거운 덤벨을 들었다. 새미는 그날 친정에 가고 싶어 하지 않았다. 하지만 그가 굳이 보낸 것이었다.

새로운 프로젝트 때문에 바빴고 새미는 점점 그에게 함께 있자는 말을 자주 했었다. 새미는 아이를 낳고부터 그에게 더욱 매달렸고 때로는 그게 버거울 때가 있었다. 그래서 사고 전날 그가 장모님과 장인어른께 선물할 산삼까지 구해서 새미를 보내게 된 것이었다.

일주일간 푹 쉬다가 오라고 말이다. 그게 마지막이 될 줄은 몰랐었다. 그는 자신이 새미와 딸을 죽음으로 몰아넣은 것 같아 고통스러웠다.

새미가 죽고 나서 1년이 지난 후부터 아버지는 그에게 많은 여자들을 보냈었다. 그는 그게 스트레스였고 자신의 방에 들어온 여자들을 쳐다보지 않았다. 그리고 술을 마시고 또 마셨다.

그래야 죄책감을 조금이나마 잊을 수 있었다. 평일에는 일에 미쳐서 새미를 잊었고 주말엔 술에 취해 새미를 잊기 위해 노력했다.

그런데 3년 만에 새미와 똑 닮은 여자와 섹스를 했다. 그리고 몹시도 좋았다.

"아아악!"

다시 은새와의 섹스 생각이 나자 그는 소리를 질렀다. 아직 새미에게 용서받지 못했다. 아직 그는 여자를 안을 자격이 없었다. 아니 행복해서는 안 되는 것이었다. 새미와 닮았기 때문에 안은 것이지 좋아서가 아니었다.

그는 술에 취해 잠시 새미로 착각한 여자와 섹스를 한 것이다. 너무 닮아서 착각을 한 것이라고, 그렇게 속으로 생각하고 또 생각했다.

헉헉헉…….

"닮았어……. 어떻게 그렇게 닮을 수가 있지?"

또다시 격한 숨소리가 헬스장에 퍼지고 있었다.

"지훈아!"

아버지였다. 그의 고함소리가 컸던 모양이었다.

"헉헉, 네……."

그의 가슴이 거친 호흡으로 인해 들썩이고 있었다. 아버지가 그의 모습을 안쓰러운 듯 바라보았다.

"운동하는 모습이 슬퍼 보이는구나."

"……."

"난 네가 이제 행복했으면 싶구나. 결혼해서 아이도 갖고 말이다. 이제는 우리 SC그룹의 새로운 세대가 태어났으면 좋겠구나."

"아버지 전……."

"안다. 네가 얼마나 새미와 이솔이를 사랑했는지 말이다."

아버지와 새미의 이야기를 나눈 적은 없었다. 결혼을 할 때 아버진 새미를 마음에 들어 하지 않으셨다. 부잣집 딸에 버릇없이 자라서 자기밖에 모른다는 생각을 가지고 계셨다. 물론 아버지의 사람 보는 눈이 정확하다는 건 인정했지만 당시 그는 새미를 포기할 수가 없었다.

"3년이면 됐다. 이제 우리 가문의 대를 생각해야 할 때가 됐다. 이번에 아가씨가 주말에 다시 올 거다."

"아버지 전 싫습니다."

"그 아가씨와 결혼하라는 게 아니야. 여자에 대한 너의 욕구를 분출하라는 거다. 네가 3년간 수절을 한 걸 이 아비가 모를 줄 알아?"

"아버지께서 제 성생활까지 신경 쓰실 줄은 몰랐습니다."

"얼마나 답답했으면 그런 생각까지 했겠어."

"그 아가씨, 저희 직원입니다."

아버지의 표정이 어두워졌다. 하지만 뜻을 굽힐 사람이 아니란 걸 지훈은 알았다.

"입단속 잘하면 돼. 이제부터 네 엄마가 아가씨들을 알아 볼 거다. 네가 재혼이라도 재벌가의 아가씨들은 줄을 서 있어. 그러니 너도 마음의 준비를 단단히 하는 게 좋을 거다."

"아버지."

"더 이상 다투고 싶지 않다. 피곤해. 너도 운동 그만하고 자라."

아버지가 헬스장을 나가고 그는 그 자리에 그대로 털썩 주저앉았다. 3년을 기다려 주신 걸 안다. 대부분 그의 뜻을 반영해 주신 아버지가 이렇게 강경하게 나온 건 처음이었다. 그래서 아버지의 뜻을 거스를 수가 없었다.

"결혼이라……."

그리고 주말에 그녀와 다시 만나게 된다. 그는 머리가 터질 것 같았다.

"좋은 아침입니다."

은새는 오늘도 아무렇지 않은 표정으로 출근하는 선배와 상사에게 인사를 했다. 오늘은 새벽에 일어나서 평소보다 일찍 출근했다. 그래서 책상 정리도 하고 출근하는 사람들에게 커피도 타서 주었다.

"오늘은 기분이 좋은가 봐."

"언제나 좋습니다."

말은 이렇게 했지만 기분이 좋지 않았다.

"나도 커피."

"네."

그녀에게 침을 흘리고 있는 하 팀장이 커피를 주문했다. 하 팀장은 그녀가 입사한 날부터 매일 치근덕거리는 사람이었다. 손을 잡는 건 기본이고 가끔 그녀의 엉덩이를 슬며시 만지기도 했다. 회식 때는 술 취한 척하며 그녀의 가슴을 손으로 만지기도 했다. 피해야 할 사람 1순위였다.

하지만 영업 1팀장이기 때문에 그의 말을 거스를 수는 없었다.

"내가 가져다줄게."

하림이 은새가 타놓은 커피를 들고 하 팀장에게 가서 전해 주었다.

"팀장님 맛있게 드세요."

"어? 어."

하 팀장의 천적이 하림이었다. 무슨 꼬투리를 잡혔는지 하림 선배에게는 완전히 꼼짝을 못했다.

"진짜 신기해요."

"뭐가?"

커피를 가져다주고 온 하림에게 은새가 말했다.

"천상천하 유아독존인 팀장님이 왜 선배에게 그렇게 꼼짝을 못하는 거죠?"

"몰랐어?"

"뭘요?"

"하 팀장, 우리 친언니랑 결혼했어. 10년 전에."

"그, 그러니까. 형부?"

"불행히도 맞아. 하 팀장이 꼼짝 못하는 건 내가 아니라 우리 언니지. 우리 언니가 여간 독종이 아니거든."

놀라운 일이었다.

"그것 때문에 우리 언니 귀에 들어갈까 봐 매일이 노심초사지. 그래서 날 다른 부서로 옮기려고 아주 노력 중이야."

하 팀장의 자리를 보니 벌레 씹은 얼굴로 커피를 마시고 있었다.

"너무 걱정하지 마. 하 팀장이 껄떡거리는 거 얼마 가지 못할 거야."

선배도 알고 있는 모양이었다.

"우리 언니가 늦둥이 임신 중이거든. 언니 애기 낳고 나면 내가 다 일러바칠 거니까. 지금은 좀 참아 줘. 내가 막는 데까지는 막아 줄게."

"감사해요."

진심이었다.

"그런 의미에서 오늘 점심은 그대가 쏴라."

구내식당에서 밥을 먹는 게 싫은지 하림은 자꾸 밖에 나가서 먹을 구실을 만들었다.

"그러죠. 뭐 드시고 싶으세요?"

"요즘 이상하게 구내식당 밥이 싫다. 구내식당만 아니면 만사 오케이."

"알겠습니다."

오전에 업무가 끝이 나고 그녀와 하림은 근처에 일본식 돈가스 집으로 향했다. 어제처럼 현 회장을 볼까 봐 일부러 로비에선 거의 뛰다시피 했다. 그렇게 보는 것도 불편했다. 더욱이 자꾸 야릇한 그 밤이 떠올라서 더 싫었다.

"천천히 가……!"

그녀의 빠른 걸음을 따라오느라 하림이 숨이 찬 모양이었다.

"배고파서요."

"아침 안 먹고 나왔어?"

"네."

그녀의 말에 하림도 빠르게 걸음을 옮겼다.

"어머!"

그렇게 바닥만 보고 걷다가 은새는 입구에서 누군가와 부딪쳤다. 딱딱한 벽에 부딪치는 것 같았다. 아주 탄탄한 몸이란 생각이 불현듯 들었다.

"죄송합니다……."

고개를 드는 순간 은새의 얼굴은 그대로 굳어 버렸다. 하필이면 그렇게 피하고 싶었던 현 회장이랑 정면으로 부딪치고 말았다.

"죄송합니다. 회장님. 저희들이 배가 고파서……."

하림도 몰랐는지 아무 말이나 막 던졌다.

"……."

현 회장은 그들의 사과를 받는 둥 마는 둥 그냥 자리를 지나치려 했다.

"죄송하다고요!"

무시당하는 건 싫었다. 토요일 밤에 그의 침대에 들어갈지라도 지금은 이렇게 무시당할 수는 없었다. 놀란 하림이 그녀의 팔을 잡았다.

"죄송할 거 없어. 서로 잘못한 거니까."

"……."

그는 이렇게 말을 하고는 그의 비서진들과 함께 회사 안으로 들어갔다.

"미쳤어……."

하림이 넋을 놓고 현 회장이 사라진 방향을 보고 있었다.

"가요."

오히려 은새가 아무렇지 않게 하림의 손을 잡고는 회사 밖으로 나섰다.

"은새 씨, 다시 봤어."

"제가 잠깐 미쳤던 거예요."

"그건 맞아. 그랬다고 자르진 않겠지?"

"그러진 못할 거예요."

"하긴 요즘 세상에……."

그 후로 밥이 입으로 들어가는지 코로 들어가는지 모를 점심 식사를 하고는 떨리는 걸음으로 사무실에 들어섰다.

"고은새 씨!"

하 팀장이 고함을 질렀다. 아무래도 잘리는 모양이었다.

"점심시간에 회장님께 그게 뭐 하는 겁니까?"

로비에서의 일을 본 모양이었다.

"그리고 하림 씨도 같이 있었으면 말려야지."

"죄송합니다."

지금은 입이 열 개여도 할 말이 없었다.

"내가 아주 다리가 떨려서……."

하 팀장이 오버하고 있었다.

"하여튼 위에서 무슨 말이라도 나오면 둘은 사직서 쓸 각오해요!"

"……."

말대꾸 한번에 실직이라니 어이가 없었다. 만약에 그랬다가는 가만히 있지 않을 것이다. 지금 상황에서 실직은 있을 수 없는 일이었다.

지훈의 표정이 어느 때보다도 심각하게 굳어 있었다.

"괜찮으십니까?"

"……."

회사에선 포커페이스를 유지하는 사람인데 올해는 그 어느 때보다 힘이 든 모양이었다. 이 실장은 걱정이 되었다. 3년이면 잊을 만도 한데 생각보다 작은 사모님과의 사이가 각별했던 모양이었다.

오전에 방송사의 인터뷰가 끝이 나자마자 현 회장은 급한 일이 있는 사람처럼 회사로 돌아가야 한다고 말했다. 업무에 관한한 이 실장이 모르는 일은 없었다. 오후에는 일정이 따로 없고 저녁 무렵에 시상식에 참석하는 것뿐이었다.

그렇다면 현 회장은 왜 그렇게 회사에 점심시간 이전에 도착해야 한다고 서두른 것일까? 알다가도 모를 일이었다.

"회장님, 제가 모르는 무슨 일이라도……."

불안한 마음에 이 실장은 회장의 빠른 걸음을 따라가며 물었다.

"아닙니다."

업무에 관한한 그에게 전부 말하는 현 회장이 아니라고 답해 이 실장은 어쩔 줄을 모르고 다시 되물었다.

"네?"

"해결됐습니다."

"아까 직원이 부딪친 걸로 화가 나신 건지요? 조치를 취할까요?"

"조치라뇨? 그만한 일로 제가 화를 낼 것 같습니까?"

그때 분명히 현 회장은 직원들에게 화를 냈다. 점잖게 굴기는 했지만 화를 낸 건 확실했다.

"신경 쓰지 마세요."

"네."

"오랜만에 직원 식당에서 밥을 먹어 볼까요?"

현 회장이 직원 식당 쪽으로 향했다. 가끔 직원들이 잘 먹고 있는지 궁금하다며 불시에 식당을 찾곤 했지만 그건 6월에는 이루어질 수 없는 일이었다. 6월은 현 회장이 감당하기 어려운 슬픈 일이 일어난 달이고 그는 자신의 슬픔에서 벗어나기도 버거운 상황이란 걸 이 실장은 잘 알고 있었다.

당황스러웠다. 분명 현 회장은 아직 슬픔에서 벗어나지 못했는데 이상했다. 하지만 빨리 극복하면 좋은 것이라 생각한 이 실장은 현 회장의 뒤를 따라 직원 식당으로 향했다.

2. 곁에 두다

은새는 시간이 이렇게 잘 가는 줄 몰랐었다. 무슨 로켓 엔진이라도 달린 듯 일주일이 훌쩍 지나 토요일이 되었다. 아침부터 은새는 계속해서 거실을 서성이고 있었다.

"왈왈!"

반려견 순심이가 그녀가 정신없이 돌아다니자 급기야 짖기 시작했다.

"그때 조폭들이 집에 왔을 때 짖어야지. 언니 보고 짖으면 돼? 바보야."

토이푸들인 순심이는 이 일이 터지기 전까진 집안의 막내로 아주 귀한 대접을 받고 살았는데 요즘은 천덕꾸러기가 되었다. 엄마도 푸념을 순심이에게 하는 모양이었다. 순심이가 꼬리를 내리며 그 자리에 앉아 풀이 죽은 모습을 하고 있었다.

"순심아, 네가 무슨 죄가 있겠니? 미안……."

안쓰러운 마음이 들어 은새가 순심이를 안아 들었다.

"밥 먹어."

엄마가 기운 없는 소리로 주방에서 그녀를 불렀다. 은새는 식탁에 앉았지만 엄마도 은새도 밥알을 세고 있었다.

"무슨 일 있어?"

엄마가 은새를 보며 물었다.

"아니, 없어."

"그런데 왜 그렇게 고민이 많은 사람처럼 거실을 돌아다녀?"

"그냥. 아 참, 엄마. 나 오늘 못 들어올 수도 있어."

"왜?"

"회사 선배가 집들이 한다고 하룻저녁 묵고 가라고 해서. 하림 선배 엄마도 알잖아."

그녀가 하림에 대한 이야기는 엄마에게 많이 했다.

"그래?"

"응, 그런데 혼자 있을 수 있겠어?"

"내가 애니? 순심이도 있고."

엄마는 그녀의 말을 믿는지 더 이상 꼬치꼬치 묻지는 않았다.

안절부절못할 시간에 준비를 해야 할 것 같아 은새는 목욕을 하고
는 평소에 잘 하지도 않는 팩 하나를 얼굴에 붙이고 침대에 누웠
다. 아무리 생각해도 무서웠다.

은새가 고민하는 사이에 시간은 쏜살같이 지나 6시를 가리켰
다. 은새는 준비를 마치고 김 사장의 차가 기다리고 있는 골목 앞
으로 향했다. 엄마가 혹시나 볼까 봐 집에서 좀 멀리 떨어진 곳에
서 만나자고 부탁을 했었다.

"오늘도 예쁘네."

그녀를 본 김 사장이 느끼하게 말을 건넸다.

"오늘도 잘해. 얘기 들기론 좋았던 모양인데……. 처음인 게 확
실해? 아주 잘하지 않으면 남자를 만족시키긴 힘들지."

"그럼 저 대신에 전문여성을 보내면 되죠."

"하하하, 맞아. 이래서 좋아하는군. 남자는 쉬운 여자는 싫어하
지."

"……."

대꾸조차 하기 싫었다. 김 사장이 현 회장의 집 앞에 그녀를 내
려 주며 말했다.

"잘해, 그래야 빚은 물론이고 돈도 챙길 수 있으니까."

"……."

기분이 엿 같았다. 그녀는 집 앞에서 그녀를 기다리고 있는 오

집사를 따라 집 안으로 들어섰다. 지난번에 아무것도 눈에 들어오지 않더니 오늘 보니 집 안은 대궐 같았다.

오 집사는 별다른 말없이 그녀를 2층에 있는 현 회장의 방으로 안내했다.

똑똑똑!

그날처럼 노크만 하고는 그녀는 그의 방 안에 들어섰다. 하지만 그날과는 다르게 그의 방은 말끔했다. 커튼도 깔끔하게 묶여 있었고 조명도 은은하게 비추고 있었다. 방 안이 어찌나 넓은지 거실이 방 안에 들어와 있는 느낌이었다.

어둡고 음침했던 첫날이 너무 각인이 되어서 오늘은 꼭 다른 집에 온 것 같았다. 그리고 지금은 6시가 조금 지난 시간이라 날이 환했다. 섹스를 하기에는 너무 이른 시간이었다.

철컥!

현 회장이 욕실에서 나왔다. 젖은 머리에 짧은 반바지, 상반신을 드러낸 그는 회장이라는 걸 몰랐다면 운동선수로 착각할 만큼 몸이 좋았다. 저런 몸을 가진 남자와 섹스를 한다니 생각만 해도 야릇했다.

"그만 감상하고 앉지."

그녀의 생각이라도 읽은 듯 그가 말했다. 오늘은 술도 마시지 않은 것 같았다.

"저녁은?"

그가 와인 잔에 와인을 따르며 물었다.

"아직 먹지 않았고 먹고 싶은 마음도 없습니다."

"그래? 그럼 이거라도 마셔. 치즈도 먹고."

그가 와인 잔을 그녀에게 내밀었다. 소파 테이블 위에는 그의 말대로 치즈와 간단한 과일이 있었다. 이렇게 술을 놓고 마주 앉아 있으니 정말 술집 여자가 된 기분이었다. 비참한 마음이 들었다. 그녀를 더욱 비참하게 만드는 건 그녀의 그런 생각과는 다르게 그녀의 몸은 벌써부터 현 회장에게 반응을 하고 있다는 것이었다.

자존심도 없는 여자가 된 기분이었다.

"난 조금 늦게 올 줄 알았어."

낮은 저음의 목소리는 회사에서 연설할 때와는 또 다른 느낌이었다.

"너무 일찍 왔나요?"

"아직 날이 밝으니까."

그의 말에 뜻을 알기에 와인 잔을 쥔 은새의 손이 가늘게 떨렸다.

"오늘은 아무런 일도 없을 거야."

"……."

놀란 눈으로 현 회장을 바라 본 은새였다. 아무 일도 없다? 그러면 아빠의 빚을 못 갚는다는 건가?

"전……."

"왜 이 일을 하는 거지? 훌륭한 직장도 있고……."

SC그룹의 월급은 다른 대기업에 비해 월등히 높았다. 대졸 사원 초봉도 다른 곳과는 비교가 되질 않았다. 힘든 만큼 그에 대한 대가는 확실한 곳이었다. 그런데 몸까지 판다는 게 그는 이해가 가지 않는 모양이었다.

"아빠의 빚 때문에 어쩔 수가 없습니다."

결국 솔직한 게 최고였다.

"액수가 많은가?"

"10억."

"적지 않은 액수군."

큰 액수인데 그에겐 그냥 적지 않은 액수인 것이다. 작년도 그의 개인 재산이 3조라는 신문 기사가 나온 걸 보면 당연한 걸까.

"나와 섹스를 하면 10억이 탕감되는 건가?"

"이유는 모르겠지만 그렇다고 했어요."

"서류는 작성했고? 공증은?"

"서류는 작성하지 않았고 이 내용을 공증받기는 좀……."

"내가 거부를 하면 아주 곤란한 상황이 되겠군."

"……아마도요."

그가 와인을 한 모금 마셨다. 왜 그녀에게 이런 말을 하는지 이해할 수가 없었다.

"난 우리의 인연이 그때로 끝이 났으면 좋겠어."

"저도 그래요. 하지만 그렇게 놔두진 않을 것 같아요."

"누가?"

"사채업자요."

목이 탔다. 은새는 저도 모르게 와인을 단번에 들이켰다. 오기 전엔 그와의 섹스가 걱정이 되었지만 이렇게 막상 거부당하고 보니 오늘 밤 그와 섹스를 반드시 해야 한다는 생각이 들었다. 아이러니한 상황이었다.

"나와 섹스하기를 원하나?"

"원하는 건 아니지만 해야 해요."

현 회장의 한쪽 눈썹이 올라갔다. 마음에 드는 답이 아닌 모양이었다.

"원하지 않는다?"

"그날 전 처음이었다고요. 섹스를 원하는 게 뭔지 제가 어떻게 알겠어요?"

"처음이란 건 인정하지. 하지만 남자 경험이 없어 보이진 않았어."

그날은 은새 스스로도 놀랄 정도로 그의 리드에 맞춰서 보조를 잘 맞추긴 한 것 같았다. 기절하기 전까지 말이다.

"전 하나도 좋지 않았어요. 그건 앞으로도 마찬가지고요."

"남자를 그렇게 자극하는 건 좋지 않아."

"자극하는 게 아니라 전 사실을 말하는 거예요."

"그럼 돈 때문에 나에게 안겼다? 싫은데도 억지로 말이지."

"네."

은새는 단호하게 말했다. 이런 말들이 남자를 자극한다는 걸 그녀는 알지 못했다. 하지만 이상하게 그에게 지고 싶지 않았다. 아빠가 그렇게 되지만 않았어도 만나지 않았을 인연이었다.

"뭐, 뭐 하는 거예요?"

갑자기 그가 그녀의 옆에 앉았다.

"얼마나 싫었는지 확인해 보려고."

"싫었다니……. 읍!"

싫었다고 말하려다가 그의 입술이 그녀의 말을 통째로 삼켜 버렸다. 그의 뜨거운 입술은 술에 취한 그날이나 정신이 멀쩡해 보이는 오늘이나 같은 느낌을 주었다. 부드러움과는 담을 쌓은 것 같은 거친 입술의 움직임이 남자라고는 모르는 은새를 자꾸만 빨려들게 만들었다.

본능……. 그것이 무엇인지 전혀 모르던 은새에게 현 회장은 위험한 수업을 하고 있었다. 현 회장은 철저하게 본능만이 존재하는 육체의 언어를 은새에게 가르치고 있었다.

"읍!"

그의 혀가 은새의 입안으로 당당하게 들어왔다. 얼굴을 돌리려 했지만 그녀의 뒷머리를 잡고 있는 그의 손이 허락하질 않았다. 그의 혀가 미끄러지듯 들어와서 그녀의 입안을 점령하고 있었다. 이상한 기분이 들었고 그녀의 아랫배는 찌릿한 전기에 감전된 것 같았다.

첫날은 뭣도 모르고 당했다면 오늘은 그를 온전히 느낄 수가 있었다. 짐승같이 거칠게 움직이는 그의 혀를 말이다. 은새의 치아 하나하나를 세고 있는 것처럼 그의 혀는 입안 구석구석을 헤매고 다녔고 그의 한손은 그녀의 가슴을 움켜쥐고 있었다.

옷 위에 있던 손이 정신을 차릴 때쯤엔 그녀의 옷 안에 있었다. 마른 체형에 비해 풍만한 가슴을 가지고 있는 은새는 그가 가슴을 만질 때마다 신음을 토해내고 있었다.

"아주 예민한 가슴을 가졌어."

그가 그녀의 귓가에 거친 숨을 몰아쉬며 말했다.

"이래도 싫은가?"

"……"

그는 말할 틈도 주지 않고 은새의 윗옷을 들어 올렸다. 그리고는 브래지어를 들어 올려 하얗고 봉긋한 그녀의 가슴이 드러나게 만들었다. 은새의 온몸에 소름이 돋았다. 추워서라고 말하고 싶었지만 지금은 추운 계절이 아니었다.

"읍!"

은새는 스스로 입술을 깨물었다. 그가 그녀의 유두를 혀로 건드렸기 때문이었다. 그날도 이랬었나? 그날은 정신이 없었지만 그가 애무를 하지 않았음을 기억했다. 그는 곧바로 그녀를 차지했었다.

처음인 그녀가 얼마나 고통스러울지 따윈 안중에도 없는 사람처럼 그녀를 거칠게 차지했다. 하지만 오늘은 달랐다. 그는 그녀의 구석구석을 맛보고 싶어 하는 것 같았다. 정말 온몸이 전기에 감전이 된 느낌이었다.

"아아하……."

아직 시작도 하지 않은 것 같은데 그녀의 팬티는 이미 흥건하게 젖어 있었다. 그가 만약에 본다면 창피할 정도였다. 하지만 어쩔 수 없는 몸의 반응이었다. 마치 무조건 반사와 같은 것이었다.

그가 건들기만 해도 그녀의 온몸이 반응했다.

"아흐……."

신음도 동시에 터져 나오고 있었다. 그녀의 윗옷은 어느새 사라지고 없었다. 아무리 첫날밤을 보낸 사이지만 그때는 어두운 방안이었고 지금은 불이 환하게 켜진 상황이었다. 그가 그녀의 가슴을 온전히 바라보며 차지하고 있었다.

뾰족하게 솟아오른 유두는 그의 혀에 완벽하게 복종하고 있었다. 그녀의 가슴을 주무르고 빨아 대는 통에 은새는 정신이 없었다. 그러다가 그의 손이 그녀의 여성을 감싸자 은새는 정신이 번쩍 들었다.

"안 돼요……."

"……."

그의 눈빛이 칠흑같이 어두웠다. 마치 악마에게 영혼을 판 것처럼 그는 욕망에 눈이 어두워져 있었다. 그의 손이 강하게 그녀의 치마를 벗겨 내더니 속옷과 스타킹을 단숨에 찢어 버렸다. 은새는 소파 위에 완벽한 나체로 누워 있었다.

부끄러워할 사이도 없이 그가 다시 은새의 가슴을 뜨거운 혀로 핥았다. 그리고 이번엔 가슴뿐만 아니라 점점 더 아래로 입술을 내렸다. 은새는 저도 모르게 허리를 활처럼 휘었다. 밀려드는 쾌감에 미칠 것 같았다.

원래 이렇게 밝히는 여자였나? 싶을 정도로 그녀의 몸은 타오르고 있었다. 이제 멈출 수가 없었다. 그가 비웃든 말든 이제는 현회장이 더 깊은 곳까지 애무를 해 주길 바라는 마음이었다.

"아…… 흐……."

그가 그녀의 다리 사이로 손을 집어넣었다. 그리고 그녀의 여성을 주물럭거렸다. 질척거리는 소리가 뒤섞여 들렸다. 부끄럽다는 생각보다는 자극적이라는 생각이 들었다. 그의 손을 잡기는 했지만 막지는 않았다.

그가 은새의 다리를 벌리고 한참을 내려다보았다.

"그만……."

은새가 다리를 오므리려고 하자 그가 그녀의 다리를 잡았다. 그리고는 다리 사이에 자리를 잡고 섰다. 그날은 제대로 보지 못한 그의 거대한 페니스가 은새의 눈에 들어왔다. 그녀를 고통스럽게 한 이유를 알 것 같았다.

너무 컸다. 검은 그의 페니스는 힘줄이 보일 정도로 단단해져 있었다.

"안 돼!"

자연스러운 반응이었다. 그의 것이 몸 안에 들어온다면 죽을 것 같았기 때문이었다. 하지만 그는 아랑곳하지 않고 한손으로는 그녀의 다리를 잡고 다른 한손으로는 자신의 페니스를 잡았다.

그리고 그 무시무시한 페니스를 그녀의 질 입구에 대고 문지르기 시작했다.

"헉……! 으으윽……."

"아악!"

비명과 신음이 교차하는 순간이었다. 그녀의 질에 그의 페니스가 들어오기 위해 안간힘을 쓰고 있었다.

"으윽!"

"아아아악!"

그녀는 비명을 질렀다. 누가 듣든 말든 지금은 너무 고통스러웠다. 하지만 그의 허리 짓은 멈추지 않았다.

"그만……."

그녀가 고개를 들자 그의 페니스가 그녀의 질 안으로 들어갔다가 나오는 모습이 보였다. 미칠 것 같았다.

"조금 있으면 괜찮아. 여기서 멈출 순 없어."

그의 이마에 땀이 송골송골 맺혀 있었다. 온 힘을 다해 움직이는 것 같았다. 찢어질 것같이 고통스럽던 질이 그의 말처럼 조금씩 괜찮아지고 있었다.

처음에는 마비가 된 것처럼 아무 느낌이 없다가 시간이 조금 더 지나자 클리토리스까지 움찔거리는 쾌감이 아랫부분에서 느껴지고 있었다.

"아아아앙……."

저도 모르게 신음이 터져 나왔다. 그리고 그와 함께 리듬을 맞추며 허리를 움직였다. 그의 페니스가 좀 더 깊이 들어왔으면 좋겠다는 생각이 들 정도였다.

"아아앙…… 하아……."

"으윽…… 윽……."

그도 그녀처럼 흥분하고 있었다. 은새는 저도 모르게 감고 있던 눈을 떴다.

그의 얼굴이 한눈에 들어왔다. 인상을 쓰며 열심히 움직이는 그는 눈을 뜨고는 그녀를 보고 있었다. 얼른 눈길을 피하긴 했지만 그녀를 보던 그의 눈빛이 아직도 욕망으로 가득한 걸 보고 말았다.

아직 끝나지 않은 것이다. 하긴 은새도 그가 계속해서 이런 쾌감을 주길 바랐다. 이 밤이 새도록 말이다.

"더 이상은……."

그가 알아들을 수 없는 말과 함께 욕설을 내뱉었다. 그러더니 조금 더 거칠게 움직이기 시작했다.

"아아악!"

"헉헉……. 윽!"

그는 마침내 그의 분신들을 그녀의 배 위에 쏟아 냈다. 그러더니 화장지로 그녀의 배를 닦아 주고는 은새를 안아 들었다.

"지금 뭐 하시는 거예요!"

"씻어야지."

그렇게 말을 하며 그녀를 욕실로 안고 들어갔다. 그날 욕실은 사용하지 않았었다. 눈을 뜨자마자 바로 집으로 도망쳤기 때문이었다. 처음 들어온 그의 욕실은 그녀의 집과는 비교도 되지 않았다. 커다란 하노끼 욕조와 핀란드식 사우나가 욕실에 있었다.

입이 떡 벌어지는 곳이란 건 알고 있었지만 욕실까지 이럴 줄은 몰랐었다.

"오늘은 모든 게 새롭고 놀랍네요."

"뭐가?"

"다요."

이게 맞는 대답이었다. 그녀의 눈에 들어온 모든 게 새롭고 놀라웠다. 그리고 솔직하게 지금 그의 품에 안겨 있는 것 자체가 아직은 어색했다.

"내려 주실래요?"

그가 그녀를 샤워부스 앞에 내려 주었다.

"씻을게요."

그녀는 혼자 씻고 싶다는 뜻이었지만 그는 은새를 혼자 두지 않을 모양이었다. 그가 그녀의 뒤에 서자 샤워부스 안이 꽉 찼다.

"뭐 하시는 거예요?"

은새는 그가 하는 행동 하나하나가 놀라웠다. 어떻게 이런 걸 같이하려는 것인지 이해할 수가 없었다.

"씻으려고."

"그럼 제가 나갈게요."

"아니, 같이 씻어."

"회장님!"

쏴아아! 샤워물이 그녀의 머리 위로 떨어졌다.

"어머!"

물이 그녀의 머리 위로 떨어짐과 동시에 그의 손이 그녀의 허리를 감싸 안았다. 그의 따뜻하고 강인한 몸이 그녀의 등 뒤에 닿았다.

"그만해요……."

"조금 전 반응은 이게 아니던데. 원래 말하고 행동하고 다른 사람인가?"

"회장님!"

"난 솔직한 사람을 좋아하지."

그의 손가락이 그녀의 유두를 잡더니 살며시 비틀었다. 찌릿한 느낌이 온몸에 퍼졌다. 물과 함께 피부에 닿는 그의 피부의 느낌은 아주 자극적이었다.

은새는 생각이란 걸 할 수가 없었다. 본능이 더 앞섰기 때문이었다.

그가 다시 한 번 그녀를 안아 주길 바라는 마음이었다. 그의 페니스가 엉덩이를 찌르고 있었다. 그도 은새처럼 많이 흥분을 한 모양이었다.

섹스에 대해 잘 알지는 못하지만 현 회장이 흥분했다는 건 알 수 있었다.

그가 거칠게 은새를 돌려 세워 입술을 먹어치울 듯이 삼켜 버렸다.

"으으읍!"

숨을 쉴 수가 없었다. 물과 함께 그들의 타액이 입안에서 섞이고 있었다. 은새는 저도 모르게 그의 어깨를 손으로 잡았다. 그리고 몸을 그에게 기댔다.

그의 페니스가 그녀의 배를 찌르자 저도 모르게 몸을 움직이며 그를 자극하고 있었다.

"헉!"

그가 갑자기 그녀의 한쪽 다리를 들어 올리더니 벽으로 밀어 붙었다. 차가운 타일이 등에 닿자 소름이 돋았다.

"회, 회장님…… 악!"

회장이 그대로 선 채로 페니스를 그녀의 질 안으로 밀어 넣었다.

이렇게 서서 섹스를 하게 되리라고는 상상도 하지 못했었다. 그의 페니스가 더 깊숙이 안으로 들어온 것 같았다.

"아, 아파…… 악!"

"조금만……."

그도 말끝을 흐리며 헐떡거리기 시작했다. 물줄기는 여전히 그들의 위로 떨어지고 있었다.

살 부딪치는 소리와 샤워기의 물소리가 오묘하게 섞여 그녀를 자극했다.

"아아아앙."

처음의 고통이 지금은 쾌감으로 다가오고 있었다. 은새는 섹스는 하면 할수록 고통보다는 쾌락이 존재한다는 걸 알게 되었고 현 회장의 섹스는 결코 한번으로 끝이 아니란 사실을 알게 되었다.

"헉헉헉."

그의 거친 숨소리가 듣기 좋았다. 왜 이렇게 듣기가 좋은지 알수 없었다. 갑자기 그가 은새를 안아 들더니 탕 안으로 들어갔다. 나무향이 가득한 욕조는 그냥 욕조라기보다는 작은 수영장 같았다.

그가 그녀를 자신의 몸 위로 앉혔다.

"아악!"

그녀는 신음을 내뱉으면서도 엉덩이를 움직여 그의 페니스가
쉽게 들어오도록 했다.

"역시 말하고 행동하고 달라."

"……."

뭐라고 반박할 수 없었다. 그와 하는 섹스가 좋았다. 돈 때문에
시작했지만 현 회장과 은새는 속궁합이 잘 맞는 것 같았다.

"아흐……."

"남자친구는?"

"없어요."

"하긴 있다면 이렇게 가만 둘 수는 없었을 거야. 남자를 아주 미
치게 만드는 몸이니까."

그의 말에 얼굴이 화끈거렸다.

"전 평범한 사람이에요."

"아니."

그는 단호하게 말하며 그녀의 허리를 잡았다.

"움직여 봐."

"어떻게……."

그녀는 어떻게 움직이는 줄 몰랐다. 그동안은 그가 리드를 했기
때문에 가만히 있기만 하면 됐지만 지금은 아래위가 뒤바뀐 상황
이었다.

"하고 싶은 대로…… 윽!"

허리를 살짝 움직였을 뿐인데 그의 입에서 신음이 터져 나왔다. 그래서 은새는 조금 더 허리를 움직여 보았다. 그가 참기 힘들다는 표정을 지었다. 용기가 생긴 은새는 저도 모르게 본능의 몸짓을 시작했다.

그녀가 움직일 때마다 그의 페니스가 깊게 들어와 그녀도 기분이 좋았다.

"으으윽……."

그리고 현 회장의 신음소리도 깊어 갔다.

"아주 요물이야."

"요물?"

"명기를 가졌어. 너무 조여……."

"명기?"

그의 말을 알아들을 수 없어서 따라 말했지만 은새도 찌릿한 쾌감에 미칠 것 같았다. 그가 그녀의 가슴을 물었다. 그리고는 강하게 빨아들였다.

"아아악!"

이렇게 마주 보며 섹스를 하니 좋았다. 더 많은 자극을 받았기 때문이었다.

"아…… 흐……."

미칠 것 같았다. 그녀의 클리토리스가 강하게 떨리고 있었다. 이런 게 오르가슴인 것 같았다.

은새가 그의 목을 강하게 끌어안으며 클리토리스가 진정이 되길 기다렸다.

하지만 이번에 그가 참기 힘든 것 같았다. 그래서 은새를 일으켜 세워 욕조의 가장 자리를 잡게 하고 엉덩이를 자신의 손으로 감쌌다.

"뭐 하는 거…… 아악!"

이번엔 뒤에서 그의 페니스가 들어왔다. 처음으로 하는 자세라서 제대로 서 있기도 힘이 들었다.

그리고 그의 신장과 그녀의 신장이 맞지 않아 그녀는 발꿈치를 들고 해야 해서 더 힘이 들었다. 다리가 부르르 떨리고 있었다.

"아…… 흐……."

퍽퍽퍽!

야릇한 소리와 그들의 신음소리가 뒤섞여 있었다.

"으윽!"

이번엔 그녀의 몸 안으로 따뜻한 것이 흘러 들어오는 느낌이었다. 그가 자신의 분신들을 그녀의 몸 안으로 분출했다.

"아아앙……."

여전히 그녀의 클리토리스가 강하게 반응하고 있었다. 은새는 다리에 힘이 풀려 그대로 욕조 아래로 주저앉았다. 그러자 현 회장이 그녀의 허리를 잡아 물속에 처박히는 걸 간신히 막았다.

꼬르륵!

창피하게 뱃속에서 꼬르륵 소리가 들렸다. 은새는 얼굴을 들지 못할 정도로 창피했다.

"밥을 먹어야겠군."

"괜찮아요."

"나도 아직 식전이야."

그는 이렇게 말하더니 욕실 옆에 인터폰으로 식사를 방으로 가져다 달라고 했다.

다른 사람이 밥을 가져다주다니 믿기 힘들었다. 숙박시설도 아니고, 외부에서 배달시키는 것도 아니고, 그와 자신은 정말 사는 세상이 다른 사람이었다.

"호텔 같아요."

저도 모르게 입 밖으로 나온 말이었다.

"그런가?"

그는 아무렇게 않게 말했다.

"닦아."

그리고는 수건을 건네주었다. 그는 좀 무뚝뚝한 사람 같았다가도 다정한 구석도 있는 것 같고 좀처럼 종잡을 수가 없었다. 하긴 은새는 남자 경험이 없어도 너무 없었다. 가운을 걸치고 머리를 말리는 동안 방으로 식사가 들어왔다. 방과 연결이 되어 있는 테라스에 밥상이 차려졌다.

"진짜 관광지 호텔 같아요."

"안은 답답하니까 여기서 먹지."

"네."

풍경에 취해 있는 은새에게 밥부터 먹자고 말을 한 것이다.

"아름답네요."

그의 집 정원이 한눈에 내려다 보였다. 언덕 위에 위치해서 다른 사람들이 볼 수 없어서 그런지 가운만 입고 나올 수 있었다.

"맛있어요."

진심이었다. 배도 고프고 체력소모도 큰 섹스를 하고 나서 그런지 음식이 꿀맛이었다. 그런 그녀를 현 회장이 말없이 바라보았다.

"그, 그러니까……."

지금 그녀가 밥이나 얻어먹을 상황이 아닌데 너무 뻔뻔하다고 생각할 것 같았다. 그래서 은새는 젓가락을 놓았다.

"이럴 상황이 아닌데……."

"밥은 편하게 먹어도 돼. 금강산도 식후경이라고 했어."

"……."

그는 그녀가 밥을 다 먹을 때까지 아무런 말도 하지 않았다.

"잘 먹었습니다."

"와인 한잔하지."

그가 와인 잔을 그녀에게 건넸다. 시간이 얼마나 지났는지 모르지만 지금은 깜깜한 밤이었다.

"회장님처럼 멋있는 분이 왜 이런 식으로 여자를 만나는지 궁금합니다."

"내가 원한 게 아니라 아버지가 벌인 일이야. 아까도 말했다시피 난 아직 이렇게 여자와 섹스를 생각할 처지도 아니고."

죽은 아내를 많이 그리워하는 것 같았다.

"하지만 아버지는 3년이나 여자관계가 없는 내가 아주 걱정이셨던 모양이야."

그가 피식 웃었다.

"웃긴 일이라고 생각하겠지만 그건 자식을 생각하는 부모님의 마음이니까."

"아직도 저와의 잠자리가 마음에 안 드시는 건가요?"

"내가 마음에 안 든다고는 안 했을 텐데?"

하기 싫다고 말한 건 그였다. 마음에 안 드니까 그만 오라는 소리를 하는 것 아닌가? 이해할 수가 없었다.

"난 그저 내 상황에서 여자를 곁에 두는 건 아직 시기상조라는 생각이 들었을 뿐이야."

"……."

그가 와인을 단번에 마시더니 그녀를 빤히 보았다.

"돈이 필요한가?"

"돈 때문에 벌어진 일이니까요."

"내가 사채업자를 해결해 준다면 무슨 일이든 할 수 있어?"

갑작스러운 그의 말에 은새는 생각할 사이도 없이 답부터 했다.

"당연하죠. 죽는 거 아니면 다 할 수 있어요. 이 집의 하인으로 들어오라고 해도 들어올 거예요."

"그래?"

"네."

그는 한동안 말없이 와인을 마시며 그녀를 살폈다.

"그럼 내 곁에 있어."

그가 무슨 말을 하는지 정확하게 알아들을 수는 없었지만 김 사장을 해결해 줄 거란 확신은 들었다.

"김 사장만 해결해 준다면 전 뭐든지 할 준비가 되어 있어요."

"좋아."

그렇게 그들의 합의는 이루어졌고 도장 대신 다시 한 번 뜨거운 섹스를 했다. 밤이 새도록 말이다.

3. 빈껍데기

뜨거웠던 주말을 보내고 그는 어느 때보다 가벼운 발걸음으로 회사에 출근을 했다. 이 실장이 아침에 오늘 하루 스케줄을 말하기 위해 들어와서는 한참이나 그를 멍하게 보고 있었다.

"왜요?"

"아니 오늘은 기분이 좋아 보이셔서⋯⋯."

갑작스런 그의 변화에 이 실장이 당황한 것 같았다.

"그런 당황스런 얼굴은 좋아하지 않습니다."

"죄, 죄송합니다."

이 실장은 금세 표정을 바꾸고는 다시 오늘 스케줄을 말하기 시작했다.

"내가 그렇게 이상했습니까?"

"6월이면 더 심하신 건 사실입니다."

"회사 사람들도 다 알 만큼 티가 났습니까?"

"송 사장이 눈치를 챌 만큼은요."

회사에서 그는 죽을힘을 다해서 그의 슬픔을 보이지 않기 위해 노력했었다. 지훈은 자신의 슬픔을 이용해서 그를 회장직에서 끌어내리려는 무리들이 있음을 알았다. 하지만 그런 노력에도 적들은 뒤에서 그의 슬픔을 조롱하고 있었을 것이다.

"좀 더 노력을 해야겠습니다."

"제가 한 말씀드려도 되겠습니까?"

따로 말을 보태는 사람이 아닌데, 오늘 이 실장도 작심을 한 것 같았다.

"말씀하세요."

"이제 그만 슬픔에서 헤어 나오셨으면 좋겠습니다."

"……."

"곁에서 지켜보기 너무 안쓰럽습니다."

이제 비서의 눈치까지 봐야 하는 모양이었다.

"노력해 볼게요. 그럼 오전에 회의 자료부터 볼까요?"

오전에 SC전자의 전략회의가 있을 예정이었다. 꼴도 보기 싫은 송 사장의 얼굴을 봐야 했다. 송 사장의 얼굴을 보고 나면 하루 종일 기분이 좋지 않았다.

"꼴 보기 싫은 영감탱이가 뭐라고 지껄이는지 좀 볼까요?"

"네?"

그가 노골적으로 송 사장에 대해 비하한 적이 없었기 때문에 이 실장이 놀라는 것 같았다.

"그런 눈으로 보지 마세요. 나도 싫은 사람은 있으니까."

"저도 싫습니다."

"하하하, 그래요?"

그가 회의에 참석 전에 회의 자료를 보고 있었다. 송 사장이 무슨 소리를 할지 모르기 때문에 미리 준비를 하는 것이었다. 이 실장이나 비서실의 직원들이 그에게 많은 신경을 쓰는 건 알았지만 이렇게 걱정을 하고 있다는 생각은 하지 못했다. 지훈은 자신의 꽁장히 잘 속이고 있다고 생각했는데 그렇지 않은 모양이었다.

30분 후에 있을 회의의 자료는 굳이 보지 않아도 그의 머릿속에 있었다. 송 사장이 지훈에 대해 아는 것처럼 그 또한 송 사장에 관한 것들은 거의 다 알고 있다고 자신하고 있었다. 비리가 많은 인간이었다.

하지만 서로 건드리지 않을 뿐이었다. 그가 회장으로 있기는 하지만 아직까지는 아버지를 회장으로 생각하는 사람들이 많기 때문에 송 사장을 치는 것보다는 자신의 입지를 확고히 하는 게 면

저였다.

"후……."

그는 갑자기 자료를 덮고는 한숨을 쉬었다. 그는 혼란스러웠다. 기분이 묘하게 들떴다. 새미와 만날 때도 느끼지 못했었다. 그리고 그는 밤새도록 은새를 안았다. 그날 술이 취해서 그녀와의 섹스가 좋았다고 생각했던 게 틀렸다는 걸 알았다.

은새와의 섹스는 아주 좋았다. 다시 하고 싶을 만큼 말이다. 그래서 그는 은새를 곁에 두기로 마음먹었다. 온전히 그의 섹스파트너로 말이다. 그녀의 빚을 청산해 주고 그도 욕구를 해소하고 서로에게 좋은 일이라고 생각했다.

거기다가 은새를 가까이 하면 당분간 아버지가 다른 여자들을 보내는 일은 없을 것 같았기 때문이었다.

"이 실장님."

"네, 회장님."

"조용한 단독주택 하나 알아봐 주세요."

"어떤 분이 거주하실 집인지……."

"본가에서 나올 생각입니다."

"……."

이 실장은 대답 대신에 또 놀란 눈이 되었지만 자신의 수첩에 메모를 했다.

"보안이 잘 유지되는 곳이었으면 합니다."

"알겠습니다."

은새와 편하게 주말에 만나려면 집이 필요했다. 지금은 그냥 단순하게 생각하고 싶었다. 복잡한 것보다 단순한 걸 그의 몸이 원하고 있었다.

"회장님, 안녕하십니까?"

"네, 송 사장님."

서로 으르렁거리지 않을 뿐이지 그들에겐 항상 긴장감이 흘렀다.

"요즘 좋은 일이 많나 봅니다."

"이제 그만 제 일에 관심을 접으시는 게 좋으실 겁니다. 하하하."

악수를 한 손을 잡아당겨 그의 귀에 대고 말했다. 얼굴엔 미소를 띤 채로 말이다.

"허, 험······.

송 사장은 아무렇지 않은 척하긴 해도 자존심이 상한 것 같았다. 젊은 남자의 힘을 당할 수가 없을 테니까 말이다. 그가 자리로 돌아가자 얼굴이 상기된 송 사장도 자리에 앉았다. 아마도 조금 전의 일을 송 사장은 가슴속 깊이 새겨 둘 것이다.

그러거나 말거나 송 사장 따윈 지금 안중에도 없었다. 그의 집으로 여자들이 출입하는 걸 아는 모양이었다. 거기다가 이번에 은새가 그와 밤을 보냈다는 것도 아는 것 같았다. 만약에 그걸로 약점을 잡았다고 생각하면 그건 송 사장의 착각이었다.

회의가 진행이 되었다. 그런데 오늘따라 송 사장의 말실수가 많았다. 충격이 컸던 모양이었다. 언제나 자신이 한 수 위라고 생각했는지 그의 별것 아닌 행동에도 흐트러진 모습을 보였다.

"이러면 재미없는데……. 포커페이스인 줄 알았더니……."

지훈은 조용히 혼잣말로 송 사장을 비웃었다. 지루한 회의가 끝이 나고 그는 다음 장소로 이동했다. 로비를 지날 때마다 이제는 은새가 있는지 없는지부터 살피는 그였다.

"같은 회사에 근무하니 안 좋군."

"무슨 말씀이신지……."

"아닙니다."

귀가 밝은 이 실장이었다. 거기에 눈치까지 빠르니 송 사장을 조심할 게 아니라 이 실장을 조심해야 맞는 것이었다.

"다음 일정은 어디라고요?"

"SC건설이 이번에 중동에 발전소 건설을 할 수 있게 도와주신 조 장관님과 식사자리를 마련했습니다."

아직 식사시간이 많이 남아 있었다.

"아침을 안 드시는 모양입니다."

"그게 아니라……."

농담을 모르는 이 실장이었다.

"농담입니다."

"……."

"말씀하세요."

"외곽에 조용한 곳에 식사자리를 마련해서 이동하는데 시간이 걸립니다."

정치인이나 공무원들을 만날 때는 아주 조심스러웠다. 그는 로비를 지나 자동문을 통과할 때까지도 눈으론 은새를 찾고 있었다. 자신이 왜 이러는지 알 수 없었다.

다리가 아직도 후들거리고 있었다. 셀 수 없이 많은 섹스를 이번 주말에 했다. 현 회장은 토요일 저녁부터 일요일 새벽까지 그녀를 놓아 주지 않았다. 그의 체력은 한계가 없었고 그의 성욕 또한 마찬가지였다.

그녀를 곁에 둔다는 알다가도 모를 말을 하고 부터는 더 거칠게 그녀를 안았다. 아무래도 3년 동안 정말로 금욕을 한 것 같았다. 현 회장은 고삐 풀린 망아지 같았다.

"곁에 둔다는 게 무슨 의미일까?"

혼자서 자신도 모르게 중얼거리고 있었다. 이직도 그녀의 여성이 화끈거릴 정도로 아팠다. 하지만 그와의 섹스를 생각하면 이상하게 팬티가 젖어 들었다.

이건 거의 섹스중독이었다. 일요일부터 지금까지 은새의 정신은 온통 현 회장에게 가 있었다.

"은새 씨!"

하림이 은새를 불렀다.

"네, 선배님!"

잘못하다가 걸린 사람처럼 은새는 깜짝 놀라 하림에게 대답했다.

"뭐 드실 거냐고요?"

하림이 그녀에게 몇 번을 물었는지 이제 아예 존댓말을 하며 물었다.

"아, 네……."

"뭘 생각하느라고 그렇게 넋을 놓고 있어?"

"아니요, 그냥 구내식당에서 먹어요. 오늘은 나가기가 귀찮아서……."

"역시 통하는 구석이 있어. 난 오늘 구내식당에 볼일이 있거든."

알 수 없는 소리를 하더니 그녀의 손을 잡고는 구내식당으로 빠르게 걸음을 옮겼다. 하림이 이럴 때면 불안한 은새였다. 평소에는 멀쩡한데 가끔 엉뚱한 일을 벌이는 하림이었다.

"구내식당에 황금 송아지라도 있어요?"

"응."

"수상해요……."

"가서 말해 줄게."

하림은 흥분했는지 얼굴이 발그레했다. 무슨 좋은 일이 있는 게 분명했다. 식당에 들어서자마자 하림은 누군가를 찾는 듯 두리번 거렸다.

"나이스, 저기 있다!"

어디를 가리키는지 몰라도 찾는 걸 찾은 모양이었다.

"황금 송아지요?"

"저기…… 너무 티 나게 하지 말고."

하림답지 않게 얼굴이 빨개져 있었다.

"전 누굴 말하는 건지 잘……."

"저기……."

잘생긴 용모에 귀티가 흐르는 남자 하나가 유난히 눈에 띄었다.

"이번에 뉴욕지사에서 한국으로 발령 받았데."

"교포예요?"

"아니, 송 사장님 알지?"

"SC전자 송하철 사장이요?"

"어, 그분 차남이야. 완전 죽이지."

죽이기야 하지만 저 사람도 다른 세계의 사람임에 틀림이 없어 보였다.

"송어진……. 이름도 멋지지 않아?"

"그러네요."

그가 가장 잘 보이는 자리에 앉아서도 하림은 송어진 이야기뿐이었다. 솔직하게 잘생기긴 했다. 은새의 눈길이 자연스럽게 송어진에게로 향했다. 그의 슈트 입은 모습은 인정하지 않을 수가 없었다.

모델 뺨치는 수준이었다. 네이비블루의 테일러드 재킷과 팬츠는 그의 몸에 피부처럼 자연스럽게 어우러졌으며 화이트 셔츠에 그녀가 아빠 생일에 선물했던 에르메스 타이는 그를 위해 다자인이 된 것 같았다.

"다 명품이네."

"명품이라도 아주 잘 어울리지 않아?"

"반박할 수가 없네요. 선배."

"그렇지?"

자신의 남자친구라도 되는 듯 뿌듯해하고 있었다.

하지만 은새의 느낌에 그가 따뜻한 성격의 사람은 아닌 것 같았다. 그리고 하림뿐 아니라 다른 여직원들의 눈도 다 그를 향하고 있었다.

"그래서 말인데…….. 부탁이 있어."

"뭔데요?"

"이거……."

밥을 먹다 말고 그녀는 뭔가를 하림에게서 받았다. 편지였다.

"대신 좀 전해 주라…… 응?"

"차라리 전화번호를 따는 게……."

"번호는 이미 입수했지."

"용의주도한 사람……."

"내가 때에 따라 좀 그렇긴 하지. 아주 드문 일이라서. 그렇지만
해 줄 거지? 응?"

하림의 애교 섞인 부탁에 은새도 거절할 수가 없었다.

"전…… 이런 거 처음 해 봐서……."

"은새 씨, 내가 술 살게……."

아주 콧소리가 장난이 아니었다.

"알았어요."

은새는 하림을 보며 웃을 수밖에 없었다. 편지 전하는 것이야
일도 아니었다. 조금 창피하면 그뿐인데, 은새는 요즘 이것보다
더 창피한 일도 했었다.

"최선을 다하죠."

"역시!"

하림이 엄지를 척하고 들어 올렸다. 점심식사를 한 후에 식당 앞을 나서며 편지를 전달하기로 마음먹은 은새는 송어진이 밥을 다 먹기를 기다리고는 그가 일어서자 하림과 같이 일어났다.

"부탁해."

"알았어요."

괜히 고등학생이 된 느낌이었다. 좋아하는 교생 선생님이나 선배에게 편지를 전하는 느낌이었다. 은새는 한 번도 이런 경험이 없었지만 나쁘진 않았다. 그는 여자들에 둘러싸여 식당을 나섰다.

"선배, 경쟁자가 너무 많아요."

"연예인이 따로 없지?"

"네, 선배의 사랑은 험난할 듯해요. 그래도 파이팅!"

그녀의 농담에 하림이 풀이 죽은 표정을 지었다. 어진의 뒤를 따라 걷다가 드디어 여자들이 사라지고 어진 혼자 남은 절호의 기회를 잡은 은새와 하림은 눈빛을 교환했다.

"여기 계세요. 선배."

"파이팅!"

은새는 살며시 누군가와 통화 중인 어진의 곁으로 다가섰다.

"네, 네…….. 알겠습니다. 철저하게 조사해 주세요."

아주 바쁜 모양이었다.

"이번에 기회를 잡아야 하니까. 더 이상 기다리다가는 우리가 더 불리합니다."

그가 전화를 끊고 돌아서다가 그녀를 보고는 깜짝 놀랐다.

"놀라셨다면 죄송합니다."

"아, 괜찮습니다."

생각보다 매너도 있는 사람 같았다. 첫인상은 아주 차갑게 보였는데 말이다.

"이거……."

"이게 뭡니까?"

어진은 은새가 건넨 편지를 받고는 그녀와 편지를 번갈아 보았다.

"러브레터예요. 우리 선배 잘 부탁드립니다."

"본인이 아니고?"

"네."

은새가 해맑은 미소를 보냈다. 자신이 얼마나 아름다운지도 모른 채…….

차가운 미소가 걸린 지훈은 2층에서 로비 방향을 뚫어지게 보고 있었다.

송어진······. 그리고 은새가 같이 있었다. 마치 동경하던 사람을 만나는 여자처럼 얼굴에는 미소를 가득 담은 채 그에게 편지같이 보이는 걸 전달하고 있었다.

어진의 표정은 남자라면 쉽게 알 수 있는 표정이었다. 마음에 드는 여자를 바라보는 눈빛이었다.

욕이 목구멍에 걸렸다. SC그룹인 회장인 자신과 잠자리를 하고 송 사장의 아들에게 연예편지를 주는 은새의 심리를 알고 싶었다.

"송어진 씨가 뉴욕지사에서 SC전자로 돌아왔습니다."

"······."

"송 사장도 본격적으로 움직일 모양입니다. 주변의 세력들을 모으고 있습니다."

"그렇다고 쉽지는 않을 겁니다."

지훈은 차가운 미소를 흘리며 돌아섰다. 용서가 되지 않는 여자였다. 아무리 계약 때문에 섹스를 하는 사이라고는 하지만 지켜야 할 최소한의 것이 있는 법이었다. 하지만 은새는 예의를 지킬 생각이 없어 보였다.

지훈은 점심에 약속이 있었다. 3년 만에 얼굴을 보는 친구였다. 어쩌면 이성친구로는 유일한 친구였다. 재벌가의 자녀들은 진실한 친구를 갖기 어려웠다.

각자 대변해야 할 회사가 있고 회사의 이익에 의해 움직이기 때문이었다.

돈에 연관이 되면 진심은 사라지기 마련이었다.

예전에 둘이 자주 왔던 레스토랑에서 만나기로 했다. 오랜만에 즐거운 점심이 될 것 같았다. 그는 조금 늦게 도착했다. 로비에서 넋을 놓고 시간을 지체한 덕에 5분 정도 늦은 시간이었다.

10년이 지났는데 이 레스토랑은 그대로였다. 2층에 올라가자 10년 전이나 지금이나 여전히 예쁜 여자가 창가에 앉아 그를 보고는 손을 흔들었다.

"지훈아!"

"많이 기다렸지?"

그가 지나의 맞은편에 앉았다.

"아니, 나도 금방 왔어."

그의 첫사랑이자 유일한 이성친구인 유지나가 3년 만에 그의 앞에 나타났다.

"그동안 어떻게 지냈어?"

지훈은 궁금한 게 많았다. 그가 힘들 때 지나도 힘이 들었을 것이다. 그의 숨은 연인이라는 소문이 돌아서 지나가 여간 낭패를 본 게 아니었다. 그와의 결혼을 위해 새미와 어린 딸을 죽인 게 아니냐는 터무니없는 소문까지 돌았었다.

그 당시 지나는 유부녀였음에도 불구하고 말이다. 그래서 지나를 보면 미안한 마음이 컸다.

"나?"

지나가 그를 바라보았다.

"나…… 이혼했어."

"……."

지나가 이혼했다. 한 번도 생각해 보지 않았다. 그를 버리고 선택한 남자였다. 처음으로 인생의 쓴맛을 보게 한 여자가 지나였다.

어쩌면 그래서 새미와의 결혼을 서둘렀던 것도 같았다.

그런데 지나가 이혼을 했다고 아주 덤덤하게 말하고 있었다.

"그런 표정 짓지 마. 동정 어린 표정은 싫어."

동우그룹의 막내며느리로 들어 간 지나였다. 아버지가 동우건설 사장이었기 때문에 딸을 거의 팔다시피 한 것이다. 자신의 자리를 견고하게 하기 위해서 말이다.

"왜…… 헤어졌어?"

분명 이혼을 결정할 때는 아버지의 반대가 심했을 것이다.

"아기가 안 생겨서……. 그 사람이 다른 곳에서 아이를 낳아 왔어."

"지나야……."

"신경 쓰지 마. 지난 일이야."

그녀의 이혼은 기사화 되지 않았다. 왜냐면 미국에 거주하고 있었기 때문이었다. 국내에 있었다면 아주 시끄러운 뉴스거리가 됐을 것이다.

"아예 한국으로 들어온 거야?"

"응, 그리고 부탁이 있어서 보자고 했어."

"뭔데?"

그녀가 원하는 건 다 들어 주고 싶었다. 그 때문에 받은 상처가 컸을 게 분명하니 미안하기도 하고 말이다.

"나 SC그룹에 취직시켜 줘."

"뭐?"

"일하고 싶어. 위자료도 꽤 받았고 돈이 없지는 않지만 한 번도 일을 해 보지 않아서…… 하고 싶어."

"힘들 거야."

"하지만 가만히 있으니까. 자꾸 무기력해지는 것 같아서……. 안 될까?"

지훈은 지나가 안쓰러웠다.

어릴 때도 지나는 티 없이 자란 탓에 순수하고 사랑스러웠다. 지금은 세월의 때가 묻을 법도 한데 여전히 지나는 순수했다.

"알았어. 이 실장에게 말해 놓을게. 너와 적합한 부서를 찾아보라고."

"네 얼굴 자주 보게 본사에 자리 좀 마련해 줘. 심부름꾼이라도 좋아."

"……."

예전의 지나 같지 않았다. 뭔가 더 적극적이게 됐다고 해야 하나? 하여튼 풀이 죽어 있는 것보다는 나았다.

"밥 먹자. 배고파."

"그래, 먹고 싶은 거 시켜."

"우리 옛날에 자주 먹었던 거."

지나는 촉촉한 눈으로 그를 지그시 봤다. 이제 어린 여자의 눈빛이 아닌 성숙한 여인의 향기가 느껴지는 눈빛이었다. 세월이 많이 흐르긴 한 것 같았다.

"그런 눈으로 보지 마."

"왜?"

"옛날 생각나니까."

"지금은 안 떨려?"

예전엔 지나의 얼굴만 봐도 떨렸었다. 하지만 지금은 그렇지 않았다. 지금 그에게 지나는 여자가 아닌 친구였다.

"나도 나이를 좀 먹었거든."

"하긴……. 이혼녀에 서른일곱인 여자가 매력이 있을 리가 없지."

"아니, 넌 아직도 매력적이야. 내가 세월이 흘러 서른일곱의 아저씨라서 감수성이 사라진 거지."

"하긴 넌 언제나 솔직했어."

그들은 점심을 맛있게 먹고는 다음을 기약하며 헤어졌다. 예전의 사랑하는 마음은 없었지만 지나는 여전히 지훈에게 신경 쓰이는 존재임에는 틀림이 없었다.

"잘 가!"

지나는 지훈을 향해 강하게 손을 흔들었다. 최고의 미소를 가득품은 채로 말이다. 그리고 자신의 벤츠에 몸을 싣고는 룸미러를 내렸다.

그리고는 립스틱을 청순해 보이는 드라이 로즈 톤에서 아주 핏빛에 가까운 딥 레드컬러로 고쳐 발랐다. 그러고 나니 사람이 다르게 보였다.

이제야 자신의 모습을 찾은 것 같은 지나였다.

"지훈인 보수적이니까."

그녀의 스타일은 아니지만 오늘은 지훈의 취향에 철저하게 맞춘 옷과 메이크업을 했다. 지훈의 마음에 예전의 감정을 되찾아 주어야 했기 때문이었다. 아직 지훈에게 자신이 먹히는 것 같아 다행이었다.

그리고는 어디론가 전화를 걸었다.

"아빠."

[만났어?]

"네, 왜 자꾸 만나라는 거예요? 귀찮게."

[일단 다시 현 회장을 꼬셔야 해.]

"아빠, 난 좀 쉬고 싶다고요."

[오늘 아빠가 준 카드 마음껏 써도 돼.]

지나는 지훈에게만 청순한 여자지 사실 그녀는 청순과는 담을 쌓은 여자였다. 쇼핑 중독에 빠진 지나를 신랑이 더 이상 봐주지 않았던 것이다.

거기다가 이 남자 저 남자를 만나고 다니는 그녀를 시댁에서도 내놓은 상황이었다.

게다가 그녀는 불임이었다. 절대로 아이를 가질 수 없는 몸이다 보니 시댁에서 더 이상 그녀를 봐줄 수가 없었던 모양이었다. 위자료를 주고는 내쫓아 버렸다.

지나는 친구로서는 지훈이 좋았지만, 남자로서는 너무 완벽한 지훈이 부담스러웠다. 그래서 그에게 좋은 여자로 남고 결혼은 다

른 사람과 한 것이었다. 물론 아빠의 이익관계도 있었지만 말이
다.

"알았어요."

전화를 끊고 그녀는 오늘도 하루를 즐기기 위해 백화점으로 향
했다. 카드를 마음껏 써도 좋다고 했다.

"신나게 즐겨 볼까?"

물론 저녁에 은밀한 파티도 즐길 생각이었다. 생각보다 서울에
서의 생활은 따분하지 않을 것 같았다.

손에 땀이 흘렀다. 조금은 마음이 편해졌다 싶었는데 아닌 모양
이었다. 은새는 지금 회장실로 불려 들어가는 중이었다.

"은새 씨, 회장실에서 찾아."

하 팀장이 이상하다는 듯 그녀에게 말했다.

"무슨 잘못했어?"

"아뇨."

영업부 사원이 회장실에 갈 일은 없었다. 왜 그녀를 부른 것일
까? 주말도 아닌데 말이다. 은새는 겁에 질린 표정으로 38층의 회
장실로 향했다.

"고은새 씨?"

"네."

회장실에 들어서자 수많은 비서들이 일을 하고 있었다. 그중에서 가장 눈에 띄는 이재희 실장이 그녀를 맞이했다. 이 실장은 회사의 사원들이 가장 어려워하는 사람들 중에 하나였다. 비서실장이었지만 카리스마가 대단한 사람이었다.

거기에 현 회장의 신임도 두텁고 말이다.

"회장님께서 찾으십니다."

"……."

그는 더 이상의 말은 묻지 않았다. 다 아는 걸까? 그런 생각이 들자 은새의 얼굴이 화끈거렸다.

현 회장과 연관된 그녀의 생각들은 얼굴이 붉어지는 것뿐이었다.

회장실에 들어서자 석양이 그대로 비춰져서 마치 현 회장에게서 후광이 나는 것 같았다.

"찾으셨습니까?"

"……."

그녀를 본 그가 그녀에게 성큼성큼 걸어오고 있었다. 걸음의 속도가 아주 빨랐다. 은새는 저도 모르게 한걸음 뒤로 물러섰다.

"어머!"

그가 은새의 허리를 다짜고짜 팔로 감더니 강하게 잡아당겼다.

"읍!"

그리고 생각할 틈도 없이 그녀의 입술을 먹어치웠다. 너무 놀란 은새가 그에게 저항을 했지만 소용이 없었다. 그의 가슴을 주먹으로 쳤지만 단단한 바위를 주먹으로 치는 느낌이었다. 아무리 그래도 여긴 회사였다. 그것도 회장실.

그의 혀가 거칠게 그녀의 입안으로 밀고 들어왔다. 아무리 그가 거친 키스를 좋아한다고 해도 지금의 키스는 확실하게 달랐다. 마치 그녀에게 벌을 주고 있는 키스인 것 같았다.

뭐가 그렇게 마음에 들지 않았는지 모르지만 은새도 화가 났다.

"으으읍!"

은새가 입술을 떼어 내며 강하게 그의 가슴을 밀어냈다.

"왜 이러시는 거예요?"

"몰라서 묻나?"

"네, 모르겠어요."

"계약 위반이야."

"……."

그가 어리둥절한 소리를 했다. 혹시 그들 간의 계약을 파기한다는 소리인가? 너무 걱정이 되었다.

"무슨 말인지 알아듣게 말해요."

"남자에게 꼬리를 치던데……."

"남자? 전 남자가 없어요."

"거짓말도 수준급이군."

그는 정말로 화가 난 것 같았다. 질투라기보다는 자존심이 많이 상한 것처럼 보였다. 하지만 은새는 억울했다. 그가 왜 이러는지 도무지 알 수가 없었다.

"내 곁에 있을 동안은 그 누구도 만나서는 안 돼. 알겠어?"

"……."

두려움에 고개를 끄덕이긴 했다. 그의 눈동자가 위험스럽게 빛나고 있었다.

"잠자리 파트너면 파트너답게 굴어. 이 남자 저 남자에게 치근덕거리지 말고."

"전 그러지 않았어요."

Errrrrr―

그의 핸드폰이 울리며 그들의 대화는 잠깐 끊겼다.

"어, 지나야. 잘 들어갔어?"

더없이 부드러운 목소리였다.

그녀에겐 있지도 않은 남자 이야기를 하더니 도리어 그에게 여자가 있었다. 하지만 아무리 억울해도 지금은 은새가 불리한 입장이었다.

"점심식사 좋았어. 다음에 또 거기 가자고? 알았어. 나야 좋지."

상처를 해서 슬픈 사람 같지 않아 보였다. 항상 굳어있던 그의 얼굴에 모처럼 화색이 돌았다. 굉장히 좋아하는 여자인 것 같았다.

은새에게 남자가 있다고 뭐라고 하면서 현 회장은 아무렇지 않게 여자를 만나고 다니는 모양이었다. 그래 놓고 자신에게 화를 내다니…….

정말 짜증나는 인간이다.

"그래, 알았어. 주말은 힘들고 금요일에 봐."

이름 모를 여자는 금요일, 그녀는 토요일. 아주 바쁘게 살고 있었다.

그가 다시 근엄한 표정으로 그녀에게 다가 왔다.

"경고하는데 남자는 안 돼."

"네."

더 이상 대꾸하기도 싫었다.

"나가 봐."

어이도 없고 억울하기도 했다. 회장실을 나온 그녀의 눈에 자신도 모르게 눈물이 차올랐다. 그래서 영업부로 바로 가지 않고 직원 휴게실로 향한 은새였다. 달달한 밀크커피가 마시고 싶었지만 지갑을 가지고 오지 않았기 때문에 비치된 휴지만 몇 장 뽑아서 벤치에 앉았다.

그리고는 한참을 숨죽여 울었다. 그렇게 울고 나니 기분이 조금은 풀린 것 같았다.

"웁니까?"

"……."

낯선 남자의 목소리에 은새를 고개를 들었다.

"어?"

송어진이었다. 그의 손엔 그녀가 강하게 원하는 밀크커피가 들려 있었다. 그녀의 시선이 커피에 꽂혔다.

"그거 나한테 양보하면 안 될까요?"

그가 커피를 들어 보였다.

"그럼 난 뭘 받을 수 있죠?"

"저의 끝없는 감사요."

"그렇다면 거절할 수가 없군요."

그가 커피를 그녀에게 건넸다.

"내가 마셨을 수도 있는데?"

"어느 방향으로 마셨어요?"

"아니 농담이에요. 새 커피나 마찬가지예요"

솔직히 마셨어도 상관없었다.

"좋다……."

"커피를 술처럼 마시네요?"

"술은 한잔도 못해요. 와인도 한잔 정도밖에 못 마셔요. 자랑은 아니지만요. 아 참, 편지는 읽어 보셨어요?"

"뭐……."

"하긴 그런 편지 많이 받으시죠?"

"편지는 처음이에요. 보통은 번호들을 따가죠."

"아……."

하림이 시대에 뒤처진 생각을 한 모양이었다.

"신선했어요. 정성도 느껴지고."

"다행이다. 선배가 좋아할 거예요."

"정말 그 편지 본인이 쓴 거 아니에요?"

남자는 그녀가 준 편진 줄 아는 모양이었다.

"저 아니에요. 우리 부서에 정말 괜찮은 선배가 준 거죠. 차하림이라고."

"하하하, 제가 오해를 했군요."

"네, 오늘은 제 주변의 남자들이 다 오해를 하네요. 커피 고마웠어요. 빨리 들어가야 하는데 시간을 너무 허비했어요."

"다음에 진짜로 커피 한잔 사요."

"물론이죠. 그리고 우리 선배도 잘 부탁드려요."

그녀가 밝게 웃으며 휴게실에서 나왔다. 너무 많은 시간을 지

체했다. 사무실에 돌아오니 모두가 궁금한지 그녀를 보고 있었다.

"혼났어? 눈은 토끼 눈이 돼 가지고……. 쯧쯧쯧."

하 팀장이 또 시비였다.

"아닙니다."

"아닌데 울어?"

그녀의 얼굴을 보더니 궁금하지도 않다는 듯 하 팀장은 자신의 일을 시작했다.

"무슨 일 있었어?"

하림이 그녀의 붉어진 눈을 보며 물었다.

"아뇨."

"술 한잔할까?"

"좋죠."

잘 마시진 못하지만 오늘은 진심으로 술 생각이 났다. 퇴근 후에 하림과 회사 근처의 작은 호프집에 간 은새였다.

"술집은 오랜만이에요."

"왜?"

"저 술 잘 못 마셔요. 친구들도 못 마시고……. 그래서 저희는 맛집을 주로 찾아다녔어요."

"맛집도 좋지. 그래도 오늘은 한잔해."

"넵!"

마셔도 맥주 한잔 정도 마실 테지만 그래도 좋았다.

"오늘 취하게 마셔도 돼. 여기 바로 옆에 있는 오피스텔에 사니까 같이 자고 같이 출근해도 돼."

"생각해 주셔서 감사해요."

"그런데 아까는 왜 울었어?"

궁금했는지 하림 선배가 물었다.

"그거 알아요? 빈껍데기가 된 것 같은 느낌."

"왜 그래? 빈껍데기는 무슨……."

"전 오늘 제가 그 사람에게 빈껍데기보다 못하다는 걸 알았어요."

"누구? 애인?"

"아뇨."

은새는 단호하게 애인이 아니라고 말했다. 그는 은새의 애인이 아니라 고용주였다.

"좋아하는 거야?"

"아뇨……."

말끝이 흐려졌다.

"좋아하네. 그러니까 그 사람의 작은 말에도 상처를 받지? 그럼 이미 좋아하는 거야."

그런 건 아니지만 현 회장은 신경이 쓰이는 인물이었다. 그래도 오늘같이 이렇게 기분이 좋지 않은 날에 하림이 함께해 주니 고마웠다.

술자리를 마치고 은새는 하림의 집이 아닌 자신의 집으로 향했다. 엄마가 집에 혼자 있었다.

현 회장의 집에 가는 게 아닌 이상은 엄마의 곁에 있는 게 맞았다.

엄마는 말수가 적어졌고 계속 우울해하는 것 같았다.

"엄마……."

"은새야……."

엄마가 울고 있었다.

"왜 또 그래? 무슨 일이야?"

"아빠가……."

"아빠한테 연락 왔어?"

엄마는 거의 넋이 나가 있었다.

"왜 그래? 무슨 일인데."

"아빠한테 여자가 있어. 그리고 둘이 같이 도망친 거고."

"……."

그나마 희망이 아빠였는데 이게 무슨 소린지……. 그리고 아빠는 절대로 그럴 사람이 아니었다.

"오늘 전 부장이 왔다가 갔어. 자기도 받을 돈이 있다고."

"아빠가 다른 사람한테도 빚졌어?"

"자기 카드로 정희라는 여자의 가방을 샀다고 하더라……. 가방 값이 천만 원이 넘는다고……."

"……."

머릿속이 하얗게 변해 버렸다.

"둘이 돈 챙겨서 도망쳤다고, 찾으면 꼭 말해 달라고 말이야."

"엄마…… 아닐 거야."

엄마가 벌떡 일어나더니 사진을 그녀에게 보여 주었다. 아빠와 어떤 젊은 여자가 끌어안고 찍은 사진이었다.

"아니야. 이건 말이 안 돼! 우리가 누구 때문에 이 지경이 됐는데……."

"흑흑흑……."

울고 싶은 건 그녀인데 엄마가 소리 내서 서럽게 울기 시작했다.

"난 너희 아빠를 믿었어……."

"……."

"그런데 어떻게 나한테 이럴 수가 있어?"

"엄마……."

그녀가 오히려 엄마를 달래고 있었다. 은새는 도저히 아빠를 용서할 수가 없었다.

"엄마, 아빠는 잊어."

"……."

"이제 우리 둘이 살길을 찾아야 해. 마음 단단히 먹어."

"은새야 엄만……."

"엄마는 잘할 수 있어."

마치 딸을 달래듯이 은새는 엄마를 달래고 또 달랬다. 오늘은 되는 일이 하나도 없는 것 같았다. 현 회장에게 불려가서 말도 안 되는 소리를 듣질 않나, 또 집에 와서는 아빠의 기막힌 일을 듣질 않나…….

일진이 아주 사나웠다.

"엄마, 아무 생각하지 말고 일단 자."

그녀가 울고 있는 엄마를 달래고는 다시 침대에 눕혔다.

"내가 꼭 엄마를 지켜 줄 거야. 그러니까 제발 울지 마."

"흑흑흑……."

"엄마!"

"알았어……."

그녀는 엄마의 손을 잡고 침대 옆에서 엄마가 잠이 들 때까지 있었다. 진짜 울고 싶었지만 혀를 깨물고 참았다.

"괜찮을 거야."

자신의 방에 돌아와서야 은새는 울기 시작했다. 혹시나 엄마가 들을세라 숨죽여 울었다. 가슴이 무너지는 배신감이었다. 아빠를 절대로 용서하지 않을 것이다.

4.
자신도 모르게
타오르다

작은 방에 앉아 담배를 피우고 있는 인철은 속이 타들어 갔다. 이렇게 피해 다닌 지 한 달이 넘었다. 6월에서 이제 더위가 시작되는 7월이 되었다. 이 방에 들어온 지도 한 달이었다. 부산항에서 밀항을 할 작정으로 배를 기다리고 있었다. 하지만 이상하게 일이 꼬여 아직 출발도 하지 못했다.

"자기야……."

그와 함께 2년을 동거한 정희가 작은 방이 짜증이 나는지 몸을 들썩이고 있었다.

"어디 가게?"

"먹을 것 좀 사 오려고. 방 안에 있으니 심심하기도 하고."

먹거리를 사기 위해서 방을 나가는 정희의 뒷모습은 여전히 섹시했다. 그의 비서였던 정희 때문에 오늘 이런 사달이 일어났다. 정희와 있고만 싶지 일을 하고 싶은 생각이 들지 않았다. 그래서 빚은 눈덩이처럼 부풀었고 회사 일은 엉망이 되어 갔다.

"후……."

담배연기가 작은 방을 가득 채우고 있었다.

"중국에서 다시 시작하지 뭐."

말은 이렇게 했지만 후회가 가득했다. 가장 마음에 걸리는 건 은새였다. 그의 하나뿐인 귀여운 딸 은새가 받을 충격이 얼마나 클까?

아빠로서 미안한 마음이 들었다. 하지만 그것도 은새의 팔자였다. 무기력한 부인에겐 이미 정이 떨어져 버렸고 젊고 싱싱한 정희에게 빠져 버렸다. 정희와 즐기는 모든 것이 새롭고 좋았다.

그걸 포기하지 못해서 가정을 포기한 그였다. 그래서 현금 5억을 챙겨서 나왔다. 정희에게 사 준 아파트를 팔면 7억 정도가 더 들어올 예정이었다. 그럼 중국에서 뭔가를 할 수 있을 거라 생각했다. 지금의 희망은 그게 다였다.

탁!

정희가 들어오면서 바닥에 봉지를 던졌다.

"자기도 먹어. TV 보면서…… 읍!"

그녀의 팔을 잡아당겨 그의 품 안에 가두고는 입술을 삼켜 버렸다. 이 방에서 할 수 있는 건 TV 보는 일과 섹스가 전부였다. 인철은 이제 될 대로 되라는 심정이었다.

차가운 느낌이 가득한 곳이었다. 누군가 사용하다가 만 공간인데 그 용도는 분명치 않았다. 김 사장은 현 회장이 찾는다는 한마디에 만사를 제치고 이곳을 찾았다. 형님도 현 명예회장에게 얻을 걸 얻었으니 그도 뭐라도 얻을 마음이었다.

고은새라는 대물을 잡았으니 뽕을 뽑아야겠다는 생각이 들었다. 하지만 화기애애한 만남의 장소가 그렇게 훌륭하지는 않았다.

"애들을 데리고 올 걸 그랬나?"

운전하는 녀석과 단둘이 왔다. 현 회장의 집에서 만나는 줄 알았기 때문이었다. 그의 집으로 향하던 중 만나는 장소를 문자로 받았다. 김 사장은 안에 있는 먼지 쌓인 의자를 보며 앉을까 말까 고민을 하고 있었다.

"에라, 모르겠다."

그는 먼지 쌓인 의자에 풀썩하고 앉았다.

"먼지야 털면 되지."

그는 이렇게 말을 하고는 담재 한 대를 꺼내려다가 말았다. 괜히 들어와서 담배 냄새가 나면 현 회장이 싫어할 수도 있기 때문이었다.

철컥!

그때였다. 문이 열리더니 한 무리의 남자들이 들이닥쳤다. 그리고는 무작정 그를 때리기 시작했다.

"아악! 누구야?"

"……."

퍽!

남자 중에 하나가 그의 턱을 얼굴이 돌아갈 정도로 주먹을 날렸다. 입술이 터지며 피 맛이 돌았다. 정신을 차릴 사이도 없이 누군가 복부를 각목으로 내리쳤다. 그다음은 등…….

너무나 고통스러워 비명조차 나오지 않았다.

"윽……."

얼마나 맞았을까? 눈이 부어서 앞도 잘 보이지 않았지만 지금 들어선 남자가 현 회장이라는 생각이 들었다. 김 사장이 소화하지 못하는 버건디 컬러의 더블브레스트 재킷과 팬츠 그리고 화이트 셔츠는 모두가 그가 좋아하는 알렉산더 맥퀸의 제품이었다. 김 사장은 명품에 미쳐 있었다.

김 사장은 명품이 부의 척도라고 생각했다. 그런 의미에서 현 회장은 최상급이었다.

"사, 살려 주십시오……."

태어나서 처음으로 살려달라는 소리가 나왔다. 현 회장 정도면 그를 쥐도 새도 모르게 처리할 수 있기 때문이었다.

퍽!

누군가 김 사장의 가슴을 발로 찼다. 숨이 막혀 왔다.

탁!

가방이 그의 눈앞에 던져졌다.

"10억이다."

"……."

"다시는 은새의 곁에 나타나지 마라. 다시 나타났다가는 그땐 이 정도론 끝나지 않아. 너의 형님이라는 작자에게도 말해. 아버님과의 약속은 파기라고 말이다."

현 회장이 밖으로 나가자 남자들도 그의 뒤를 따랐다.

"10억을 먹고 떨어지라고……. 컥!"

이가 부러져 있었다. 하지만 현 회장에게 대들 수 없다는 것 정도는 알았다.

"사장님!"

운전하던 녀석도 맞았는지 얼굴이 엉망이었다.

"무작정 차에서 끌어 내리고 때려서……."

"윽!"

부하는 조금 덜 맞은 모양이었다. 그를 부축할 힘이 있는 걸 보니 말이다.

"형님께 가자."

"네."

그 와중에도 김 사장은 가방을 챙겼다. 10억은 큰돈이었다. 그는 형님에게로 가서 10억이 든 가방을 앞에 놓았다.

"뭐야?"

"10억입니다……."

"……."

가방을 본 형님은 당장에 명예회장에게 전화를 건 것 같았다.

"전화를 안 받아. 개새끼!"

현 명예회장도 한패였다.

"어떻게 할까요?"

"우리가 건들 상대가 아니야."

형님의 말이 맞았다.

"하지만 약이 올라서……."

"기다려. 반드시 우리도 뒤통수칠 차례가 오니까."

형님이 이를 갈고 있다는 걸 김 사장은 알았다.

"고인철이라도 잡아다가 족칠까요?"

"아니, 어쩌면 더 좋은 기회가 생길 수도 있어."

"……."

형님이 전화를 들었다.

"송 사장님, 바쁘십니까? 저 승민이입니다. 한번 만나 뵙고 싶은데……. 감사합니다. 그날 뵙죠."

"……."

"현 회장의 천적에게 힘을 실어 줘 볼까? 현 회장이 누굴 건드렸는지 보여 주지."

형님의 눈이 무섭게 반짝이고 있었다.

현 회장이 일러 준 주소로 와 보니 그곳은 넓은 정원에 외부와는 완벽하게 차단되어 있는 조용한 집이었다. 현 회장의 본가와는 규모에서 차이가 있었지만 혼자 살기에는 너무 큰 집이었다. 정원 한쪽엔 수영장도 있었고 집 안에는 헬스장도 있었다.

지난주에 이제부터는 본가로 오지 말라는 소리를 하긴 했지만 그가 이런 집을 살 줄은 몰랐다. 새 가구와 가전은 모두가 명품이었고 새로 인테리어를 한 집임에도 불구하고 새집 냄새가 나는 게 아니라 집 안 전체에 은은한 피톤치드향이 가득했다.

은새는 집에 혼자 있었다. 현 회장은 그녀에게 오늘은 약속이 있어서 저녁을 먹고 온다고 말했다. 그래서 집에 준비된 음식을 먹으라고 했다. 집의 요리사가 한 요리로 아주 맛이 좋다는 말도 잊지 않았다.

은새는 일하는 사람들과 부딪치지 않았다. 아마 그녀를 숨기기 위해 그가 미리 일하는 사람들에게 말해 퇴근을 시킨 모양이었다. 그녀는 현관 카드를 손에 쥐고 있었다. 은새는 아무도 없는 공간에 이렇게 덩그러니 있으니 기분이 아주 묘했다.

꼬르륵…….

점심도 거른 덕에 배가 고프긴 했다. 식탁에 가자 그의 말대로 음식이 차려져 있었다. 밥하고 국만 데우면 된다는 친절한 메모도 있었다. 은새는 혼자 조용히 앉아서 진수성찬을 맛보았다.

아주 맛있었다. 혼자서 시간을 보낸다는 게 죄책감이 들 정도였다. 그가 왜 이렇게 자신에게 잘해 주는지 이해가 되지 않았다. 죽은 부인과 닮았다는 이유 하나만으로 이렇게 호사를 누려도 되는 건지 의문이 들었다. 그리고 부담스러웠다. 그녀는 잡생각을 털어 버리고 욕실로 들어갔다. 피곤도 했고 그가 언제 올지 모르니 씻고 있는 게 나을 것 같았다. 커다란 욕조에 물을 가득 채우고는 거품이 많이 나는 입욕제를 넣었다.

그리고는 옷을 벗고 그 안에 들어갔다. 날은 더웠지만 따뜻한 욕조에 들어가는 것만큼 피로를 풀어 주는 건 없었다.

"으으음……. 좋다."

이렇게 마음 편하게 있을 상황이 아니란 걸 알았다. 사실 은새는 죽은 부인에 대한 죄책감도 가지고 있었다. 그녀와 닮았다는 이유로 그녀의 자리를 대신해도 되는 건가 하는 생각이 들었기 때문이었다.

그리고 요즘 은새에겐 아주 커다란 고민거리가 생겼다. 그와의 섹스가 너무 좋다는 것이었다. 혹시나 그와 주말에 만나지 못할까 봐 걱정이 될 정도였다. 그를 사랑해서가 아니라 단순하게 그와의 섹스가 좋은 것이었다.

"미친 게 확실해."

그녀는 눈을 감았다. 이렇게 편하게 욕조에 기대 누워 있으니 진정이 되는 것 같았다.

벌컥!

하지만 그런 호사도 잠시뿐이었다. 문이 열리는 소리가 들리더니 현 회장이 갑자기 욕실로 들어왔다. 어찌나 놀랐는지 은새는 욕조에서 잘못 손을 짚어 안으로 미끄러져 빠질 뻔했다.

"회장님…… 읍!"

슈트가 물에 젖는 것도 개의치 않고 그는 은새의 얼굴을 잡고는 키스를 시작했다. 그의 혀가 강하게 그녀의 입안을 휘젓고 있었다. 뭔가 다급한 키스였다. 그러다가 갑자기 그가 그녀를 놓아 주었다.

키스가 멈춘 것이 아니라 자신의 옷을 벗고 있었다. 은새는 언제나처럼 넋을 잃고 그의 모습을 보고 있었다. 슈트를 벗은 그는 전사의 모습이었다. 단단한 근육질의 몸은 여자들의 로망이었다.

첨벙!

그가 다급하게 욕조 안으로 들어와 그녀의 허리를 잡았다.

"아주 요물이야."

"네?"

"이렇게 하고 있으면 내가 흥분할 거라고 생각했어?"

"……."

그의 얼굴에는 이미 흥분해 있다고 쓰여 있었다. 욕조에 그녀가 있다고 그가 흥분하다니 이해할 수가 없었다. 하지만 그는 정말 벗은 모습의 그녀 때문에 흥분을 한 것 같았다. 그의 키스가 거칠어지기 시작했다.

물과 섞인 키스의 맛이 아주 짜릿했다. 그가 은새를 일으켜 세웠다. 그리고는 자신은 은새 앞에 무릎을 꿇고 앉아 그녀의 검은 숲에 입을 맞추었다.

"하……. 그만……."

놀란 은새와는 다르게 그는 멈출 생각이 없어 보였다. 오히려 은새의 다리를 위로 들어 올려 자신의 어깨에 은새의 한쪽 다리를 올렸다.

"회장님……."

당황스러웠다. 그녀의 여성을 마주하고 있는 현 회장의 얼굴 때문이었다. 그다음 그가 뭘 할지는 너무나 뻔했다. 그는 그녀의 여성을 빠는 걸 좋아했다. 그것이 그녀를 흥분시키고 있었다.

"핫!"

현 회장이 그녀의 여성을 단번에 입안에 넣고 빨기 시작했다. 그 빨아들이는 느낌이 너무나 짜릿했다. 이미 은새는 현 회장과의 섹스에 중독이 되어 있었다. 그의 혀가 그녀의 여성을 가르고 들어와 클리토리스를 자극하기 시작했다.

"아앙……."

절로 신음이 터져 나왔다.

"제발……."

"제발 뭘 해 달라는 거지?"

"넣어 줘요."

"안 돼."

그는 단호했다.

"오늘은 벌을 받아야겠어. 나를 흥분시킨 죄……. 츄읍 츄읍……."

"아아앙."

그가 다시 그녀의 여성을 빨아들이기 시작했다. 물소린지 아니면 그녀가 흘린 애액의 소리인지 알 수 없었지만 그가 혀를 밀어 넣을 때마다 질척이는 소리가 들렸다.

"아아아……."

그가 혀끝을 세워 클리토리스를 건드렸다. 아랫부분이 전기에 오른 듯이 짜릿했다. 한참을 그렇게 그녀의 아랫부분을 자극하던 현 회장이 그녀를 욕조의 가장자리를 잡고 서게 했다.

"아악!"

그가 페니스를 뒤에서 갑자기 넣자 은새는 거의 자지러질 정도의 소리를 질렀다. 처음부터 뒤로 한 적은 없었기 때문이었다. 최소한 한 번의 섹스를 마치고 나서야 뒤로 했는데 오늘은 너무나 이상했다.

퍽퍽퍽!

그가 아주 격렬하게 그녀를 차지했다. 그리고는 그녀의 몸 안에 자신의 분신들을 분출시켰다.

"헉헉헉……."

그가 거친 숨을 몰아쉬며 욕조에 앉았다.

"오늘은 왜 이렇게……."

그녀도 후들거리는 다리 때문에 욕조에 앉았다.

"10억……. 김 사장에게 줬어."

"……."

"그러니 이제 그만큼의 가치는 해야 하지 않겠어?"

그는 그녀에게 요구를 하고 있었다. 하지만 그가 리드하는 섹스에 익숙한 은새는 그를 어떻게 만족시켜야 할지 난감했다. 하지만 그런 걱정은 하지 않아도 됐다. 그가 그녀를 욕조에서 안아 들었기 때문이었다.

그리고 그는 물기도 닦지 않고 침실로 향했다. 침대에 그녀를 누이고 다시 그녀에게 돌진한 그였다. 오른 그는 10억을 하루 만에 뽑을 생각인 것 같았다.

"미치겠어."

그가 은새의 가슴에 얼굴을 묻고는 비벼 대기 시작했다.

"뭐가 이렇게 날 자극하는 거지?"

"……."

"날 이렇게 미치게 만드는 여자는 없었어."

그가 그녀의 입술을 다시 물었다. 은새는 이번엔 자신의 차례라는 생각이 들었다. 그래서 그의 위로 올라가 그가 그녀에게 해 준 것처럼 그의 가슴부터 빨아 대기 시작했다.

"헉!"

그가 숨을 삼켰다. 그녀는 그의 반응에 힘입어 점점 더 아래로 입술을 옮기기 시작했다. 그의 잔근육 하나하나에 입술도장을 새기기 시작했다. 그의 몸은 뜨거운 불덩이처럼 타오르고 있었다.

은새는 그의 검은 숲에 입술을 묻었다.

"으윽……."

그가 터져 나오는 신음을 참고 있었다. 은새는 그를 터트리고 싶었다. 그의 입에서 억눌린 신음이 터져 나오게 하고 싶었다. 그녀는 용기를 내서 그의 거대한 페니스 끝에 입을 맞추었다. 페니스를 입에 무작정 넣기가 두려웠다.

하지만 그녀의 입술에 닿은 그의 페니스는 단단하기도 했지만 반대로 굉장히 부드러웠다. 그녀는 용기를 내서 그의 페니스를 입 안에 넣었다.

"으으윽!"

그가 그녀의 머리를 잡았다.

"츄읍츄읍."

은새는 그의 페니스를 아주 달콤한 사탕을 빨 듯이 빨았다. 그녀의 혀끝에 닿는 그의 흥분한 페니스는 새로운 자극이었다. 그녀의 혀가 페니스의 처음부터 끝까지 핥아 올렸다.

"은새야……. 윽!"

그가 흥분하고 있었다. 그녀의 혀끝에 현 회장이 미친 듯이 몸을 뒤틀었다. 은새는 그런 그를 더 몰아붙이기로 했다. 은새는 자신의 타액이 잔뜩 묻어 있는 그의 페니스에 위에 앉았다.

침대 위에서 그를 보고 있으니 자신이 현 회장보다 높은 사람같이 느껴졌다.

"날 죽일 셈이군."

"네……. 아흐……."

은새가 그의 페니스를 물고는 자신의 엉덩이를 돌리기 시작했다.

"헉……."

그가 숨을 거칠게 쉬고 있었다. 그녀는 본능대로 움직이기 시작했다.

"아아앙……."

이번엔 그녀의 입에서도 신음이 터져 나왔다. 그와의 행위가 너무나 좋았다. 미칠 것 같았다.

"이제 더 이상은 힘들어."

"앗!"

그는 그녀의 허리를 잡고 그녀와 위치를 바꾸었다.

"읍!"

그녀의 도톰한 입술을 삼켜 버린 그는 혀를 바로 밀어 넣었다. 그리고는 마치 그녀의 모든 것을 빨아들일 것처럼 빠르게 움직이고 있었다.

그리고 자리를 잡고는 그녀의 질에 자신의 페니스를 밀어 넣었다.

"날 너무 자극했어."

"아아앙……."

"으윽…….

그는 페니스를 깊숙이 밀어 넣으며 거칠게 허리를 움직이기 시작했다. 그녀의 몸속에서 꿈틀거리는 그의 페니스 때문에 은새는 온몸이 짜릿해졌다. 미칠 것 같았다.

"더…… 깊이…….."

그녀는 저도 모르게 그에게 말했다. 은새는 저도 모르게 그에 의해 뜨겁게 타오르고 있었다. 두려웠다.

"헉헉헉……. 너무 타이트해."

그녀가 현 회장의 얼굴을 보자 그의 이마에 땀이 흘러내리고 있었다.

그의 거친 호흡과 관자놀이의 튀어 나온 힘줄 그리고 땀이 그녀를 달아오르게 했다. 그녀가 저도 모르게 허리를 움직이자 현 회장이 그녀의 허리를 잡았다.

"움직이지 마."

"……."

"더 움직이면 못 참아……. 아…… 못 참겠어."

그가 속도를 높이기 시작했다. 마지막을 향한 질주였다. 은새 또한 그와 함께 흥분을 만끽하고 있었다. 일주일에 한 번, 이렇게 그의 여자가 되는 게 은새는 좋아지기 시작했다. 그가 그녀의 위로 쓰러졌다. 그들은 그렇게 밤새 서로를 탐닉했다.

눈부신 아침이었다. 눈을 뜨지 않았음에도 밝은 빛이 그대로 느껴지고 있었다. 암막커튼을 치지 않고 잠든 건 은새를 만나고부터였다. 일주일 동안 운동을 한 것보다 은새와 섹스를 하는 토요일에 칼로리 소비가 더 심했다. 그런 생각이 들자 지훈은 피식 웃음이 났다.

눈을 뜨지 않은 채로 손으로 은새를 찾았다. 다른 때 같으면 그의 품 안에 잠들어 있을 은새가 그의 품에 없었다.

"으으윽!"

기지개를 켜고 난 후에 지훈은 눈을 뜨기 싫은데 억지로 눈을 떴다. 역시나 햇빛 때문에 눈이 부셨다. 한쪽 눈만 뜨고는 은새를 찾았다. 침실에는 은새가 없었다. 그는 가운만 걸친 채로 은새를 찾아 나섰다.

2층 침실엔 은새가 없었다. 이렇게 집까지 따로 얻었는데 은새가 도둑고양이처럼 사라져 버렸다. 지훈은 실망스러운 마음이었다. 그때였다. 주방에서 타는 냄새가 나고 있었다.

"뭐지?"

그는 불이 난 줄 알고는 서둘러 주방 쪽으로 향했다. 그리고는 주방 앞에서 걸음을 멈추고는 어이없는 광경을 바라보고 있었다.

"앗, 뜨거!"

불에 데었는지 은새가 자신의 손가락으로 귀를 잡았다. 그리고
는 다시 검은 연기가 나는 팬에 뭔가를 열심히 하고 있었다.

"뭐 하는 거지?"

"어머, 깜짝이야!"

"타 태우는 요리인가?"

"그러니까 그게……."

은새의 얼굴이 붉어졌다. 프라이팬을 보니 거창한 요리도 아니
고 달걀 프라이가 새까맣게 태닝한 상황이었다.

"한여름이군."

그가 대놓고 비웃었다.

"놀리지 말아요."

"요리를 못해?"

"해 본 적이 없어요. 엄마가 다 해 줬으니까."

특히 그녀의 엄마는 은새에게 주방 근처에도 못 오게 했다고 말
했다. 집안일은 엄마의 취미 생활이었기 때문에 딸이라고 해도 간
섭하면 싫어했다고. 그래서 주방과는 자연스럽게 멀어지게 됐다
고 말이다.

"나보다 귀하게 자랐군. 비켜 봐."

그가 탄 달걀을 음식물 처리기에 버리고 프라이팬은 싱크대에
담갔다.

"어떤 요리를 할 생각이었지?"

"식빵이 있기에 토스트를 할 생각이었어요."

"커피는 탈 줄 아나?"

"그건 매일 아침에 하니까……."

애처로운 눈으로 그를 보는 은새였다.

"커피나 타."

"하지만……."

"하지만 뭐?"

"제가 아침은 준비하려고 했는데……."

은새가 삐쭉 입을 내밀자 그 입술에 입을 맞추고 싶은 걸 간신히 참은 지훈이었다. 은새는 참 묘한 매력을 가지고 있는 여자였다. 어쩌면 그에게 이보다 더한 치명적인 매력을 보여 줄 수도 있지 않을까 하는 생각이 들었다.

"어서!"

"네……."

마치 어린아이를 다루듯 그가 은새에게 커피를 시켰다. 그러는 동안 그는 냉장고에서 햄이랑 피클, 그리고 달걀을 다시 꺼냈다. 그리고 토마토와 양상추도 꺼냈다. 그가 미국 유학시절에 자주 해 먹던 샌드위치를 할 생각이었다.

본가에 있을 동안은 음식을 할 일이 없어서 그도 오랜만에 하는 음식이었다. 물론 샌드위치였지만 말이다. 유학시절 그는 자신이 회사를 물려받지 않는다면 작은 식당을 하고 싶었다. 직접 음식도 만들면서 말이다.

지훈은 요리에 소질도 있었고 요리 자체를 좋아했다.

탁탁탁탁.

오랜만에 칼을 들었는데 실력은 녹슬지 않은 것 같았다.

"와!"

은새가 그의 옆으로 와서 감탄사를 연발했다.

"잘하는 게 또 있었네요."

"내가 잘하는 게 뭔데?"

"그러니까……."

은새의 얼굴이 빨갛게 변했다.

"일이요."

"난 또 다른 걸 잘한다고 할 줄 알았지. 이를테면 우리가 밤새 했던 거라든가……."

"아, 커피."

은새가 어설프게 말을 돌리며 커피 머신 쪽으로 가버렸다. 여자와 이렇게 알콩달콩하게 이야기하는 건 오랜만의 일이었다. 그건 새미가 살아 있었을 때도 그랬다. 지나에게도 이렇게까지 하진 않았지만 그가 마지막으로 여자와 농담을 하며 웃은 건 지나가 마지막이었고 유일했었다.

　그는 여자들을 믿지 않았다. 아니 사람을 믿지 않았다. 언제나 주위엔 두 종류의 사람들뿐이었다.

　그의 자리를 뺏기 위한 사람들, 아니면 그에게 빌붙고 싶어 하는 사람들뿐이었다.

　그와 일을 하면서 신의를 쌓아간 사람도 있지만, 그건 개인적인 친분과는 거리가 좀 있었다.

　"커피 다 됐어요."

　"나도 거의 다 됐어."

　그가 샌드위치를 들고 식탁으로 향했다.

　"와, 진짜 놀라운데요?"

　"놀랄 것까진 없어. 유학시절에 가끔 해 먹던 거니까."

　"전 엄마가 다 해 주셨어요. 그리고 혼자 살아 본 경험도 없고. 그동안 편하게 산 거죠. 그런데 의외네요. 유학을 가서도 집사님이 다 알아서 해 주셨을 것 같은데……."

　"맞아, 난 공부만 하면 됐지만 가끔 먹고 싶은 걸 만들어 먹었어. 요리를 좋아하거든."

　짝짝짝!

　"완전 좋아요. 그럼 주말마다 회장님이 아침을……. 아, 아니에요."

은새가 그의 눈치를 보며 꼬리를 내렸다.

"진짜 요리 실력에 자신이 없으면 내가 해야지. 난 탄 음식은 좋아하지 않아."

"정말요?"

은새가 환하게 웃었다. 처음엔 웃지 못하는 여자인 줄 알았다. 하지만 웃는 은새의 모습을 보고는 지훈은 세상에서 이렇게 아름답게 웃는 여자도 있구나 라는 생각이 들었다.

"왜요?"

"……."

자신이 만든 샌드위치를 입안 가득 물고 맛있게 먹는 은새는 밤새 그의 침대 속에서 야릇하게 굴던 여인이 아니었다. 지금은 굉장히 순수한 아가씨 같았다.

"진짜 맛있어요. 샌드위치 가게를 하셔도 될 것 같아요."

"하려고 했어."

"……."

"뉴욕에다가 차리고 싶었어. 회사만 아니었다면……."

"성공하셨을 것 같아요."

"고마워."

은새와 먹는 아침은 생각보다 즐거웠다. 간단한 샌드위치로 아침을 때운 적도 근래에는 없었다. 본가에선 상상도 할 수 없는 일이니까 말이다. 이렇게 독립을 하고 나니 뜻밖의 자유가 있었다.

"평일에는 본가에 계세요?"

"이제 이쪽으로 옮길 생각이야."

"아……."

"내가 이리로 오게 된다면 은새도 이 집으로 들어와야 할 거야."

"……."

"왜 답이 없지?"

"엄마가……."

"그건 잘 설명해야 하지 않을까?"

은새의 얼굴이 어두워졌다. 왜 자꾸 은새에게 신경을 쓰는 걸까? 지훈은 명령하는데 익숙했고 대부분의 사람들은 '네.' 이외에는 다른 답을 하지 않았다. 하지만 은새는 그들과 달랐다. 자신의 이야기를 끊임없이 그에게 하고 있었다.

물론 안 좋은 상황의 이야기가 주된 이야기였지만 말이다. 솔직하려고 애를 쓰는 것 같긴 했다.

"잘 설명해 보도록 노력해 볼게요. 하지만 이 집에서 산다거나 그러진 않을 거예요."

"……."

"아셨죠?"

"아니."

다시 한 번 확인하는 그녀의 말을 잘라 버렸다. 어떤 상황에서건 은새는 그가 부르면 와야 한다.

"넌 내가 시키는 대로 하는 거야."

"⋯⋯."

"난 널 샀으니까."

갑자기 화가 났다. 돈을 주고 산 여자에게 그는 자꾸만 친절을 베풀고 싶어졌기 때문이었다. 이건 현지훈 스타일이 아니었다. 그의 앞에 가녀린 들꽃처럼 앉아 있는 은새를 보았다. 가운만 입고 있어서 풍만한 가슴골이 그의 눈앞에 그대로 드러났다. 어젯밤이 어땠는지를 그대로 보여 주는 새하얀 피부 위의 키스 마크들도 눈에 띄었다.

그녀가 그의 페니스를 빨아 주던 느낌이 떠오르자 그의 페니스가 다시 반응하기 시작했다. 그를 이렇게 아무 때나 미친놈으로 만들 수 있는 아주 위험한 여자였다.

문제는 은새 자신이 그를 그렇게 만들 수 있다는 걸 알지 못한다는 것이었다.

갑자기 은새가 자리에서 일어났다.

"가 봐야 해요."

그녀가 떠나려고 했다.

"아! 아파요."

은새의 팔을 잡은 지훈은 은새를 자신의 무릎 위로 앉혔다.

"오늘은 안 돼."

"엄마가 걱정하세요. 내일은 출근도 해야 하고……."

"가지 마."

"흡!"

그는 이렇게 말을 하고는 은새의 두툼한 입술을 삼켜 버렸다. 은새가 곁에 있으면 가만히 있을 수가 없었다. 그녀의 가운을 벌리고 부드러운 가슴을 한 손에 쥐었다. 그녀는 마른 몸인데도 가슴은 컸다.

"아아아……."

그의 손길에 바로 반응하는 그녀의 민감한 몸이 좋았다. 처음인게 믿어지지 않을 정도로 그녀는 섹시한 몸을 가지고 있었고 반응도 남달랐다.

남자를 미치게 만들 줄 아는 여자였다.

그녀를 마주 보게 앉히고는 가운을 어깨 너머로 벗긴 지훈은 그녀가 완벽하게 나신임을 확인했다.

"아주 요물이야."

"아, 아니에요."

"그런데 이렇게 아무것도 안 입고 있나?"

"회장님이 일어나시기 전에 아침을 만들고 싶어서 서둘렀거든요. 읍!"

아주 귀여운 소리를 하는 바람에 그는 다시 한 번 그녀의 입술을 거칠게 삼켰다. 그의 페니스는 벌써부터 미친 듯이 반응하기 시작했다. 지훈은 은새의 가는 목에 입술을 가져다 댔다. 그리고는 그녀의 빠르게 뛰는 맥박을 느꼈다.

은새도 그처럼 흥분을 하고 있었다. 그는 은새의 풍만한 가슴을 양손으로 모으고 유두를 번갈아 가면서 빨기 시작했다.

"아아앙……."

주방에 그녀의 신음이 가득했다. 지금은 침실까지 갈 수도 없을 것 같았다. 그는 은새의 여성을 손으로 만져 보았다. 그가 기대했던 대로 완전히 젖어 있었다. 그는 자신의 페니스를 그녀의 질 안으로 밀어 넣었다.

그녀가 그의 위에 앉아 있어서 그런지 그 어떤 때보다도 깊게 들어간 것 같았다.

"아아앙…… 제발……."

"제발 뭐?"

그가 미간에 힘을 부며 말했다.

"움직여 줘요."

그가 미친 듯이 움직이기 시작했다. 지훈은 자신이 이렇게 여자의 말을 잘 듣는 사람일 줄은 생각조차 하지 못했다. 그들의 섹스는 그렇게 하루 종일 이루어졌다.

5. 미치지 않고서야

미치지 않고서야 이럴 수는 없었다. 주말에 은새는 그와 거의 초주검이 되도록 많은 섹스를 했다. 아침에 먹은 샌드위치가 그날 먹은 음식의 전부였다. 집에 와보니 7시가 넘은 시간이었다.

어찌나 배가 고픈지 주방에 서서 음식을 먹었다. 그걸 본 엄마는 굶고 다니지 말라는 말을 하며 약속 있다더니 밥도 안 먹고 놀기만 한 거냐며 잔소리를 했다.

막노동을 해도 이렇게 체력소모가 많지는 않을 것 같았다. 월요일 출근을 해서도 온몸이 욱신거려 죽을 지경이었다.

"요즘 다이어트해?"

하림이 출근 인사 대신에 엉뚱한 질문을 했다.

"네? 아뇨."

"얼굴이 핼쑥한데? 좋은 약이면 나눠 먹자. 지난번에 피부과도 안 가르쳐 주고 말이야."

"송어진 씨랑 잘되는 게 선배에겐 다이어트가 될 것 같아요."

하림의 표정이 갑자기 어두워졌다.

"왜요? 연락이 없어요?"

"여자친구 있대."

"진짜요? 나한테는 없다고 했는데……."

"문자가 왔었어. '자신을 그렇게 생각해 줘서 고맙지만 여친이 있답니다.' 라고."

분명히 그녀에겐 여자친구가 없다고 했었는데 이상했다. 거짓말은 아닌 것 같았는데 말이다.

"이거 복사실에 가서 복사 좀 해다 줘. 수다만 떨지 말고."

역시 얄미운 하 팀장이었다.

"아 참, 그리고 금요일에 회식 있어."

"이번 주요? 왜요?"

하림이 하 팀장에게 물었다.

"회식이면 좋은 거 아니야?"

"네……."

은새는 복사할 서류를 가지고 복사실로 향했다. 양이 생각보다 많아서 올 때 무게가 장난이 아닐 것 같았다.

"어?"

복사실에는 송어진이 있었다.

"안녕하세요?"

"잘 지냈죠?"

"네, 그럼요. 그런데 여자친구가 있으시다고…….."

궁금한 말을 먼저 물었다.

"하림 씨가 말하던가요?"

"네."

"그렇게 말 안 했는데. 관심이 있는 여자가 있다고 했어요."

그렇다면 그는 거짓말을 한 건 아니었다.

"그래요? 복사 다 하셨어요?"

"네, 분량이 많네요?"

"그러게요. 갈 때 완전 죽었어요."

"이거 써요."

그가 캐리어를 그녀에게 건넸다.

"송어진 씨는요?"

"난 들고 가면 돼요."

그의 복사 물량도 꽤 많았다.

"그래도…….."

"난 남자잖아요. 힘도 좋고."

그가 웃으며 말했다.

"고마워요. 그런데 어떻게 돌려주죠?"

"사무실로 가지고 오면 되죠. 기획실이에요."

"네."

복사를 하고 은새는 사무실로 가서 복사한 서류를 주고 하림을 찾았다. 마음에 있는 여자가 있어도 애인은 아니니 다시 한 번 시도해 볼만했다. 하지만 하림은 어디에 가고 없었다.

"좋은 기회였는데……."

그녀는 아쉬운 마음을 감추고 곧바로 기획실로 향했다. 그리고 송어진을 불렀다.

"고마웠어요."

"고마웠으면 술이라도 사야 하는데. 지난번 찻값도 있고."

"좋아요. 대신에 선배도 함께 갔으면 해요."

"그래요. 그런데 제가 오늘밖에 시간이 없어서……."

"선배에게 물어보고 바로 연락드릴게요."

그녀는 그렇게 말을 하고는 사무실로 가서 하림에게 오늘 저녁에 송어진과 술 한잔할 거란 말을 꺼냈다.

"오늘 계를 탄 거야?"

"네."

"나야 콜이지. 애인도 없다는데⋯⋯."

"알았어요."

그들은 퇴근 후에 송어진이 추천하는 레스토랑으로 향했다. 아주 근사한 곳이었다. 하지만 그녀가 사기엔 좀 비싸 보이긴 했다.

"여기 좋은데요?"

"친구의 추천을 받은 곳이에요. 오늘은 제가 쏘는 거니까 마음 껏 드세요."

"아뇨, 제가 신세 진⋯⋯."

"다음에 커피 사면 되죠."

"⋯⋯."

"그래, 어진 씨가 산다잖아."

하림은 입이 거의 귀에 걸려 있었다. 같이 있기만 해도 좋은 것 같았다. 분위기는 아주 좋았다. 은새는 어진과 하림이 이야기하는 걸 듣고 웃기만 했다. 둘은 생각보다 잘 어울렸다. 어진이 마음에 둔 여자가 누군지는 모르지만 지금은 하림과 잘되길 바라는 마음 이 컸다.

"어? 회장님?"

뜻밖에 현 회장이 레스토랑에 들어섰다. 그리고 그의 옆에는 굉 장한 미모의 여자가 있었다. 온몸이 명품으로 휘감겨 있는 여자는 현 회장과는 아주 친밀해 보였다.

"누구야? 회장님 애인?"

"애인보다는 현 회장님의 첫사랑이란 말이 맞겠죠."

"알아요?"

"아주 유명한 사람인데 몰라요?"

"네."

"현 회장님의 부인이 죽은 배후에 저 여자가 있다는 소문이 있었어요."

"……."

은새는 너무 놀라 다시 한 번 여자를 보았다. 둘은 그들이 잘 보이지 않는 위치에 앉았다. 목을 빼야 겨우 볼 수 있는 곳이었다.

"은새 씨 목 빠지겠어요."

"아? 네……."

민망함에 얼굴을 돌렸지만 마음이 복잡한 은새였다.

"아까 그 얘기 다시 듣고 싶어요."

"아……. 저 여자 이름이 유지나인가 그러는데, 현 회장님이랑 어릴 때부터 친구예요. 현 회장님과 파티에 같이 참석한 것도 어릴 때 봤었구요. 그런데 지나 씨가 결혼하면서 현 회장을 찬 거죠."

"SC그룹 후계자를요?"

"뭐 자세한 내막은 모르지만 그럴 거예요. 그래서 현 회장님이 계속해서 매달렸고 그걸 못 견딘 부인이 교통사고를 위장한 자살을 했다는 소문이 있었어요. 덕분에 지나 씨도 이혼을 당했고 그동안은 미국에 있었는데 지금 한국에 돌아온 지 얼마 되지 않아요."

"……."

"굉장한 미인이죠?"

"네."

인정하지 않을 수 없었다.

"호호호……."

여자의 웃음소리가 그들의 자리까지 들렸다.

"우리와 관계없는 일인데 신경 끄세요."

하림이 어진과 자신이 방해를 받는 것 같았는지 은새의 질문을 끊어 버렸다. 그 후로 은새는 말 한 마디 못하고 자리를 지키고 있었다.

"우리 그만 일어날까요?"

어진이 현 회장이 나가지도 않았는데 일어나려 했다. 그들이 나가면 분명히 현 회장이 그들을 볼게 분명했다.

"아직 와인도 다 안 마셨는데요."

은새가 어진을 일어서지 못하게 얼른 둘러댔다.

"미안한데 지금 가 봐야 해요. 다음에 와인 한 번 더 먹죠 뭐."

"정말요?"

하림이 좋아 죽었다.

"그럼 그럴까요……."

은새는 최대한 하림과 어진의 뒤로 숨었다. 현 회장에게 들키기 싫었다. 그녀야 하림이 있으니 오해받지는 않겠지만, 현 회장은 자신의 치부를 그녀가 본 걸 안다면 기분 나빠할 게 뻔했다. 또 최악의 경우는 남자를 만나고 돌아다닌다고 또 그녀의 속을 뒤집어 놓을 수도 있었다.

"보지 마라……."

"어?"

"아뇨, 현 회장님에게 들키는 게 싫어서요."

"왜?"

"지난번에도 혼났고 또……."

"맞다. 지난번엔 왜 그랬어?"

"……."

하림이 얄미웠다. 이렇게 끈질기게 물을 것까지는 없었다.

"회장님!"

사단은 다른 곳에서 벌어졌다.

"지나 누나!"

어진이 현 회장과 여자를 아는 체했다.

"여긴 어쩐 일이야?"

"아름다운 여성분들하고 식사를 좀 하느라⋯⋯."

"그래?"

그때 현 회장과 은새의 눈이 마주치고 말았다. 은새는 저도 모르게 하림의 뒤로 숨었고 하림은 회장에게 고개를 숙여 인사했다.

"마음에 드는 아가씨는 있어?"

"있어."

"둘 중에 누구?"

어진이 마음에 드는 아가씨를 이야기한 적이 있는 모양이었다. 지나가 우리 쪽을 보았다.

"우리 어진이 많이 컸네."

"우린 몇 살 차이 안 납니다."

"알았어. 파이팅!"

여자와 어진의 목소리만 들렸지 현 회장의 목소리는 들리지 않았다. 그녀는 다리의 기운이 쏙 빠지는 느낌이었다. 밖으로 나와서도 온몸이 떨렸다.

"잘 아는 사이신가 봐요?"

"어릴 때부터 봐 온 형이죠."

송 사장의 아들이라는 걸 잠시 잊었었다. 그 만큼 어진은 부자라는 티를 내지 않았다. 잘생긴 얼굴에 겸손까지 다 갖춘 사람이었다.

은새는 둘과 헤어지고 집으로 돌아와서도 불안했다.

"이번 주말은 어떻게 하냐고!"

침대에 얼굴을 묻고는 몇 번이나 소리를 질렀지만 불안감은 사라지지 않았다.

어진은 대리기사까지 불러서 하림과 은새를 보냈다. 오늘 하림을 데려 오지 못하게 했다면 은새는 나오지 않았을 것이다.

"숨겨진 여자라……."

현 회장이 10억의 빚을 갚아줄 정도로 아끼는 여자라고 했다. 주말이면 은새와 침대에서 뒹구느라 밖을 나가지 않을 정도라고 전해 들었다. 은새는 매력적인 여자임에 분명했다. 그리고 놀라울 정도로 새미와 비슷하게 생겼다.

새미는 굉장한 미인이었다. 하지만 은새는 새미가 못 가진 무언가를 가지고 있었다. 굉장히 섹시한 여자임에는 틀림이 없었다. 지금 일이 이렇게 진행되지 않았다면 어쩌면 그의 품에 안겨 있을 수도 있었다.

천하의 바람둥이 송어진의 여자로 말이다. 하지만 지금 그의 아버지 송 사장의 계획은 조금 달랐다. 현 회장이 회사 직원과 바람이 났다는 소문을 회사에 퍼트릴 예정이었다. 바람이라기보다는 이 여자 저 여자를 만나고 다닌다는 소문으로, 그동안 일편단심으로 죽은 부인만 생각하던 이미지를 깎아 내리겠다는 뜻이었다.

어진은 지금 아무런 감투를 쓰지 않고 본사 기획실에 있었다. 아버지의 후광을 등에 업지 않는 지극히 모범적인 모습을 보이기 위함이었다.

그는 내년에 대리 직급을 단다. 아버지의 말로는 과장이 될 때까지는 소리 소문 없이 지내라고 했다.

그래야 다음부터 파격 인사를 해도 주위에서 아무 소리를 못한다고 말이다. 하지만 그가 현 회장을 무너트린다면 이런 지루한 일 없이 단번에 올라갈 수 있다고 했다. 오늘 일도 그래서 계획이 된 일이었다.

허영 덩어리 유지나는 좋은 미끼가 되어 주고 있었다. 유지나가 머리에 아무것도 든 게 없는 닳고 닳은 여자라는 걸 세상 사람들이 다 아는데, 이상하게 똑똑한 현 회장만 그 사실을 모르는 것 같았다.

"지나가 지금 돈 때문에 형을 팔아먹고 있는 걸 알아?"

그는 담뱃불에 불을 붙이며 말했다. 레스토랑의 창으로 그들의 모습이 보였다. 솔직히 현 회장 옆에는 지나보다는 은새가 더 잘 어울렸다.

"여자 보는 눈이 없어."

그는 이렇게 말하며 자신의 차로 향했다. 대리기사가 오는 게 보였다.

"뭐든 조심해야지."

괜히 와인 한잔에 음주라도 걸리면 요즘 같은 세상에 대기업의 총수가 되긴 힘이 들었다. 뭐든 조심하는 게 상책이었다.

그는 차에 오르며 창밖으로 둘의 모습을 보았다. 그리고는 지나 에게 전화를 걸었다.

"여보세요?"

[네.]

"그냥 듣기만 해요. 다음에 만날 때는 레스토랑이든 어디든 나 올 때 아주 진하게 스킨십을 하세요."

[아…… 네. 오늘 말고요?]

"네. 멍청하게 굴지 말고 잘하시길 바랍니다. 그래야 서로 좋으 니까."

[……알겠습니다.]

눈치가 영 없지는 않지만 날이 갈수록 예전의 매력이 사라지는 것 같았다. 전화를 끊고 본가로 향한 그는 집에 도착하자마자 아버지가 계시는 서재로 향했다.

"다녀왔습니다."

"그래."

"현 회장과 유지나, 그리고 고은새가 만났습니다."

"수고했다. 그 일은 우리 일에 아주 작은 부분이야. 말하자면 흠집 내기 정도지. 우리가 진짜 해야 할 건 이거다."

아버지가 어진에게 서류를 건넸다.

"이건……."

"SC건설의 기밀서류인데……. 그걸 경쟁사에 넘길 생각이다."

"네?"

놀라지 않을 수 없었다.

"이걸 왜?"

"SC건설이 눈엣가시기도 하고 이렇게 하면 우리의 입지가 더 유리해지지."

"하지만……."

"사내가 그렇게 간이 작아서 쓰나!"

"죄송합니다."

어진은 아버지 앞에 머리를 숙였다. 이제까지 그는 아버지의 아바타 같은 존재였다. 아버진 언제나 옳았고 그는 따르면 되는 것이었다. 맨손으로 지금의 자리까지 오른 분이 아버지였다.

그의 형은 일찌감치 아버지의 눈 밖에 난 덕에 먼 지방의 의사로 살아가고 있었다. 형은 행복하다고 말하지만 어진이 보기엔 그저 평범한 삶에 불과했다. 어진은 아버지보다 더 높은 곳에 오르고 싶은 야망이 있었다. 아버지가 그를 도와준다면 말이다.

물론 어머니의 덕도 보긴 했지만 아버진 어머니와 결혼하기 위해 갖은 노력을 하셨다고 했다.

어머니를 사랑하기도 했지만 우선은 장우건설의 장녀인 어머니의 인맥도 한몫했다고 했다.

아버지의 야망은 끝이 없었고 그런 아버질 어진은 존경했다.

"일단 넌 조용히 나설 때를 기다려. 지금은 현 회장을 살짝 약 올리는 정도로 끝내고."

"네."

어진은 아버지에게 잘 보이고 싶은 마음이 강했다. 자신의 방으로 돌아 온 그는 샤워를 하고 옷을 갈아입었다.

"스트레스를 해소하러 가 볼까?"

그는 강남에 재벌가들 자제들만 이용하는 클럽의 회원이었다. 철저하게 비밀이 보장되고 그리고 스트레스를 마음껏 풀 수 있는 곳이었다.

미국에서처럼 그는 낮과 밤이 다른 생활을 할 수 있을 것 같았다.

Errrrrr—

샤워를 하고 나오자마자 현 회장으로부터 전화가 왔다. 받을까 말까 망설이다가 은새는 전화를 받았다.

[나와.]

"지금요?"

[내가 들어갈까?]

"아뇨, 나가요."

아까의 일로 무슨 꼬투리를 잡으러 왔는지 은새는 한없이 불안했다.

젖은 미역 같은 머리에 늘어진 티셔츠와 반바지 차림으로 그녀는 현 회장의 차가 있는 곳으로 향했다. 엄마가 깰까 봐 아주 조마조마했다.

"무슨 일로……"

차 문을 열자마자 얼굴만 내밀고는 물었다. 현 회장의 얼굴을 보는 게 오늘은 왠지 더 두려웠다.

"타."

"그냥 여기서……"

"빨리 타."

"네."

은새는 차에 올랐다.

"샤워를 막 끝내고 나와서……."

자신의 몰골에 대해 설명을 하는 중이었다. 조금 시간이 걸리더라도 머리라도 말리고 나올 걸 그랬다는 생각이 들었다.

"상관없어."

그가 무뚝뚝하게 내뱉었다. 하긴 그녀에 관해선 관심이 없을 테니까. 침대에서나 관심이 있지. 평상시에는 아는 체도 안 하는 그였다.

"레스토랑에서……."

"아, 그 여자분이랑 계시던 거 아무한테도 말 안 할게요. 걱정하지 마세요."

"걱정하지 말라?"

"네, 저는 맹세코 다른 사람에게 소문을 내고 다니는 사람은 아니에요."

"……."

그가 차를 몰기 시작했다. 어디론가 향하는데 운전이 상당히 거칠었다.

"현 회장님……."

"……."

그는 그가 원하는 장소에 도착할 때까지 아무런 말도 하지 않았다.

"여긴……."

"……."

그의 집 주차장이었다. 그는 아무런 말없이 차에서 내렸다. 그녀에게 따라 오라는 의미일 것이다. 토요일 그의 집에 올 땐 집 앞의 주차장에 차를 주차하고 오기 때문에 그의 집 주차장은 은새도 처음이었다.

그의 집 주차장은 지하에 있었다. 그리고 그 안에는 눈으로 보고도 믿기지 않을 만큼의 수입 명품 차들이 즐비했다. 순간 또 한번 그와 그녀는 사는 세계가 다름을 실감했다.

먼저 들어간 그는 집 안 거실에 앉아 그녀가 오기를 기다리고 있었다. 불도 켜지 않아 어두운 집은 처음 그를 만났을 때의 모습 같았다.

탁!

은새는 저도 모르게 불을 컸다. 밝은 조명에 눈이 부셨는지 그가 인상을 쓰고 있었다.

"어두운 건 싫어요."

"……."

"그냥 말하세요. 지난번에 있지도 않은 남자친구로 사람을 억울하게 만들더니, 지금은 또 뭐죠?"

"억울했다?"

"네, 억울하지 안 억울해요? 전 남자친구가 없고 주변에 남자도 없…….."

혹시나 송어진을 두고 그런 생각을 하는 것일까?

"왜 말을 하다가 말지?"

"……오해는 하지 말아 주셨으면 하고요. 송어진 씨는 하림 선배가 좋아하는 사람이고 전 하림 선배와 둘을 이어 주려 했을 뿐이에요."

"선배가 좋아하는 사람이라……."

"그래요, 저와 같은 부서의 선배가 좋아하는 사람이라고요."

"송어진이 송하철 사장의 아들인 건 아나?"

"네, 선배에게 들어서 알아요."

"송하철 사장이 내 경쟁자이고, 내가 가장 저주하는 인간이라는 것도?"

"……아뇨, 그건 몰랐어요."

현 회장이 왜 이렇게 알레르기 반응을 하는지 알 것 같았다.

"송 사장은 항상 나의 목을 노리지."

"……."

"자나 깨나 어디서든 SC그룹의 회장이 되기 위해 두 눈을 벌겋

게 뜨고 있는 인간이지."

"전…… 몰랐어요. 말단 사원이 어떻게 알겠어요?"

"양다리가 아니다?"

"전 송어진 씨 같은 스타일은 안 좋아해요."

"그럼?"

"……."

말을 할 수가 없었다. 그녀를 안으면 그 안에 쏙 들어갈 만큼의 커다란 신장에 넓은 가슴을 가진 남자 그리고 그녀의 모든 걸 이해해 줄 수 있는 남자……. 그리고 뜨거운 남자.

"왜 말을 못하지?"

"없습니다."

"좋아하는 스타일이 없다?"

"지금 전 그런 걸 생각할 정신이 없습니다."

지금 상황에선 이렇게 답하는 게 맞았다. 그녀를 이렇게 다그치고 있는 남자가 이상형이라고 할 수는 없으니까 말이다.

"……."

그는 말없이 한참을 그녀를 바라보고 있었다. 도대체 저 사람은 지금 뭘 생각하는 걸까. 은새는 답답했다.

"전 가 보겠습니다."

은새는 인사를 하고는 돌아섰다. 속이 상해서 눈물이 흘렀

다. 이렇게 늦은 저녁에 그녀를 불러내서 고작 한다는 소리
가…….

"아!"

그가 그녀의 손목을 아프게 잡아 돌려 세웠다.

"왜요? 또 뭐가…… 읍!"

그녀를 돌려 세운 현 회장이 은새의 입술을 집어삼켰다. 그리고
는 다급하게 그녀의 입술에 키스를 퍼부었다.

"으으읍!"

은새는 싫었다. 그래서 그의 키스를 거부하며 얼굴을 틀었
다.

"싫어요! 나한테 도대체 왜 이러는 거예요? 난 시키는 대로 다
했는데……. 흑흑흑…….."

서러움에 눈물이 하염없이 흘러내렸다.

"나도 내가 왜 이러는지 모르겠어. 자꾸 신경이 쓰인다고…….
짜증이 날 정도로…….."

"……."

그들이 시선이 부딪쳤다. 눈가에 눈물이 가득해서 그가 흐릿하
게 보였다.

"나한테 이러지 말아요. 난 힘들단 말이에요…….."

"……."

그가 그녀를 품에 안았다.

"다시는, 그런 걸로 의심하지 않을게."

"……."

현 회장의 입에서 그런 말이 나올 거라고는 상상도 한 적이 없었다. 신기한 일이었다.

"나답지 않아……."

"흡!"

그는 작은 소리로 혼잣말을 하더니 다시 그녀의 입술을 삼켰다. 이번엔 처음과는 다르게 부드러운 입맞춤이었다. 그녀의 샴푸향과 그의 체향이 아주 묘하게 섞여서 그녀의 코를 자극했다.

"아아아……. 난 배신하지 않아요. 어떻게 배신을 하겠어요. 미치지 않고서야……."

그가 그녀의 목을 혀로 핥고 있었다. 말을 계속하기 힘들 정도로 짜릿한 느낌이 들었다.

그의 손이 그녀의 티셔츠 안으로 들어와 브래지어와 옷을 동시에 위로 올렸다. 그녀의 풍만한 가슴이 출렁이며 그의 얼굴 앞에 모습을 드러냈다.

그는 거칠게 그녀의 가슴을 빨아들였다. 은새는 점차 뒤로 밀려나 복도 벽면에 등을 기대고 섰다.

"아아앙……."

그의 손이 그녀의 가슴을 주물럭거리면서 동시에 입으로는 그녀의 유두를 빨고 있었다. 참을 수 있는 한계를 넘어서는 쾌감이 그녀의 몸을 관통했다. 가슴을 애무하는 것만으로 은새는 쾌감의 끝을 느끼고 있었다.

하지만 가슴에서 그칠 그의 애무가 아니었다. 그가 한손을 그녀의 반바지 안으로 밀어 넣었다.

팬티 안으로 불쑥 들어온 손 때문에 은새는 놀라 다리를 꼬았다.

"다리 벌려."

그의 목소리가 욕망으로 갈라져 있었다.

"아아앙……."

저도 모르게 그의 말대로 다리를 살짝 벌렸다. 그러지 그의 손이 그녀의 여성을 주물럭거리기 시작했다. 미칠 것 같은 느낌이었다.

"더 벌려!"

그의 말대로 그녀가 다리를 벌리자 이번엔 그의 손가락이 그녀의 질 안으로 밀고 들어왔다.

"아아아……."

질척거리는 소리와 함께 그녀의 질 벽에 닿는 그의 손길이 그대로 느껴지고 있었다. 은새는 흥분으로 인해 미칠 것 같았다.

"내가 의심할 만한 행동은 하지 마."

"아아아…… 네……."

"다시는 다른 놈들 근처에도 가지 마."

"네……."

지금은 그가 말하는 모든 것에 긍정적인 답을 할 수밖에 없었다. 은새는 자신이 그에게 길들여지는 느낌을 받았다. 하지만 그것마저도 지금은 좋았다.

그가 자신의 바지를 다급하게 내리더니 그녀의 한쪽 다리를 들었다. 그의 페니스가 다리 사이에서 느껴졌다.

"아악!"

이제 적응될 법도 한데 처음은 언제나 고통스러웠다. 그 시간이 짧아지긴 했지만 말이다.

퍽퍽퍽!

복도라서 그런지 소리가 아주 요란했다. 하지만 은새는 민망하지 않았다. 오히려 그의 목에 팔을 두르고 매달리기 시작했다.

"헉헉……."

그의 거친 숨소리도 좋았다. 왜 점점 이 사람에게 빠져드는 걸까? 처음엔 모든 게 두렵기만 했는데 이제 그와 함께 있으면 든든한 느낌이었다.

그리고 그가 주는 거친 섹스도 좋았다. 점점 자신이 미쳐 가는 게 아닐까 라는 두려움도 생겼다.

그가 자신의 옷을 빠르게 벗어 던졌다. 그의 벗은 모습은 언제 봐도 멋있었다.

"그거 아세요?"

"……."

"벗은 모습이 훨씬 멋있어요. 남들에게 보여 주기 싫을 만큼…… 어머!"

그녀의 말이 끝나기도 전에 그가 은새를 안아 들었다.

"나도 마찬가지야."

"……."

그의 대답에 심장이 간지러웠다. 그녀의 심장에 아무래도 나비가 날아 든 것 같았다.

툭!

그가 침대에 그녀를 누이고 그 위로 바로 올라와서 단번에 자신의 페니스를 그녀 안에 밀어 넣었다. 급했던 모양이었다. 그녀만큼이나…….

퍽퍽퍽!

오늘따라 그는 허리를 더 빠르게 움직이고 있었다. 극도로 흥분을 한 건 그녀만이 아니었다.

"으으윽!"

마침내 그는 자신의 분신들을 분출하고는 그녀 위로 쓰러졌다. 그의 무게가 기분 좋게 느껴지고 있었다.

"여기 들어오고 싶지만 엄마 때문에 안 돼요."

"……."

"아빠 때문에 엄마가 우울증에 걸렸거든요. 혼자 두기 불안해요."

그녀는 솔직하게 자신의 상황을 말했다.

"어머니 문제는 천천히 생각해 보자. 당분간은 그렇게 해."

"감사합니다."

갑자기 그가 부드럽게 나오자 너무 이상했다.

"……정말이에요?"

"마음이 언제 또 바뀔지 몰라."

하긴 현 회장은 그녀에게 있어서만큼은 변덕쟁이인 것 같았다. 그의 팔을 베고 있으니 이상한 기분이 들었다.

"아까 그 여자분……."

"신경 쓸 것 없어."

"……."

자기는 그녀의 남자에 신경을 쓰면서 은새는 말도 꺼내지 못하게 했다. 그가 갑자기 그녀를 끌어안았다.

"자고 싶어."

"……."

은새는 자신을 꼭 끌어안은 현 회장 때문에 깜짝 놀랐다. 그가 잠들려 하고 있었다. 그녀를 안은 채로…….

6.
첫사랑의 그녀는
언제나 아름답다

현 회장이 눈을 뜨기 전에 은새는 새벽에 집으로 돌아갔다. 출
근준비 때문이었다. 잠을 제대로 자진 못했지만 이상하게 피곤하
지 않았다.

현 회장은 그녀를 안은 채 세상모르고 잠을 잤다. 언제나 섹스
를 하느라 밤을 새워서 그런지 잠들어 있는 현 회장의 모습은 처
음 본 것 같았다.

"잘생기긴 했어."

"누가?"

하림이 어김없이 그녀의 말을 듣고는 끼어들었다.

"선배는 귀가 밝은 거예요? 아니면 나한테 관심이 많은 거예요?"

"둘 다?"

그녀의 핀잔에도 하림은 꿋꿋했다.

"어제는 고마웠어. 송어진 씨는 진짜 멋진 남자인 것 같아."

"아직도 좋아하는 거예요?"

"아니."

의외의 대답이었다.

"왜요? 어제는 완전히 좋아하셨으면서."

"이 세상 사람이 아니더라. 그냥…… 연예인 같은 존재인 것 같아."

하림의 의외의 반응에 솔직히 은새는 놀라웠다.

"굳이 비교를 하자면 현 회장님 같은 느낌이랄까? 그냥 보는 걸로 만족해야지."

"……."

"아니야? 현 회장님 멋있지 않아?"

"아뇨, 멋지시죠."

"그래, 딱 그 느낌이야."

그의 품에 안겨 있으면서도 내 것이라는 느낌이 안 드는 건, 하림이 말한 것처럼 다른 세상의 사람이기 때문일 것이다.

"그런데 말이야."

"네."

"어제 우리가 봤던 여자 있잖아. 현 회장님 첫사랑이라는……."

"네."

"오늘 출근하면서 본 것 같아."

이건 또 무슨 소린지 아무리 친하다고 해도 아침부터 회장을 찾아오지는 않을 텐데 하림이 잘못 본 게 분명했다.

"잘못 보셨겠죠."

"아니야, 내 눈으로 똑똑히 봤어. 이 실장님이 모시고 가던데?"

"……."

무슨 일인지 도무지 알 수가 없었다. 하지만 유지나라는 여자가 신경이 쓰이는 은새였다.

퇴근시간 무렵 은새는 하림과 함께 총무팀에 가게 되었다. 영업팀에서 전할 서류가 생각보다 많아서 둘이 함께 움직이게 된 것이었다.

"이런 건 남자들 시키면 되잖아. 안 그래?"

"남녀는 평등해야 한다잖아요."

하 팀장의 말이었다.

"아니, 이건 처제 길들이기야."

"왜요?"

"내가 어제 언니에게 정보를 제공했지."

"설마…… 제 얘기를 한 건 아니죠?"

"……."

하림이 입을 닫았다.

"그건 절 생각해 주는 게 아닙니다."

"그래서 뒤늦은 후회를 하고 있다."

어쩐지 둘을 한데 묶어서 힘쓰는 일을 시킨다고 생각했었다. 총무과에 들어선 하림과 은새는 앞에 서 있는 여자 때문에 입을 다물지 못하고 서 있었다.

"은새 씨, 맞죠?"

"네?"

"안녕하세요? 회사에서 이렇게 아는 얼굴을 보니 반갑네."

"저희 회사에는 왜……?"

"아, 나 오늘부터 출근해요. 출입증도 지금 받았고."

지나가 그녀를 향해 출입증을 보여 주었다. 사진도 예쁘게 잘 찍은 것 같았다.

"난 홍보팀에서 근무하니까 언제 차 한잔해요."

"네."

그녀가 하림과 은새 사이를 지나갔다.

"아니 왜 나는 아는 체를 안 해?"

"못 봤겠죠."

"못 보긴. 눈이 마주쳤는데…….."

하림이 삐쭉거렸다. 하지만 은새는 지나에게 온 정신이 팔려 있어 알아차리지 못했다. 지나는 세련됨의 극치를 달리고 있었다. 몸에 걸친 게 명품이라서 그렇다기보다는 선천적으로 패션을 아는 여자 같았다.

"완전 세련됐죠."

"명품을 휘감았잖아. 아니 그리고, 그렇게 돈이 많은데 왜 회사를 다닌데?"

"취미라네요."

앞에 있던 총무과 직원이 말했다.

"내가 물어봤거든요. 회사에 다닐 사람 같지 않다고 말이에요. 그랬더니 심심해서 라고 하는 거예요. 우리 SC그룹이 심심하면 다니는 그런 구멍가게도 아니고…….."

총무과 직원이 완전히 분개했다.

"보기랑은 다르게 생각이 없네요."

하림이 총무과 직원의 말에 맞장구를 치고 있었다. 은새는 어제 지나를 보면서 웃고 있던 현 회장의 모습을 떠올렸다.

"상대가 안 돼…….."

은새는 유지나라는 여자를 이길 수가 없었다.

퇴근시간이 가까워 오는데도 지훈은 어제 은새와의 섹스를 생각하고 있었다. 사실 은새와의 섹스보다는 그녀를 안고 잔 사실이 더 신기했다. 새미와는 각자의 침대를 사용했다. 그는 아무리 부부라도 누군가를 옆에 두고 자는 게 싫었다.

잠자는 데 걸리적거리고 숙면에 방해가 됐기 때문이었다. 하지만 이상하게 은새는 그렇지 않았다. 매주 토요일에는 거의 밤을 새우다시피 해서 잘 못 느꼈고, 어제처럼 그냥 안고 잔다는 건 있을 수 없는 일이었다.

"왜?"

"네?"

"아닙니다. 지나는 오늘 잘 출근했습니까?"

퇴근시간이 되어서야 지나에 대해 물었다.

"네, 오전에 홍보실에 잘 모셔다 드렸습니다. 그런데…… 홍보팀장이 그렇게 좋아하는 눈치가 아닙니다."

"다른 곳은 갈 곳이 없습니다."

"왜 굳이 다니시려고 하는지……."

"저도 그게 궁금합니다. 일을 하고 싶어서 그렇다는데……. 일단 두고 보죠."

"네."

이 실장은 경력도 없고 나이도 많은 낙하산은 좋아하지 않았다.

하지만 그가 처음으로 낙하산을 심었으니 뭐라고 대꾸도 못하는
것 같았다.

"제 풀에 지쳐 그만둘 겁니다."

"네."

지훈은 지금 지나를 생각할 겨를이 없었다. 머릿속에는 온통 은
새 생각뿐이기 때문이었다.

"집은 마음에 드십니까?"

"네, 좋습니다."

"다행이네요."

"이 실장님이 직접 고르신 집인데 좋은 게 당연하죠."

지훈은 이 실장의 기를 살려 주었다.

"감사합니다. 그런데 왜 상주 가정부는 싫다고 하셨는지?"

"방해받고 싶지 않아서요."

"알겠습니다."

이 실장은 그가 무슨 방해를 말하는지 모르고 답했다. 그는 은
새와의 뜨거운 밤을 방해받고 싶지 않은 것이다. 그들의 섹스는
침대 위에서만 이루어지는 것이 아니었다. 그래서 다른 사람들이
있으면 불편한 게 사실이었다.

"카드 하나 만들어 주세요."

"네?"

"한도 없는 걸로."

"네."

그는 카드를 잘 쓰지 않았다. 생활을 하면서 돈을 쓸 일이 그렇게 많지 않았기 때문이었다.

그런 그가 카드를 만들라고 하니 이 실장의 표정이 어리둥절한 것 같았다.

시간이 흘러 드디어 퇴근시간이 되었다.

"실장님도 퇴근하세요."

"네."

그는 자신의 재킷을 들고 즐거운 걸음으로 주차장으로 향했다.

"지훈아!"

지나가 뒤에서 소리쳤다.

"어."

"기다렸어."

"날? 왜?"

"이게 주려고."

그녀가 쇼핑백 하나를 내밀었다.

"이게 뭐야?"

"감사 선물."

"어, 그래 고마워."

보기에도 비싼 와인이 들어 있었다.

"아빠에게 특별히 부탁한 거야."

"감사히 잘 마실게."

"어……? 이게 아닌데?"

그가 뭘 잘못 말한 모양이었다. 지나의 표정이 좋지 않았다.

"왜?"

퇴근하는 직원들이 그들을 의아하게 힐끔거리면서 가고 있었다.

"같이 마시자고 말해야지."

"미안, 오늘은 선약이 있어서. 오늘만 날이 아니잖아."

"알았어. 다음에 같이 마시자."

"그래."

지나의 표정이 다시 밝아졌다.

"잘 가."

지나가 손을 흔들며 그를 배웅했다. 그가 차에 오르자 운전기사가 차를 몰았다. 그리고 모퉁이를 도는데 넋을 놓고 서 있는 은새를 보았다.

"왜 저러고 있지?"

운전기사가 주차장을 빠져 나오고서야 그는 은새가 그와 지나를 보았음을 알 수 있었다.

"신경이 쓰이는 모양이군."

은근히 기분이 좋았다. 은새가 그에게 질투를 느끼다니 놀라운 일이었다. 차는 본가로 향하고 있었다. 오늘은 아버지가 그를 호출했기 때문이었다. 결혼문제로 그를 또다시 몰아붙이실 모양이었다.

"저 왔습니다."

어머니가 그를 반갑게 맞이해 주셨다.

"우리 아들 며칠만이야. 도대체 왜 이렇게 집에 안 들어와."

아직 새집을 얻었다는 걸 말하지 않았다. 본가에 있는 짐을 거의 가져가지 않았으니 더 모르셨을 것이다.

"저 따로 집을 얻었습니다."

"뭐?"

그의 갑작스런 말에 어머니의 표정이 굳어졌다. 아무 말도 없이 분가한 게 서운하신 모양이었다.

"조용히 쉬고 싶어서요."

"여기는 시끄러워?"

"죄송해요……. 아버지는요?"

"서재에서 기다리셔."

그는 바로 아버지가 계시는 서재로 향했다. 어머니와 같이 있다가는 집으로 다시 들어올 판이었기 때문이었다.

"다녀왔습니다."

"앉아라."

"네."

아버지가 다리를 절뚝거리시며 소파에 앉으셨다.

"다리는?"

"산에 갔다가 다쳤다."

"괜찮으신 거예요?"

"아니. 다리도 다리지만 마음이 더 다쳤어."

"네?"

갑자기 이상한 말을 하시는 아버지였다. 아버진 이렇게 감정적
인 분이 아니셨는데.

툭!

서류들이 그의 앞에 던져졌다.

"빨리 골라."

"아버지……."

"내가 속이 터져서 죽어 버릴 것 같으니까."

"……."

"다들 손자 자랑들을 하는데 난 홀아비 아들 얘기뿐이 할 말이
없더구나."

"……."

"꿀 먹었어? 왜 이렇게 말이 없어?"

그는 아버지의 표정을 보고는 이번엔 아버지가 물러서지 않을 거란 걸 느꼈다.

"저…… 여자 있습니다."

"뭐?"

"결혼할 겁니다."

"뭐 하는 아가씬데?"

"우리 회사 영업팀에 근무합니다."

"사실이야?"

"네."

그가 단호하게 말했다.

"데려와."

"아직은……."

"거짓말하지 마. 없으니까 못 데려 오는 거지."

"아버지가 지난번에 보내 주신 여잡니다."

"뭐? 고은새?"

"네."

새미와 닮아서인지 아버지가 은새를 기억하고 계셨다.

"아버지가 벌이신 일입니다. 반대는 하지 말아 주십시오, 그리고 은새가 아니면 결혼하고 싶은 마음도 없습니다."

"……."

"배고픕니다. 그만 같이 식사하시죠."

그가 자리에서 일어날 동안 아버지는 멍하게 그를 바라볼 뿐이었다. 충격을 받으신 것 같지만 이상하게도 안 된다는 소리는 안 하셨다. 처음에 그에게 그녀를 보내실 때 많은 조사를 하신 것 같았다.

그렇지 않고서는 저 꼼꼼한 양반이 저렇게 가만히 계실 리가 없었다.

저녁식사 자리에서 결혼 얘기를 꺼내니 어머니는 잘 생각했다는 소리만 하셨다. 솔직하게 새미가 살가운 성격이 아니었기 때문에 어머니는 며느리 복이 없으셨다. 그래서일까? 새미가 죽은 후에 어머니는 새미를 더 잘 챙기지 못한 게 후회가 된다고 하셨다.

"그 아가씨는 마음에 드는 거야?"

"네."

"다행이다. 네 아버지가 여자들 사진 갖고 올 때마다 마음이 조마조마했어. 선을 안 본다고 하면 어쩌나 하고 말이다. 이제 한시름 놓겠구나."

"……."

"빨리 아기를 낳아야지. 너도 이제 나이가……."

"나중에요."

한번도 아기에 대해 생각해 본 적이 없었다. 이솔이를 잃고 나서는 더 그랬다. 새미와 소원해진 사이에 이솔이가 생겨서 부부관계가 좋아졌었다. 이솔이는 그의 집의 평화의 상징이었고 그의 단하나뿐인 자식이었다.

"이제 그만…… 이솔이는 보내 줘라."

"아버지!"

다른 건 몰라도 이솔이 이야기는 용납이 안 되는 지훈이었다.

"아이고, 그만들 하세요. 이번 주말은 그렇고. 다음 주말에 아가씨 한번 데리고 와. 엄마가 밥 한번 먹이게."

"알겠습니다."

"진짜야?"

"네, 그렇게 좋으세요?"

"그럼."

어머니는 아버지와는 달리 은새의 일을 모르시는 것 같았다. 하긴 아들 방에 여자를 넣어 주는 것을 부인에게 이야기할 남자는 없으니까.

"국 식어."

아버지가 저녁을 드시기 시작했다. 항상 침묵이 가득했던 식사 시간에 모처럼 화기애애했다. 지훈은 부모님께 죄송한 마음이 들었다.

집으로 돌아오는 길에 그는 은새에게 전화를 걸었다.

"다음 주말에 어른들 뵙기로 했어."

[네? 왜요?]

은새가 아주 놀란 것 같았다.

[그러니까…… 저 들킨 거예요? 혼나는 건가요?]

"아니야."

[그럼…….]

이렇게 안절부절못하는 은새가 귀여운 지훈이었다. 앞으로 들을 말은 더할 텐데 말이다.

"어른들이 만나자고 하셔서."

[어른들이 왜 절 보자고 하시는지 궁금해요.]

"나중에 만나서 얘기해."

[그럼 어른들 만난다는 얘기도 나중에 하지, 지금 하면 어떻게 해요? 난 이제 다음 주까지 잠자기는 다 틀렸다고요.]

"신경 쓰지 마. 이번 토요일에 오면 자세하게 이야기해 줄게."

[네…….]

전화를 끊었는데도 그의 얼굴에 미소가 지어졌다.

불금이었다. 하림이 아침서부터 술 한잔하자고 하도 조르는 바람에 은새는 퇴근 후 술을 마시기로 했다. 내일이 토요일이니 하루쯤은 편하게 놀아도 될 것 같았다.

엄마도 많이 정신이 들어서 예전같이 무기력하지 않아 한결 마음이 편해진 은새였다.

한 가지만 빼고 말이다. 요즘 이상하게 그녀의 눈에 유지나가 걸렸다.

우연이라고 하기에는 자주 마주치기도 했지만 그녀를 보는 눈이 평범하지는 않았다. 마치 뭔가를 아는 눈빛이었다. 그게 너무나 기분이 나쁜 은새였다.

"선배, 오늘 우리 뭐 먹으러 갈 거예요?"

"난 소주만 있으면 뭐든 좋지만 오늘은 특별히 예약을 해 두었지."

"어디를요?"

"아주 좋은 데."

그렇게 퇴근시간이 되고 은새는 하림을 따라갔다. 그런데 하림이 간 곳은 뜻밖의 장소였다.

"호텔엔 왜요?"

"여기 뷔페 셰프가 우리 삼촌이야. 그래서 할인권이 있어."

"멋진데요."

"음식도 아주 맛있어."

은새도 아빠, 엄마와 함께 이곳에 몇 번 왔었다. 엄마는 이곳 뷔페 음식을 좋아하셨다.

"뭘 그렇게 생각해?"

"아니에요."

그런데 하림이 들어가는 곳은 뷔페가 아닌 레스토랑이었다.

"뷔페라면서요."

"부담 가질까 봐……."

"……."

"그리고 오늘 여기서 볼 사람이 셰프거든."

"볼 사람이요?"

"하여튼 가자."

하림에게 이끌어 그녀는 레스토랑 안으로 들어갔다. 뷔페에는 몇 번 가 봤지만 이탈리안 레스토랑은 처음이었다.

"하림아!"

누군가 반가워하며 들어왔다.

"오빠!"

은새는 얼떨떨한 표정으로 둘을 서로 보았다.

"이쪽이 내가 말한 은새 씨. 그리고 이쪽은 내 사촌 오빠 성한빛."

"안녕하세요. 성한빛입니다."

"안녕하세요……. 고은새입니다."

"부모님이 한글을 좋아 하시나 봐요? 참고로 저희 부모님은 두 분 다 국어 선생님이셨죠."

유명 호텔 셰프라서 그런지 말을 참 잘했다. 생긴 것도 아주 호감형이었다.

"삼촌이 셰프라고……."

"거긴 뷔페고 전 이탈리아 전문입니다."

나름의 자부심이 있는 것 같았다.

"요리도 잘하시면 여자들한테 인기 많으시겠네요……."

"하하, 시간이 없어서 애인은 없습니다."

성 셰프는 아직 조리사 복장이었다.

"끝나려면 멀었어?"

"아니 난 지금 퇴근해도 돼? 내 요리는 다음에 먹고 오늘은 친구 식당에서 먹자."

아주 서글서글한 외모에 성격도 좋아 보였지만 은새는 지금 소개팅을 할 상황이 아니었다. 하림의 사촌 오빠가 나가자마자 하림이 말했다.

"진짜 괜찮은 사람이야. 실력도 있고 돈도 잘 벌고. 그리고 은새에게 마음 고생시키는 누군지 모를 그 남자보다는 나을 거야."

"전……."

"마음에 안 들면 그냥 편하게 말해. 알았지? 난 그만 갈 테니까."

"선배……."

은새가 어쩔 줄을 모르고 있는 사이에 한빛이 옷을 갈아입고 나왔다. 그래도 바로 가는 건 예의가 아닌 것 같아서 은새는 그의 뒤를 따랐다. 그러다가 호텔 로비에서 은새는 지나와 마주쳤다.

"은새 씨!"

"……."

당황스러운 상황이었다. 괜한 오해를 해서 또 현 회장에게 말한다면 머리가 아픈 일이 또 생길 것 같았다.

"잘 놀아. 불금이잖아. 나도 와인 한잔하려고 왔어. 난 오늘 외롭거든."

"……."

아주 이상한 여자였다. 현 회장과 있을 땐 멀쩡해 보였는데 이렇게 보니 상당히 정신이 나가 보였다. 옷도 가슴을 거의 다 드러내놓은 옷을 입고 있었다.

"누굽니까?"

"아는 사람 첫사랑이요."

"모두가 생각하는 첫사랑이 느낌은 아닌 것 같군요."

"예쁘잖아요. 남자들의 첫사랑은 다 미인 아닌가요?"

"그건 맞네요. 아무리 호박 같은 여자라도 첫사랑 남자에겐 천하제일의 미인일 수 있죠."

둘은 한빛의 친구가 하는 작은 스파게티집에 가서 생각보다 즐거운 시간을 보냈다. 다시 만날 사람이 아니다 보니 말도 편하게 한 은새였다.

하지만 한빛에게 헤어지면서 자신은 좋아하는 사람이 있다는 말을 했다.

그렇게 말을 하고 나니 마음이 좀 편했다. 그리고 은새는 집이 아닌 현 회장의 집으로 향했다. 오늘따라 그가 보고 싶었다. 왜 그런지 알 수 없었지만 말이다.

지훈은 오늘따라 피곤했다. 그래서 저녁을 먹자마자 소파에 앉아서 영화 한 편을 보며 와인 한잔을 마셨다. 은새가 내일 오전 일찍 오면 참 좋겠다는 생각을 하면서 말이다.

그는 주 5일을 근무해도 거의 토요일에도 출근해서 일을 처리했지만, 독립을 하고 은새가 토요일에 집에 오면서부터는 토요일 근무를 안 하기로 마음먹었다.

그래서 이렇게 금요일 저녁에 한가로이 시간을 보낼 수 있었다. 하지만 노는 것도 해 본 사람이나 하는 거지 그는 노는 것 자체가 힘이 들었다.

"으으윽."

기지개를 켜고는 지훈은 욕실로 향했다. 오늘은 따뜻한 물에서 반신욕을 할 생각이었다. 그렇게 반신욕을 하고 있는 중간에 누군가 그의 집 초인종을 눌렀다.

그는 현관 밖에 서 있는 인물을 보고는 망설이다가 문을 열어 주었다.

"지나야."

아주 야릇한 차림의 지나가 서 있었다. 가슴은 거의 다 드러내 놓은 의상에 그는 눈을 어디에다 두어야 할지 몰랐다. 지나가 그러고 있으니 섹시하다기보다는 어색했다.

"우리 지훈이가 문을 열어 줬네……. 난 또 집사가 문을 열까 봐 걱정했는데……."

술 냄새가 확 풍겼다.

"술 마셨어?"

"응, 아주 조금. 지난번에 같이 마시자고 산 와인 먹으러 왔어."

"오늘은 말고 다음에."

지훈은 화가 났지만 최대한 자제했다. 이혼의 상처가 있는 지나였다. 속상해서 술을 마실 수 있다고 생각했다.

"왜?"

"난 이미 술을 마셨거든."

그녀가 이렇게 인사불성이 되도록 마신 이유가 궁금했다.

"왜 이렇게 마셨어?"

"그게……."

지나가 그의 목에 팔을 감고 매달렸다.

"우리 전남편이 전화해서 내가 직장에 다닌다고 뭐라고 하는 거야."

"왜? 무슨 상관인데?"

"그러니까 말이야. 웃기지? 내가 그렇게 무시를 당하고 살았어."

"지나야……."

"너만은 나를 위로해 줘야 하는 거 아니야?"

"……."

술 냄새와 함께 지독한 향수 냄새가 같이 났다. 두 가지 향이 섞이니 참을 수 없이 지독했다.

지나는 술을 잘 마시지 못했는데 지금 그녀는 술 냄새를 이렇게나 풍겨도 눈빛만은 또렷했다.

"지훈아……."

"왜?"

"내가 싫어?"

"아니…… 읍!"

지나가 그의 입술을 삼켜 버렸다. 지나와의 키스가 얼마나 황홀했는지 기억이 났다. 하지만 이상하게 오늘은 기분이 좋지 않았다. 첫사랑은 역시 기억 속에 존재할 때 아름다운 것이었다.

그때였다. 지훈은 자신의 눈을 의심했다. 그의 눈앞에 은새가 서 있었다. 어찌나 상처받은 표정을 짓는지, 그도 너무 놀라 지나를 밀어 냈다.

"왜?"

지나를 떼어냈을 땐 은새는 이미 도망가고 없었다. 잘못 본 줄 알고 따라 나가려 했지만 지나에게 잡혀 은새를 따라갈 수가 없었다.

"이거 놔!"

그가 처음으로 지나에게 화를 냈다.

"술 먹었으면 곱게 집에 가!"

"……."

"택시 잡아 줄 테니까."

"난 안 갈 거야."

그는 택시를 불러 지나를 억지로 실어 보냈다. 지나가 이렇게 감당이 안 되는 여자인 줄 몰랐었다. 첫사랑이라는 환상이 그녀를 조금 더 좋은 사람으로 보게 만들었던 것 같았다. 그녀의 이혼은 그의 잘못이 아닌 것 같았다. 그녀의 전남편을 한번 만나야겠다는 생각이 들었다.

그나저나 은새는……. 지훈의 가슴이 답답해졌다.

7. 질투

　어떤 날보다도 화창한 아침이었다. 뒷산에서 들리는 산새소리
도 오늘따라 맑았고 바람도 7월의 더위를 느끼지 못할 정도로 시
원했다.

　열린 창문으로 들어오는 시원한 공기를 마시고 싶고 눈에 보이
는 화창한 날씨를 그대로 느끼고 싶었지만 은새는 한숨도 자지 못
하고 뜬눈으로 밤을 지새워서인지 침대에서 머리를 들 수가 없었
다.

　"은새야…… 밥 먹어……."

　"……."

　엄마가 1층에서 그녀를 부르는데도 대답하지 못했다. 만사가

귀찮았다. 도대체 10억이라는 돈 때문에 어디까지 마음의 상처를 입어야 하는지 알 수 없었다. 은새는 몸을 일으켰다.

"돈 때문에 몸을 파는 여자가 된 것 같아……."

은새는 샤워를 하고는 아래층으로 내려갔다.

"씻었어?"

"응."

"밥 먹어. 오늘은 너 좋아하는 김치찌개 했어."

"고마워, 엄마."

은새가 엄마의 뒤로 가서 엄마를 안았다. 오랜만에 안은 엄마는 그동안 마음고생을 해서 그런지 많이 말라 있었다.

"너 울었어?"

"아니."

엄마에게 뻔한 거짓말을 했다. 아까 욕실에서 거울을 보니 눈은 꼭 벌에 쏘인 것같이 부어 있었다.

"오늘도 친구 집에 가?"

"응."

"오늘은 가지 마."

"왜?"

혹시나 엄마가 눈치를 챘을까? 은새는 엄마를 얼른 보았다.

"아니, 눈이 그렇게 부어 가지고 어딜 가?"

다행히 아직 눈치채지 못한 것 같았다.

"가야 해. 약속은 약속이니까."

"무슨 약속?"

"매주 토요일에 보기로 했거든."

"지나친 우정이야."

"……."

엄마의 말에 할 말이 없어 은새는 밥을 한 숟가락 입에 넣었다. 꼭 모래를 씹는 기분이었다.

"이거."

그녀가 밥을 먹는 동안 엄마가 아이스 팩을 준비해 주었다.

"잠깐이라도 아이싱해."

"고마워."

그녀는 얼음팩을 들고 침대에 가서 누웠다. 그리고 얼음팩을 눈에 댔다.

윙—

또 울리기 시작했다. 어젯밤부터 계속해서 울리는 신호음이었다. 누구에게서 오는지 뻔했지만 은새는 받지 않았다.

"이렇게 안 해도 오늘 갈 거예요. 날 돈 주고 샀으니, 그 값어치는 해야죠."

상처받은 마음을 숨기려고 일부러 냉소적으로 말을 했다. 은새는 자리를 털고 일어나서 화장대에 앉아서 모처럼 신경 써서 화장을 했다. 부운 눈을 가리기 위한 것이었지만 그에게 아름답게 보이기 위한 것이었다.

그가 어떤 걸 놓쳤는지 보여 주고 싶었다. 옷도 평소보다 더 노출이 심한 옷으로 골랐다. 꽃무늬가 너무 예뻐서 산 원피스인데 가슴이 너무 파져서 그동안은 입지 못하고 있던 옷이었다.

그의 집에 도착한 은새는 심호흡을 한번 하고 대문에 카드를 댔다.

"절대로 울지 않을 거야."

그렇게 말을 하고 나니 조금은 위안이 되는 것 같았다. 은새는 집 안으로 들어갔지만 그는 보이지 않았다. 오히려 마주하는 것보다 이게 편했다.

"그럼, 아주 싸구려 여자처럼 해 볼까?"

그녀는 그의 침실로 들어가 옷을 다 벗고는 가운 하나를 걸쳤다. 그리고 거실로 나와 소파에 다리를 꼬고 앉아 있었다. 한참이 지나도 그는 오지 않았다.

"오늘 안 오려나? 아……."

그녀는 길게 하품을 했다. 밤새 잠을 못 잤더니 졸음이 쏟아지기 시작했다. 눈이 스르르 감기기 시작했다.

역시 꽃집이라서 그런지 들어서자마자 꽃향기가 가득했다. 태어나서 처음으로 꽃집에 발을 들인 지훈이었다. 어머니에게도 아직 꽃을 선물한 적이 없고, 그건 다른 여자들한테도 마찬가지였다.

그는 실용적인 게 좋았다. 그의 상식으론 꽃은 지극히 아까운 것이었다.

시들면 그만이니까 말이다.

"어서 오세요."

"으음……."

꽃의 종류를 모르니 고를 수도 없었다. 그가 아는 건 장미뿐이었다.

"그러니까……."

"무슨 행사에 쓰시려고요? 생일? 아니면 기념일? 선물하실 분의 연령층은 어느 정도인지……."

다행히 주인이 그에게 이것저것 질문을 했다.

"나이는 20대 중반이고 기분이 좋아지는……."

"싸우셨어요?"

"아니 뭐……."

이곳에 오니 말까지 더듬게 되었다. 그와는 정말 안 맞는 곳이었다.

"그럼, 좀 화려하게 할게요. 향기도 진한 걸로 하고요."

"뭐…… 알아서……."

"가격대는……."

"그것도 알아서……."

"네, 손님."

그의 답에 가게 주인이 아주 화사한 미소를 지었다. 그는 처음으로 꽃다발을 들고 은새의 집으로 향했다.

딩동!

[누구세요?]

인터폰에서 중년 여성의 목소리가 들렸다. 은새의 어머니인 것 같았다.

"고은새 씨를 만나러 왔습니다."

[지금 집에 없어요. 친구 만나러 갔거든요.]

"친구 누구요?"

[잘 몰라요. 매주 만나는 친구를 만나러 갔는데…….]

"고맙습니다."

그는 뒤도 돌아보지 않고 자신의 집으로 향했다. 화는 났어도 약속은 지킬 모양이었다. 집에 들어 온 그는 거실의 소파에서 세상모르고 잠들어 있는 은새를 보았다. 가운만 걸친 그녀를 본 순간 그의 맥박이 거칠게 뛰었다.

왜 그런지 알 수 없었지만 그는 은새를 볼 때마다 강한 소유욕을 느꼈다. 어제 그녀가 본 장면은 그가 원해서 한 일이 아니란 걸 꼭 알려 주고 싶었다. 그리고 상처받지 않기를 바라는 마음이었다.

"은새……."

그가 소파 옆에 앉아서 은새의 이름을 불렀지만 그녀는 죽은 듯이 잠을 자고 있었다. 그가 밤새 괴롭히고 난 다음날에 보이는 모습이었다. 아무래도 어젯밤에 한숨도 못 자고 온 게 분명했다.

그는 조용히 은새를 안아 들었다. 그도 어제 제대로 잠을 자지 못해서 피곤하던 참이었다. 그는 옷을 벗고는 그녀의 옆에 누웠다. 그녀와 같이 그냥 포근한 잠을 자고 싶은 마음뿐이었다.

그의 품 안에 안긴 은새는 깊이 파고들었다.

"으으음."

그의 품이 따뜻하게 느껴지는 모양이었다.

"하지…… 마."

갑자기 그녀가 잠꼬대를 시작했다.

"하지 마……. 다른 여자하고……. 흑흑흑……."

어제의 일이 꿈에 나타난 모양이었다.

"은새야……."

"으으응……."

은새가 거칠게 그를 밀었다. 하지만 그는 은새를 더욱 강하게 안았다.

"나쁜 놈……."

어제의 일이 은새에겐 커다란 상처인 모양이었다.

"나쁜…… 읍!"

지훈은 은새의 입술을 삼켰다. 눈물로 인해 짭짤한 맛이 느껴지는 키스였다. 이 여자의 어떤 면이 그를 이토록 잡고 있는지 그 조차 알 수 없었다. 새미에게서도 느끼지 못한 아주 복잡한 감정이었다.

물론 지나도 마찬가지였다. 그가 좋다고 쫓아다닌 여자들은 많았다. 마치 그를 연예인 대하듯 하며 러브레터와 선물들을 매일같이 보내는 여자들도 있었다. 하지만 그에겐 공부와 일이 중요했고 여자는 그렇게 필요하지 않았다.

하지만 지금 이렇게 은새와 함께 있다 보니 은새가 없는 삶은 생각하기가 싫어졌다. 단순히 섹스가 좋기 때문이 아니었다. 은새에게 아직 그가 뭐라고 단정 지을 수 없는 아주 복잡한 감정이 들었다.

"으읍!"

은새의 입술에 강하게 키스했다.

"너를 어쩌면 좋을까?"

그는 은새를 보며 이렇게 중얼거렸다. 하지만 아직 은새는 눈을 뜨지 않고 있었다. 그는 은새의 가운을 완전히 벗기고는 은새를 자신의 품에 안았다. 그리고는 그녀의 목에 키스를 퍼부었다.

"으으음……."

은새가 깨어나기 시작했다.

"어머!"

그를 보고 깜짝 놀란 은새였다.

"일어났어? 잠꾸러기군."

"언제…… 오셨어요?"

"한참 전에……."

그녀가 몸을 일으키려 했지만 그가 잡았다.

"뭐 하는 거예요?"

"유혹하는 여자를 그냥 보내면 안 되지."

지훈은 은새를 자신과 침대 사이에 가두고는 꼼짝도 못하게 했다.

"이거 놔요."

유혹은 했지만 화는 안 풀린 모양이었다. 하지만 그가 그녀의 단단하게 솟아 오른 핑크색 유두를 입에 넣자 저항하던 목소리가 사라졌다.

"……."

그녀는 신음을 참으며 버티고 있었다. 그 모습이 아주 귀엽다고 느껴졌다. 욕망의 노예가 되는 걸 거부하고 있지만, 은새는 이미 그와 함께 욕망의 노예가 되어 있었다.

그가 혀로 계속해서 유두를 건드리자 은새의 입에서 어느새 신음이 터져 나왔다.

"아아앙……."

그가 그녀의 가슴을 양손으로 잡고 빨기 시작했다. 부드러운 그녀의 맛이 그의 입안에 가득했다. 이렇게 평생 있었으면 좋겠다는 생각이 들었다. 화창한 날씨 덕분에 햇살이 침대를 가득 채우고 있었다.

그의 눈에 은새는 밝은 빛을 머금은 요정 같았다. 남자의 정신을 혼미하게 만드는 아주 아름다운 요정 말이다.

"아아아아……."

"은새야!"

그녀가 허리를 활처럼 휘었다. 그도 더 이상은 참기 어려웠다. 어젯밤부터 은새를 안고 싶어서 죽을 뻔했었다. 그의 페니스가 미친 듯이 그녀를 원하고 있었다.

"아악!"

촉촉하게 젖은 그녀의 질 안으로 거칠게 밀고 들어가는 페니스였다. 은새는 고통스러웠는지 그의 등에 손톱을 세우고 있었다.

"아, 파……."

아직도 그녀의 질은 타이트했고 그도 그 안에 들어갈 때면 처음엔 고통이 따랐다. 격정적인 섹스였다. 은새도 다른 때보다 더 적극적이었다. 그에게 뭔가를 보여 주고 싶어 하는 것 같았다.

"헉헉헉……."

"아아아……."

지훈은 온 힘을 다해 허리를 움직이고 있었다. 그의 이마에서 땀이 흘러내렸다. 덤벨 운동을 할 때보다도 더 많은 땀을 흘리고 있었다. 은새와의 섹스는 날이 갈수록 그 강도가 더 강해졌다.

처음엔 금방 질릴 거라 생각했다. 한두 번 보면 잊을 거라 생각했다. 새미를 생각해서라도 이건 아니란 생각이 들었다. 하지만 지금은 은새 없이는 잠을 이룰 수가 없었다. 이상한 일이었다.

그녀의 가슴을 만지면서 강하게 허리를 움직였다. 그의 아래서 격한 쾌감에 은새가 몸을 활처럼 휘었다. 그런 은새의 모습의 마치 춤을 추고 있는 것 같았다.

"으으윽……."

"회장님…… 아아아앙……. 더 깊이…….

"더…… 깊이?"

은새가 고개를 끄덕였다. 은새도 그처럼 섹스에 중독이 되어 가는 것 같았다. 그녀의 몸이 좋았다. 놓고 싶지 않을 만큼…….

"헉헉헉……."

그가 격하게 움직이며 자신의 페니스를 깊숙이 찔러 넣었다. 그의 페니스 끝에 닿는 자궁구의 느낌이 너무나 황홀했다. 더 이상은 버티기 힘들었다. 은새는 확실히 요부였다. 그가 은새의 허리를 잡고는 마지막을 향해 달렸다.

"으으윽!"

그의 분신들이 미친 듯이 흘러나와 은새에게로 향했다. 아기……. 한 번도 그런 생각을 한 적이 없었다. 갑자기 지훈의 얼굴이 굳었다.

"피임…… 해?"

"피임요? 왜 갑자기…….."

"하냐고?"

"……네."

"잘했어."

이 타임에 이 말을 하는 건 아니란 걸 알았다. 그런데 은새가 피임을 한다는 말에 서운함이 밀려들었다. 은새가 그렇게 하는 게 맞는데도 말이다.

"갑자기 왜요?"

"아니야."

그가 침대에서 일어났다. 그리고는 곧바로 욕실로 향했다. 자신의 서운한 감정을 은새에게 들키고 싶지 않았기 때문이었다.

은새는 멍하게 현 회장이 사라진 욕실을 보고 있었다. 기분이 더 나빠진 은새였다.

아니 피임은 자신이 하면 되지 왜 피임까지 그녀에게 뒤집어씌우는지 알다가도 모를 일이었다. 하지만 진짜 그녀도 그 생각까지는 하지 못했다.

이제부터라도 신경을 써야겠다는 생각이 드는 은새였다. 하긴 그녀는 쉽게 아기가 들어서는 체질은 아니었다. 생리불순에 손, 발 거기다가 배까지 찼다. 엄마 말로는 자신도 은새를 가질 때 아주 힘들게 가졌다는 말을 들었다.

"딸은 엄마를 닮는다는데……."

얄미운 현 회장이었다. 하나서부터 열까지 다 마음에 들지 않았다. 하지만 그녀는 입 밖으로 그런 말을 할 수가 없는 처지였다.

"그냥 고마워해야 하다니⋯⋯."

너무 자존심이 상했다. 오늘은 뭔가 제대로 보여 주고 싶었는데 그의 섹스 테크닉에 무너져 버렸다.

"고은새⋯⋯ 왜 그렇게 밝히는 거야⋯⋯."

은새가 멍하게 침대에 앉아 있는 사이에 그가 샤워를 마치고 나왔다. 은새는 가운을 걸치고 그를 지나 욕실로 걸어갔다. 그에게서 시원한 향이 났다.

걷잡을 수 없이 빠져든 게 사실이었다. 그가 다른 여자와 키스하는 건 도저히 용납이 되지 않았다.

그럴 자격도 없으면서 그녀는 질투를 하고 있었다. 그녀가 옆으로 지나치는 데도 현 회장은 그녀를 잡지 않았다. 샤워를 마친 은새는 집으로 가기 위해 머리를 말리고 있었다. 다른 토요일이라면 그와 함께 침대에서 빠져 나올 새도 없었을 텐데 오늘은 그나 그녀나 한 차례의 섹스만 할 뿐 더 이상의 반응이 없었다.

그녀가 머리를 말리는 동안 그는 보이지 않았다. 머리를 말린 은새는 옷을 입고 가방을 들었다. 집에 가기 위함이었다. 1층에 내려와 보니 그는 주방에 있었다.

"집에서 밥 먹을 차림으론 과하군."

"가려고요."

"왜?"

"토요일 임무는 끝이 난 것 같아서요."

그녀는 저도 모르게 비아냥거렸다.

"어제 본 걸 오해하고 있군."

"오해라고 하기엔 좀……. 그리고 전 오해 같은 거 할 자격도 없고……."

갑자기 목이 메었다. 이렇게 서러운 마음이 드는 건 아마도 자격지심 때문일 것이다.

"이리 와."

"싫어요!"

그녀가 고개를 흔들었다.

"나도 내 일이 끝이 나면 집에 갈 자유 정도는 있지 않나요?"

"아직 끝나지 않았어. 할 말도 있고."

그의 말에 은새는 한숨을 쉬며 그 자리에 서 있었다.

"이리 오라는 소리 못 들었어?"

말은 이렇게 했지만 그의 음성은 생각보다 부드러웠다.

"앉아."

그가 식탁의 의자를 빼 주었다. 식탁엔 늦은 점심이 차려져 있었다.

"이거 직접 만드신 거예요?"

"아니, 차리기만 했어."

"아……."

밥과 따뜻한 된장국 그리고 각종 반찬들이 정갈하게 차려져 있었다.

"이렇게 차릴 수는 있겠지?"

"누가 바본 줄 아세요? 다 되어 있는 거 차리지도 못할까 봐요?"

"상주하는 도우미를 들여야 하나 생각했어."

"그건 싫어요. 토요일에 우리 말고 누군가 있는 건 좀……."

"그럴 것 같았어. 어서 먹어."

그와 그녀는 밥을 먹기 시작했다. 먹는 내내 아무 소리도 없다가 밥을 다 먹은 후에 그가 말했다.

"난 설거지는 바로 해야 해."

"제가 할게요."

밥을 얻어먹었으니 그 정도는 해야 한다고 생각했다.

"번갈아 하는 것도 나쁘지 않을 것 같아."

"아니에요. 그건 제가 부담스러워요."

"그래?"

"음식이라도 하면 모를까? 아시다시피 전 요리엔 소질이 없어서요."

"못해도 상관없어."

"……."

그녀가 일어나서 반찬을 정리하고 설거지를 시작했다. 음식은 못해도 청소하고 정리정돈은 아주 잘하는 편이었다.

"후…… 다했다."

고무장갑을 벗고 뒤를 돌아선 은새는 그 자리에 서 있었다. 화려한 꽃다발을 든 현 회장이 서 있었기 때문이었다. 물론 가운만 걸친 채로 말이다.

"뭐예요?"

"꽃."

"그건 알아요. 이게 뭐냐고요?"

"화해의 선물?"

"……."

그가 어제의 일을 사과하고 있었다. 왜 굳이…….

"안 받을 거야?"

"아뇨, 감사해요."

그녀는 꽃다발을 받고는 한참 동안 그것을 보고 있었다. 믿어지지 않았다. 그가 왜?

"지나는 어제 취했고, 그렇게 행동한 건 처음이야."

"……."

"오해하지 마. 난 지나에게 당한 거니까."

"……."

은새는 너무 놀라 그 자리에 멍하게 서 있었다.

"계속 그러고 있을 거야?"

"왜…… 그걸 굳이 저에게 설명하시는 거예요?"

"은새가 오해하는 게 싫어."

"왜요?"

은새는 듣고 싶은 답이 있었다. 하지만 그는 정말 충격적인 말을 했다.

"결혼할 사이니까."

"……."

망치로 머리를 한 대 맞아도 이것보다는 나을 것 같았다.

"다음 주에 부모님께 인사드리러 갈 거야. 준비는 이 실장이 도와줄 거야."

"네? 누가 누구랑 결혼을 해요?"

"너와 나."

머리가 멍하고 다리에 힘이 풀렸다. 왜? 그가 그녀와 결혼을 한단 말인가? 은새는 어이가 없었다.

"뭐 잘못 드신 거 아니에요?"

"아니."

"그럼 왜 그러시는데요? 놀리시는 거라면 하나도 재미없어요."

"사실이야. 난 그렇게 마음먹었고, 은새는 날 따라오기만 하면 되는 거야."

"전 아빠 문제도 있고……. 엄마도……."

그녀의 머릿속이 복잡했다.

"어머니 문제는 차차 해결하도록 하자고."

"……."

그는 진심이었다. 현지훈 회장이 그녀에게 청혼을 했다. 은새는 풀썩 하고 그 자리에 주저앉았다.

"고은새!"

"다리에 힘이 풀려서……."

"아직도 집에 가고 싶어?"

"아뇨, 이 정신 상태로는 아무 데도 못 가요."

그가 웃었다. 그녀의 심장이 거칠게 뛰었다.

방 안의 분위기가 아주 험악했다. 아버지의 서재는 언제나 냉기가 가득했다. 지나는 어릴 때부터 아빠에게 혼이 날 때면 이곳에 들어왔다.

서재의 종이 냄새는 어린 시절 지나에겐 매를 맞기 전의 전조 신호였다. 그래서 지나는 성인이 된 지금까지 종이향을 좋아하지 않았다. 그리고 다음은 서재 문을 걸어 잠그는 소리였다.

딸깍!

문이 잠기는 소리 후에 아버진 회초리를 들어 닥치는 대로 사정 없이 회초리를 휘둘렀다.

그러나 언제나 용케도 얼굴은 피해갔다. 평소에는 다정한 아 버지였지만 무슨 일이든 그 일에 꽂히면 이성을 잃는 아버지였 다.

어릴 때의 이런 기억들 때문에 아버지는 그녀에게 언제나 두려 움의 대상이었다. 아버지의 마음에 들기 위해 지나는 뭐든 했었 다. 맞지 않기 위해서 말이다.

그리고 항상 남들의 눈을 피해 서재에서 그녀를 때렸던 아버 지…….

그건 지나에게 트라우마가 되어 서재에 들어가는 것 자체를 싫 어하게 되었다. 집이든 어디든 말이다.

쾅!

소파에 앉아서 불안하게 눈동자만 굴리는 그녀 앞에 아버지가 나타났다. 서재 문을 거의 부술 것같이 닫고는 그녀 앞에 앉지도 않고 서 있었다.

"어떻게 된 일이야?"

"……."

"현 회장의 집에서 난동을 부렸다고?"

"어떻게……."

"아침에 현 회장에게 직접 전화가 왔어. 다시는 안 봤으면 좋겠다고 말이야. 회사도 그만 나오라고 하고."

"……."

"재를 뿌려도 유분수지. 지금 아버지가 SC건설 사장으로 갈 수 있는 이 중요한 시기에 사고를 쳐도 그런 사고를 쳐?"

"잘해 보려고……."

"벗고 덤비면 현 회장이 좋아할 줄 알았어? 요령껏 해야지!"

"……다음부턴 잘할게요."

"다음이 어디 있어?"

아버지가 소리를 지르자 지나는 어깨를 움츠렸다.

"얼굴 하나 반반한 거 빼고는 쓸 데가 없어. 이제 이혼당하고 현 회장마저 등을 돌렸는데 어떻게 할 거야?"

지나의 얼굴이 창백해졌다.

"지훈이는 절대로 절 배신하지 않을 거예요."

"아니, 현지훈이 결혼한다고 말했어."

"누구랑요?"

"그건 모르지만……. 빠른 시일 안에 할 거라고 말하던데?"

지훈이 결혼을 한다면 그 상대는 분명히 지나일 것이다. 그녀는 확신했다.

"그럼 그건 저일 거예요."

"그건 아닌 것 같아."

"아니에요. 저 맞아요!"

지나는 거의 발악을 했다. 지훈의 두 번째 결혼 상대는 그녀여야 했다. 그게 맞았다. 예전엔 그녀가 버리긴 했지만 그때도 그녀의 뜻은 아니었다.

"아빠가 그때 반대만 안 했어도……."

짝!

지나의 얼굴로 손바닥이 날아들었다.

"어디서 말대답이야! 판을 다 깬 게 누군데?"

"지훈이의 일은 아빠가 다 망친 거예요. 그리고 지훈이는 나 이외에 다른 여자는 있을 수가 없다고요!"

다시 한 번 그녀의 얼굴로 손이 날아들었다.

"나이가 들었다고 안 맞을 거란 생각은 하지 마. 말귀가 안 통하면 매가 제일이지."

지나는 서럽게 울었다. 서른이 넘은 나이에도 아버지에게 매를 맞다니 속이 상했다.

"잘 들어. 현 회장의 마음을 돌릴 자신이 없으면 근처에도 가지 마."

아버지는 그렇게 말을 하고는 서재를 나갔다. 다시 한 번 그를 유혹하라는 말이었다.

"흑흑흑……."

울음이 그치질 않았다.

"현지훈……. 두고 봐."

그녀 이외의 다른 여자는 지훈의 곁에 있을 수 없을 것이다. 그녀가 그렇게 두지 않을 테니까 말이다.

"다른 여자와 결혼을 한다고?"

질투의 불길이 지나를 휩쓸었다.

"여보세요?"

[지나 씨, 오랜만이에요.]

그녀가 남편의 약점을 캐기 위해 한동안 고용했던 흥신소 사장이었다.

"한 가지 부탁이 있어서요."

[말해요.]

"SC그룹 현 회장 좀 감시해 줘요. 그 집에 누가 들어가는지, 어떤 목적인지 말이에요."

[그러니까 그 SC그룹이요? 우리나라에서 최고로 잘나가는?]

"본가가 아니고 회장이 따로 사는 곳인데 경비가 그렇게 삼엄하진 않아요. 주소 보내 드릴게요."

그녀는 전화를 끊고는 이를 갈았다. 그리고 현 회장에게 전화를 걸었다.

하지만 그는 끝내 그녀의 전화를 받지 않았다.

8.
생각지도 못한 결혼

월요일 아침은 언제나 피곤 그 자체였다. 주말을 온전히 은새와 침대에서 보내느라 그의 체력은 바닥이 나 버렸다. 은새가 그보다 훨씬 더 체력이 좋은 것 같았다. 요즘은 안 먹던 한약까지 챙겨 먹고 있는 지훈이었다.

오늘은 회의가 있는 날이었다. 월요일은 아주 지루하게 시작했다. 사장단 회의 일정을 월요일 말고 금요일로 바꿀까 하는 생각이 들 때도 있었다. 아침부터 죽상인 얼굴들을 보며 시작하는 게 그리 즐겁지만은 않았다.

"안녕하십니까?"

특히 송 사장의 얼굴은 더 그랬다.

"……."

그는 송 사장의 인사는 무시해 버렸다. 하지만 오늘 송 사장의 얼굴 표정이 다른 날과는 묘하게 달랐다.

"이 실장님, 무슨 일 없습니까?"

"네?"

"송 사장의 표정이 뭔가 감이 안 좋아서요."

"알아보겠습니다."

하지만 그건 회의가 시작된 지 얼마 되지 않아서 알게 되었다. SC건설 사장이 입에 거품을 물며 이번 중동의 토목사업에 관한 이야기를 했다. 이번에 SC건설의 사활을 걸고 준비 중이라고 말이다.

"회장님……."

이 실장이 그의 뒤로 와서 테블릿 PC를 건넸다. 그 화면을 본 지훈은 송 사장을 매서운 눈으로 보았다. 인터넷 기사의 제목은 SC회장의 밀회였다. 제목도 마음에 들지 않았지만 그 기사 내용은 더 했다.

그가 상처를 하고 3년 동안 상심에 젖어 있었던 게 아니라 뒤로는 이 여자 저 여자를 만나고 다닌다는 얘기였다. 모자이크가 되어 있긴 했지만 사진 속의 여자들은 지나와 은새가 틀림이 없었다.

"기가 막히게 잡았군."

"어떻게 하죠? 기사를 막을까요?"

"아니, 어차피 알게 될 일이었어. 오늘 이 실장에게 이 일로 부탁할 것도 있고."

그때 갑자기 송 사장의 측근이 마이크를 잡았다.

"인터넷에 아주 해괴한 기사가 떠서 말입니다. 회장님의 해명이 있으셔야 할 것 같습니다."

송 사장의 힘을 믿고 송 사장 대신에 까부는 인물 중의 하나였다. 이참에 송 사장의 눈도장을 확실하게 찍고 싶은 모양이었다.

"아직 죽은 부인을 잊지 못하시는 줄 알았는데 저희의 착각인 모양입니다. 여자가 둘씩이나 있으시다니 놀랍습니다. 이래 가지고 아무리 기업이미지 광고를 수백억씩 들여 봐야 무슨 소용이 있겠습니까?"

지훈은 표정변화 하나 없이 앞에서 주절거리고 있는 송 사장의 하수인을 보고 있었다.

"해명이 있어야 하지 않겠습니까?"

사람들을 선동하고 있는 하수인이었다.

현 회장이 자리에서 일어났다. 그의 풍채가 어찌나 거대한지 웅성거리던 좌중이 조용해졌다. 그는 존재만으로도 좌중을 압도하는 사람이었다. 그리고는 마이크를 잡았다.

"전 언제나 열심히 일하시는 분들을 존경합니다. 그런 의미에서 SC건설 사장님께 박수를 보냅니다. 꼭 수주를 따시기 바랍니다. 그리고 한 가지, 방금 누군지 기억도 나지 않는 분이 하신 말씀에 대해 답변을 드리고자 합니다."

현 회장의 말에 송 사장의 하수인 얼굴이 붉어졌다. 솔직히 누군지 알고 있었지만 무시해 버린 지훈이었다.

"이거 말한 겁니까?"

그가 나온 기사가 스크린에 떴다. 그러자 장내가 어수선해지기 시작했다. 지훈은 이런 일로 끄떡할 사람이 아니란 걸 그의 적들은 아직 파악하지 못한 것 같았다.

"맞습니다. 설명해 주십시오."

얼굴이 빨갛게 달아오른 남자가 끝까지 그에게 대들 듯이 말했다.

"한 명은 둘도 없는 친구고 또 한 명은 결혼할 사람입니다. 아시다시피 저는 3년간 슬픔에 빠져 살았고 고은새 씨를 만난 후에 많이 회복이 되었습니다. 그래서 전 고은새 씨와 결혼하기로 마음먹었고 명예회장님께도 말씀드렸습니다."

"……."

"다음 주에 명예회장님께 인사를 드릴 예정이었는데 기사가 먼저 터져 버렸네요. 이 기사를 낸 기자분과 악의적으로 허위사실을 발표한 사람들은 이참에 뿌리를 뽑아 버릴 겁니다. 그동안은 제가 너무 유했던 것 같습니다."

"저희 보고 정확하게 사진까지 있는 인터넷 기사보다, 확인되지 않은 회장님의 말을 믿으라고 하십니까?"

송 사장이 빈정거리듯 말했다. 더 이상 참을 수가 없었다.

"제가 누구와 결혼을 하는지 보면 알 것 아닙니까. 만약에 누구라도 다시 한 번 이 사실을 입에 올린다면, 그땐 명예훼손으로 고발하겠습니다. 그리고 송 사장님, 회사의 오너의 말을 듣지 않는 직원은 필요 없습니다. 송 사장님도 직원이라는 사실을 있지 마셨으면 합니다."

"……."

"가끔 잊으시는 것 같아서 말입니다."

그가 경고를 했다. 여차 하면 송 사장도 잘라 버릴 거라고 말이다. 그의 말에 송 사장의 얼굴이 굳어졌다.

"오늘은 여기까지입니다."

그가 자리에서 일어나자 사장단 모두가 자리에서 일어났다.

"이 실장님은 기사를 낸 사람들을 찾아 주세요."

"네, 그리고 한 가지 부탁이 더 있습니다. 이번 주말에 어른들께 인사를 드리러 가는데 고은새 씨에게 도움을 주셨으면 합니다."

이 실장에게 은새의 전화번호를 건넸다.

231

"이리로 전화하시면 됩니다."

"네, 그리고 송 사장은 어떻게 할까요?"

"송 사장의 뒷조사를 더 하세요. 이런 일로 끝낼 사람이 아닙니다. 분명 크게 뒤통수를 때릴 겁니다."

"네."

그는 송 사장을 잘 알았다. 절대로 이런 작은 일만 터트릴 인간은 아니었으니, 뒤에서 뭔가를 준비하고 있을 것이었다. 이건 순전히 동물적인 감각이었다. 지훈의 얼굴에 그늘이 드리워졌다.

은새는 회장실로 호출이 되었다. 이 실장이 그녀를 부른 것이다. 하 팀장은 왜 이렇게 회장실에서 찾느냐며 그녀를 달달 볶고 있었다. 신입이 시키는 일은 안 하고 사고만 치고 다닌다고 말이다.

하긴 하 팀장이 지금의 일을 안다면 기절하겠지만 말이다. 하림은 궁금해서 죽겠다는 얼굴이었지만 꼬치꼬치 캐묻지는 않았다. 지금은 그것만으로도 좋았다. 뭐 하나 결정된 것은 없었다.

확정이 될지 안 될지도 모르는 일이었다. 그런데 떠벌리고 다닐 수는 더더욱 없었다.

"안녕하십니까? 이쪽으로 오십시오."

갑자기 극존대였다. 이런 건 정말 어색한 은새였다. 비서실 안에 작은 회의실이 있었다.

"다른 곳보다는 이곳이 안전할 것 같아서 이곳으로 오시라고
한 겁니다."

"편하게 말씀하세요."

"아닙니다. 이제 작은 사모님이 되실 분인데."

작은 사모님이라는 소리가 아주 어색하게 들리는 은새는 온몸
이 오글거리는 느낌이었다.

"아직은 아닌데……."

"그래도 이렇게 하는 게 제 마음이 편합니다."

부담스럽기 짝이 없었다.

"이번 주 주말에 인사를 드린다고 들었습니다. 그래서 토요일
아침에 미용실 숍과 의상이 준비가 될 겁니다. 그전에 마음에 드
시는 걸 고르셔야 하니까 수요일에 시간을 비워 두셨으면 합니
다."

"네, 그런데……."

"말씀하십시오."

"이렇게 회장실에서 자꾸 호출을 하시니까. 저희 팀장님께서
제가 뭔가 잘못한 줄 알고……."

"하 팀장에게 제가 말해 놓겠습니다."

"이 일을요?"

"아뇨, 잘 둘러대겠다는 말이었습니다. 약간의 거짓말과 함께 말입니다."

"감사합니다."

그녀는 회장실에서 발걸음을 옮겼다. 심장이 두근거려서 죽을 것 같았다. 그때 그녀의 앞에 송어진이 가고 있었다.

"어진 씨!"

그녀가 부르자 송어진이 뒤를 돌아보았지만 알은 체도 하지 않고 그대로 가 버렸다.

"뭐지?"

이상한 일이었다. 왜 그녀를 피하는 걸까? 그녀가 사무실에 들어서자 사무실 안이 난리가 났다.

"은새 씨, 이리 와 봐."

하림이 다급하게 불렀다.

"네?"

"우리 회장님한테 여자가 있어! 이거 봐."

"……."

인터넷 기사가 눈에 들어왔다. 사실 기사보다 사진이 눈에 들어왔다. 얼굴이 모자이크되었지만 그녀의 눈엔 딱 그녀였다.

"얼굴을 아주 교묘하게 가리지 않았어?"

"그, 그러네요."

하림이 어떻게 해서든 사진 속의 여자가 누구인지 알고 싶어 했다.

"그런데 이 실루엣이 낯이 익어."

"……."

은새는 뜨끔했다.

"그만 봐요. 사시되겠어요."

"아, 알았다. 요즘에 한창 뜨는 걸그룹인가."

딱 잘못 짚었다. 어딜 봐서 그녀의 몸매가 걸그룹 몸매란 말이다. 그래도 알아차리지 못해서 다행이었다.

"괜찮아?"

"네."

"창백한데. 도대체 왜 그렇게 회장실에서 찾는 거야?"

하림은 궁금해서 죽겠다는 표정이었다.

"나중에 다 말해 줄게요. 지금은 확실하지 않아서……."

"비서실로 가는 거야?"

아주 소설을 쓰고 있었다.

"……."

"가지 마. 정들었는데 말이야."

"누가 간데요?"

"아니야? 아니지?"

"네."

"그럼 됐어."

하림은 그녀가 다른 부서로 갈까 봐 걱정인 모양이었다.

"선배는 내가 얄밉지 않아요?"

"왜?"

"셰프 님 일도 그렇고……."

지난번의 만남이 계속해서 신경 쓰이는 은새였다.

"인연이 아닌 거지."

"미안해요."

"아니야. 내가 생각이 짧았어. 은새 씨가 그 남자를 내 생각보다 더 좋아하나 봐."

"……."

그건 하림의 말이 맞았다. 은새는 현 회장을 마음에 새겨 버렸다. 몸만 허락한 게 아니라 마음까지 허락한 상황이었다.

"은새 씨!"

하 팀장이 그녀를 불렀다. 신경질적이었다.

"영업팀이야? 비서실이야?"

"……죄송합니다."

"뭐가 죄송한데? 내가 아까 준 서류는 다 정리했어?"

"책상 위에 뒀습니다."

그녀가 정리한 서류를 보더니 하 팀장이 적반하장으로 소리를 버럭 질렀다.

"지금 대드는 거야?"

어이가 없었다. 그때 비서실 전화기가 울렸다.

"팀장님…… 회장실이요."

"또야? 미친 거 아니야?"

"팀장님 바꾸라는데요?"

"누가?"

"회장님이요."

"뭐?"

하 팀장의 얼굴이 하얗게 질렸다.

"도대체 무슨 잘못을 한 거야?"

그녀를 향해 소리를 질렀다. 은새는 울음이 터질 것 같았다. 학교 다닐 때 선생님한테도 이렇게 혼이 난 적은 없었다. 억울했다.

"네, 회장님……. 네……? 네."

하 팀장의 얼굴이 거의 백지장이 되었다.

"아……. 네……. 그럼요. 네……. 네……."

어쩔 줄을 모르는 표정이었다.

"네……."

도대체 무슨 말을 하고 있는지 불안했다. 하 팀장은 코가 땅에 닿을 정도로 인사를 하며 전화기를 내려놓았다.

"은새 씨, 그러니까 자리에 돌아가도 좋습니다."

갑자기 존댓말을 하는 하 팀장이었다.

"네? 네……."

"은새 씨? 내 말 너무 신경 쓰지 말고."

"네……."

은새는 마음이 좋지 않았다. 도대체 어디까지 이야기를 한 건지 걱정이 되었다. 은새는 비상계단으로 가서 현 회장에게 전화를 걸었다.

"여보세요?"

[말해.]

"도대체 하 팀장님한테 뭐라고 말한 거예요?"

[결혼할 사이라서 상의할 일이 많아서 그런다고, 이해해 달라고…….]

"아직 결정된 건 아무것도 없어요."

[내가 한다면 하는 거야.]

아주 꽉 막힌 사람이었다.

"그럼 전 어떻게 일을 해요?"

[하지 마. 날짜 잡으면 바로 그만둬.]

"왜 그러시는 거예요? 엄마는 그럼 누가 돌봐요?"

[내가.]

"……."

말문이 막혔다.

[은새는 이제 우리나라 최고 부잣집으로 시집을 오는 거야.]

"……."

[그러니 이제부터 거기에 맞춰서 생각해. 나 회의 들어가야 해.]

그가 전화를 끊었다.

"회장님? 회장님!"

그때였다. 하림이 비상구로 불쑥 들어왔다.

"하 팀장 왜 저래?"

"왜요?"

"똥 마려운 강아지처럼 은새 씨 찾는데?"

"저를요? 왜요?"

"가 봐."

"네."

일이 점점 커지고 있었다.

"오늘 시간 좀 내 주시면 안 돼요? 제가 술이 아주 고파서요. 그리고 할 얘기도 있고."

"알았어."

은새는 머리가 터질 것 같았다. 사무실에 들어가자 하 팀장이 은새에게 다시 한 번 괜찮은지를 물었다. 그리고 자신은 자식이 있다는 말도 했다. 무슨 의미인지 너무나 잘 알았다. 하 팀장에게 은새는 괜찮을 거라고 말했다.

은새는 퇴근 후에 하림과 같이 회사 근처의 포차로 향했다. 포차에는 사람들이 많았다.

"여기 잘하나 봐요?"

"안 와 봤어?"

"저야 하림 선배와 오지 않으면 모르죠."

"하긴 내가 우리 후배님의 길잡이인 건 사실이지."

"맞아요."

그들은 알탕과 계란말이를 시키고 소주 한 병도 시켰다.

"한잔 받아."

"네."

소주가 목으로 시원하게 넘어갔다. 보통은 맥주에 이런 비유를 하는데 오늘은 소주의 목 넘김이 그러했다.

"무슨 일인지 이제는 좀 말해 주라. 답답해서 죽을 것 같아."

"그렇죠?"

"그게 제가 결혼을……."

"결혼? 누구랑 그 남자랑?"

결혼이라는 말에 하림이 반응을 보였다.

"저와는 너무…… 차이가 나는 사람이라서요."

"얼마나 차이가 나기에 그래. 그냥 밀어붙여. 뭐 재벌이라도 되는 거야?"

"……."

"아무리 재벌이라도 마음먹기에 달린 거 아니야? 자신감을 가지라고. 뭘 그렇게 고민해. 돈이 너무 많으면 땡큐고, 너무 잘생겼으면 더 땡큐고. 권력을 가진 사람이면 완전 땡큐지."

"……."

은새의 표정을 살피던 하림이 자신이 말한 게 다 맞다는 걸 알고는 은새를 멍하게 보며 말했다.

"다구나?"

"네."

"그 남자가 누군데?"

"그러니까……."

그때 출입구에 눈에 띄는 사람이 들어왔다. 네이비색 아르마니 양복을 입은 그는 사람들 사이에 단연 눈에 띄었다. 은새는 온몸에 피가 빠져 나가는 느낌이었다.

"은새 씨, 회장님이야."

"알아요."

은새가 풀이 죽은 소리를 했다.

"이리로 오는데?"

하림이 자리에서 벌떡 일어났다.

"왜 오지?"

하림이 복화술로 말을 하고 있었다.

"제가 묻고 싶은 말이에요."

"합석해도 되겠습니까?"

"회장님이, 그러니까 저희와요?"

하림의 놀란 얼굴은 사진으로 찍어 두고 싶을 정도로 희한했다. 하지만 은새 자신도 별반 다르진 않을 것 같았다.

그가 자리에 앉아 포차 안의 사람들 모두가 그들을 보고 있었다. 이 동네 술집 손님들의 대부분이 SC그룹 사람들이었다. 서빙을 하는 아르바이트생도 컵을 깨뜨릴 정도로 놀라고 있었다.

"무슨 말을 하고 있었지?"

그가 은새에게 은근한 목소리로 물었다.

"그러니까…… 은새 씨 결혼할 사람 얘기요."

은새가 머뭇거리자 하림이 답해 주었다.

"그랬어?"

"네……."

은새도 이제는 포기였다.

"어디까지 했지?"

"아직 누구인지 말은 하진 않았어요. 결혼 이야기만 했지. 우리 은새 씨는 부끄러움이 많거든요."

"은새가요?"

"은새?"

그가 갑자기 그녀의 이름을 부르자 하림이 저도 모르게 따라했다.

"은새는 부끄러워하는 성격은 아닙니다. 말수가 적은 거지."

"회장님!"

은새가 저도 모르게 그의 허벅지를 손으로 꽉 잡았다.

"제 얘기를 어떻게 하는지 들어 볼까요?"

"제…… 얘기?"

하림은 자꾸만 현 회장의 말을 따라하고 있었다. 이제는 눈동자가 불안하게 움직이고 있었다.

"아니지?"

"……."

"은새 씨? 아닐 거야. 그치?"

"죄송해요. 미리 말씀드리지 못한 거. 하지만 저도 말할 상황은 아니라서……."

"하림 씨가 우리 은새를 잘 챙겨 주었다는 말은 들었습니다."

하림은 어쩔 줄을 몰라 하고 있었다.

"그, 그러니까……. 제가 그랬나 봐요."

하림은 거의 울상이 되어 있었다.

"제가 실수한 거라도……. 아니 우리 하 팀장을 용서해 줘. 우리 언니…… 애들도 있고."

"선배!"

하림은 불안했던 모양이었다. 현 회장이 괜찮을 거라고 말하고 나서야 진정이 된 것 같았다. 그날 포차의 골든 벨을 울린 현 회장이었다. 그리고 사람들 앞에서 은새와 결혼할 거란 말까지 했다.

하림을 택시에 태워 보내고 그들은 그의 집으로 향했다.

"엄마가 걱정하세요."

"내 걱정은?"

"네?"

"오늘만 같이 있어."

그의 집에 들어서자 그녀를 위해 화사한 꽃들이 가득했다.

"이게 다 뭐예요?"

"지난번에 꽃다발 받고 좋아하는 것 같아서……."

"……너무 예뻐요."

"결혼을 하면 이 집에서 살 거고. 그럼 이 집의 인테리어는 마음대로 해도 돼."

은새는 지금 꿈을 꾸고 있는 느낌이었다. 정신이 하나도 없었다. 이렇게 그가 은새를 뜨겁게 안고 있는데도 믿어지지 않았다.

경기도 외곽에 있는 김 사장의 별장에 검은색 자가용들이 서 있었다. 마치 조직원들이 보스의 집 같은 모습이었다. 각이 잡힌 고급 외제차들이 가오를 잡기 위한 조직들의 모습이었다. 하지만 김 사장은 조직의 보스가 아니었다. 그의 조직은 대규모가 아니었고 그도 형님 다음의 넘버 2였다. 그리고 그의 주된 업종은 사채업이었다.

그의 별장 주위엔 집들이 없었다. 그래서 그 안에서 무슨 일이 일어나는지 알 수가 없었다. 김 사장은 현 회장에게 당한 후부터는 계속해서 이곳에 있었다.

어떻게 해서든지 복수를 하고 싶은 마음이었는데 송 사장에게서 연락이 왔다.

SC건설사의 핵심 간부의 딸을 좀 납치해 달라는 말이었다. 그리고 서류 하나만 받아 주라는 말이었다. 비밀스럽게 처리하라는 말과 함께 말이다.

혹시나 그쪽에서 알아차릴 수 없도록 딸에게는 중국의 경쟁사에서 그런 것처럼 하라고 했다.

김 사장은 송 사장이 시키는 대로 했고 성공했다. 생각보다 간부가 빨리 서류를 전달했기 때문이었다.

그때 그의 검은 차와는 차원이 다른 은색 벤츠리무진이 안으로 들어왔다. 그의 귀한 고객이었다. 김 사장은 다리를 절뚝거리며 거실로 이동했다. 아직 몸은 회복 중이었다.

"송 회장님, 안녕하십니까?"

김 사장이 송 사장을 보고는 구십 도로 인사를 했다. 회장이라고 해 주면 모두들 좋아했다. 그래서 돈이 되겠다 싶으면 김 사장은 모두가 회장이었다.

"나에게 충성을 다하겠다고?"

"물론이죠. 전 현 회장이 죽기를 바라는 사람입니다."

김 사장의 말에 송 사장의 입가에 비릿한 미소가 흘렀다.

"공부를 못했나 보군."

"네?"

"답은 그렇게 하는 게 아니지. 날 위해 목숨을 바치겠다고 해야지."

"그건 당연한 말이라서⋯⋯."

송 사장은 나이가 많았지만 완전히 늙은 여우였다.

"고은새를 자네가 소개해 줬다고?"

"네, 그년 아버지가 저에게 10억을 빚졌는데 현 회장이 갚아 줬습니다."

"그럼 좋은 거 아닌가?"

"그날 전 이빨도 세 개나 부러졌습니다."

"돈을 곱게 주지 않았나 보군. 그래서 이번 일에 자네가 힘을 썼다고?"

그가 SC건설의 기밀 자료들을 그에게 건넸다.

"말씀하신 중동의 기반시설 수주에 관한 자료들입니다. 전 영어는 까막눈이라서……."

"수고했어. 이번 일이 잘되면 건설 쪽 하청을 주도록 하지. 아마 놀랄 만한 양이 될 거야."

"저는 건설 쪽에 일은 잘 모릅니다. 그건 형님이 하시는 일이고……."

"그럼?"

"저는 인부들을 대상으로 하는 함바(건설현장의 인부식당)집을 하고 싶습니다. 그게 은근히 돈이 됩니다."

SC건설의 아파트 건설 현장에 함바집을 한다면 떼돈을 버는 건 시간문제였다.

"좋아."

김 사장은 자신이 송 사장에게 준 서류가 얼마나 중요한 서류인지 알지 못했다. 그 가치를 알았다면 함바집 정도로 끝내지 않았을 것이다.

"감사합니다."

김 사장은 코가 땅에 닿도록 인사를 했다.

"이제 현지훈이가 고꾸라지는 것만 보면 됩니까?"

"맞아."

"바라던 바입니다."

김 사장은 십년 묵은 체증이 내려가는 기분이었다.

은새는 정신이 없었다. 아침부터 미용실에서 머리를 하고 메이크업까지 받고 거기서 의상까지 갈아입었다. 마치 영화제에 가는 배우 같았다. 거울 속의 모습도 낯설고, 사람들이 정신없이 오가는 통에 그녀도 정신이 없었다.

"이제 다 된 것 아닌가요?"

"거의 다 됐어요. 잠깐만요."

저 소리는 스무 번은 넘게 들은 것 같았다. 은새는 거울 속에 자신의 모습을 뚫어지게 보았다. 아무리 봐도 다른 사람 같았다. 밝은 베이지 톤의 단아한 원피스에 머리는 단정하게 틀어 올리고 화장은 시간을 쏟은 것에 비해 거의 하지 않은 것처럼 얌전한 스타일이었다.

아주 부잣집의 며느리 같은 모습이었다. 어린아이같이 상큼한 모습이 아닌 우아한 여인의 모습이었다.

"이건 회장님께서 보내주신 선물입니다. 좋으시겠어요."

벨벳상자를 열자 그 안에 다이아가 수백 개나 박힌 목걸이가 들어 있었다.

"이게 얼마나 비싼 건지 아세요? 진짜 예쁘죠. 우리 같은 사람들은 평생 구경도 못해 볼 물건인데 부러워요. 사모님."

원장이 설레발을 치며 그녀의 목에 마지막으로 다이아 테니스 목걸이를 걸어 주었다. 목걸이까지 하자 완벽하게 청담동 며느리였다.

"진짜 너무 예쁘시다. 우아하시고……."

"……."

"제가 했지만 아주 성공적인 작품이네요."

원장이 두 손을 모으며 감탄사를 연발하고 있었다. 정신이 없었던 숍을 나오자 차가 대기하고 있었다. 부자는 아니지만 그래도 여유 있게 자란 은새에게도 이런 대우는 많이 어색했다. 이런 게 재벌가의 삶이라면 참 부담스러울 것 같았다.

"타시죠."

오 집사가 그녀를 데리러 직접 왔다. 나이가 아버지뻘은 훨씬 넘어 보이는 오 집사도 은새에게는 부담스러운 존재였다.

"떨리십니까?"

"네."

안 떨리면 말이 안 되는 것이었다. 그런데 갑자기 오 집사가 그녀에게 뭔가 건넸다.

"드시면 도움이 될 겁니다."

청심환이었다.

"지금 작은 사모님이 겪으시는 일이 일반적이지는 않으니까요."

"감사합니다."

작은 것 하나하나까지 챙기는 사람이었다. 마치 이 실장처럼 말이다. SC그룹은 우리나라 최고의 두뇌들만 모인 곳이었다. 아마본가의 사람들도 그런 것 같았다. 은새는 의지할 사람이 하나 더생겨서 안심이 됐다.

본가에 도착했다.

"후……."

"너무 긴장하진 마십시오."

"감사해요."

오 집사와 함께 그녀는 집 안으로 들어갔다. 처음 이곳에 왔을 땐 늦은 밤에 직원들이 출입하는 뒷문으로 들어왔었다. 하지만 지금은 당당하게 대문으로 들어갔다. 기분이 아주 묘했다.

집 안에 들어서자 화사하게 웃으며 그녀를 반기는 귀부인이 보였다. 웃는 모습이 꼭 현 회장이었다.

은새는 고개를 숙여 미래의 시어머니에게 인사를 했다.

"안녕하십니까?"

목소리가 잔뜩 긴장을 한 탓에 잠겨 버렸다.

"……."

그녀의 얼굴을 가까이서 본 현 회장의 어머니는 놀란 얼굴이었다. 죽은 며느리가 살아 돌아온 얼굴이었다. 그러더니 이내 정신을 차린 현 회장의 어머니는 놀란 마음을 진정 시키며 인사를 건넸다.

"반가워요. 얘기를 듣긴 했는데 생각했던 것보다 너무 닮아서……."

그래도 그녀에게 미소를 지어 주며 반겨 주었다.

"거실에 계시니까. 이쪽으로 와요."

"현 회장님은?"

"물론 지훈이도 있죠. 긴장하지 말아요."

"말씀 편하게 하세요."

"그럼 그럴까?"

"네."

그녀가 미래의 시어머니를 따라 한참을 걸어가서야 거실에 도착했다. 거실까지 기나 긴 복도에는 예술 작품들이 가득했다.

"회장님, 은새 왔어요."

그녀의 눈에 붕어빵처럼 닮은 두 명의 회장이 보였다. 다리가 후들거릴 정도로 떨리는 은새였다.

"안녕하십니까?"

"반갑군, 어서 앉지."

"네, 회장님."

현 회장이 자신이 옆자리를 손으로 툭툭 쳤다. 은새는 그의 옆에 앉아 현 명예회장을 마주 봤다.

"오느라고 고생했어."

"아닙니다."

"그래, 우리 지훈이랑 결혼을 한다고?"

"……"

현 명예회장의 물음에 은새는 빠르게 답을 하지 못했다.

"여보, 그렇게 다그치면 결혼하려다가도 도망치겠어요."

"그런가? 우리 유 여사 말을 따라야지."

하면서 사랑을 가득 담은 눈길로 유 여사를 보았다.

"우리 지훈이가 마음에 들어? 아주 무뚝뚝한 놈인데……."

"네, 아주 마음에 듭니다."

그녀의 말에 지훈도 놀란 것 같았다. 너무 솔직한 답이었지만 얼버무리고 싶진 않았다. 그에게 마음을 표현한 적은 없지만 어른들에게까지 거짓말을 하고 싶진 않았다.

"다행이군. 그럼 우리 지훈이가 결혼했던 것도 알아?"

"네, 압니다. 슬픈 일이 있었던 것도…… 압니다."

그녀가 의외로 또박또박 말을 잘하자 지훈은 옆에서 멍하게 그녀의 얼굴을 보고 있었다. 마치 이 여자가 이렇게 말을 잘했나? 하는 표정이었다.

"좋아, 우리 지훈이를 어떻게 생각하나?"

"사랑합니다. 슬픔을 잊게 해 주고 싶을 만큼. 하지만 잘할지는 아직도 자신이 없습니다."

"결혼은 자신감으로 하는 게 아니야. 인내지."

"당신, 나 때문에 참고 산 것 있어요?"

유 여사가 장난스레 핀잔을 줬다.

"아니, 우리 말고 대부분의 이야기를 하는 거야. 뭐든 예외는 있어. 그리고 너희 둘도 우리처럼 행복하길 바라고."

"네."

유 여사가 옆에서 미소를 지으며 그녀를 보았다. 그녀의 표정엔 정말 사랑이 가득 담겨 있었다. 이렇게 거짓인 결혼을 하는 게 미안할 정도로 말이다.

"잘살아. 난 그것만 바란다."

"알겠습니다. 아버님."

그녀의 말에 현 명예회장의 입이 귀에 걸렸다.

"딱 하나 부탁이 있다면 우리 지훈이가 나이가 많으니 빨리 아기를 낳았으면 좋겠구나."

"아버지!"

"내가 틀린 말은 안 한다."

그들은 유 여사가 차린 점심을 먹기 위해 식당으로 이동했다. SC본가는 대저택이었다. 지금 지훈이 사는 집과는 비교도 안 되는 곳이었다. 집 안 곳곳에 똑같은 유니폼을 맞춰 입은 도우미들이 각자의 일을 하고 있었다.

그녀가 본 도우미만 해도 그 수가 엄청났다.

"와!"

저도 모르게 감탄사를 내뱉고 말았다. 그녀의 반응에 유 여사가 미소 지었다. 끝이 안 보이는 식탁이 방 한 가운데에 있었다.

"너무 놀라지 않았으면 좋겠어. 우리 먹을 땐 저 끝 쪽만 쓰니까."

"네."

호텔에서 사먹는 요리보다 몇 배는 맛있는 메뉴들이 나왔다. 은새는 자신의 손님이라는 것도 잊은 채 새벽부터 아무것도 먹지 못한 허기를 달래고 있었다. 오늘따라 이상하게 고기가 맛있었다.

갈비도 먹고, 불고기도 먹고 미친 듯이 흡입을 하는 그녀였다.

"이거 더 먹어요."

유 여사가 그녀 앞으로 음식을 가져다주었다.

"이건······ 떡갈비······."

"읍!"

갑자기 고기 비린내가 나는 바람에 구역질이 났다.

"아, 아니야. 이 음식 냄새가 싫은 것 같네. 꼭 우리 지훈이 가졌을 때랑 똑같아."

"네?"

"나도 떡갈비 냄새를 못 맡았거든. 평소에는 아주 좋아하는 음식인데, 이상하게 임신했을 때는 그렇더라고."

유 여사의 말에 은새는 생리일을 계산해 보았다. 하지만 워낙 생리 불순이 심해서 뭐라고 단정 지을 순 없었다.

"얘기가 나와서 말인데 아기는 순리라고 생각하니까. 너무 급하게 마음먹지 않아도 돼."

유 여사가 떡갈비를 그녀 쪽에서 아주 멀리 치우며 말했다.

"네, 어머님."

"그리고 이제부터 가풍을 배워야 하니까. 회사일은 조금씩 정리하고 주말엔 집으로 와."

"네."

이제는 정말로 빼도 박도 못하고 결혼이란 걸 하게 되는 것 같았다. 엄마에게 아직 말도 못 꺼낸 은새였다.

9.
결혼, 그리고 남과 여

일요일 오전, 식탁 테이블에 모처럼 은새와 엄마가 마주 앉아 커피를 마시고 있었다. 하늘의 볕은 좋았고 여름이었지만 산 아래에 있는 그녀의 집은 시원한 바람이 불었다. 어떻게 갔는지도 모르게 흘러간 두 달간의 시간이었다.

어제 지훈의 부모님께 인사를 드렸다. 오늘은 엄마에게 상황을 말해야 했다. 그리고 결혼 허락도 받아야 했다. 물론 통보에 가까웠지만 말이다.

"오늘은 안 바빠?"

말없이 커피만 마시는 딸의 얼굴을 빤히 보던 엄마가 물었다.

"바빠."

"그런데?"

"휴가 받았어."

"휴가? 오늘이 일요일인데 휴가는……."

그런 의미의 휴가가 아니었다. 어제 현 회장에게 오늘은 엄마와 시간을 보내며 결혼이야기를 하겠다고 했다. 현 회장은 다음 주에 자신이 집으로 인사를 오겠다는 말도 했다. 어머니의 생활비는 걱정하지 말라는 말과 함께.

"엄마……."

"왜 그렇게 은근하게 불러?"

"엄마는 아빠하고 결혼해서 좋았어?"

처음으로 묻는 이야기였다. 언제나 행복해 보이는 엄마에게 굳이 그런 말을 물어볼 필요가 없다고 생각했다.

"아니."

"어?"

"엄마는 아빠하고 결혼해서 행복하지 않았어. 행복하려고 노력한 거지."

"엄마……."

뜻밖의 말에 은새는 어리둥절했다.

"어쩌면 아빠가 다른 여자에게 흥미를 느끼는데 당연했는지 몰라. 우리 부부관계는 항상 건조했거든. 네가 생긴 건 아주 신기한 일이었어."

"왜?"

"엄마는 아빠가 편하게 대해 줘서 고마웠고, 아빠도 엄마가 이 여자 저 여자 만나는 것을 터치 않아서 좋았을 거야. 알면서도 참 았던 거야. 왠지 아빠가 바람을 피운 걸 말하면 행복하게 보이는 우리 가정이 깨질 것 같았거든."

엄마는 아빠의 사랑을 받으며 자라는 온실 속의 화초라고 생각 했는데 사실 엄마는 온실 속의 잡초였다. 화초 사이에 숨어서 마 치 화초인 양 그렇게 살아온 것이었다.

"엄마는 내가 결혼한다고 하면 반대할 거야?"

"아니, 세상엔 너희 아빠 같은 사람만 있는 건 아니니까. 엄마는 네가 좋은 사람 만났으면 해."

"그런 엄마는 혼잔데?"

"그 대신에 손자, 손녀가 생길 거고 엄마한테 맡기면 되지. 엄마 가 너 키운 것처럼 잘 키워 주면 되고."

"엄마……."

은새는 엄마가 세상물정 모르는 바본 줄 알았는데, 사실 엄마는 모든 걸 알지만 말하지 않았을 뿐이었다.

"미안해."

"뭐가."

"다……."

흐르는 눈물을 주체할 수 없었다.

"다 큰 게 왜 울어? 힘들어?"

"……."

"힘들겠지. 왜 안 힘들겠어. 엄마는 네가 얼마나 애쓰는지 다 알아."

그러면서 엄마는 그녀에게 갑자기 통장을 내밀었다.

"이게 뭐야?"

통장에 잔고를 보니 꽤 많은 액수였다.

"아빠가 준 생활비 모아 놓은 거야. 그러니까 엄마 걱정하지 말고 네 살길 살아. 안 되면 이 집 팔고 작은 곳으로 이사 가도 되고."

"엄마……."

엄마는 그녀가 아등바등 대는 게 안쓰러웠던 모양이었다.

"미리 말 못해서 미안해. 혹시나 놈들이 뺏어 갈까 봐…… 꺼내지도 못하고 있었거든."

"엄마, 이제 김 사장 걱정은 안 해도 돼."

"알아."

"나 엄마한테 할 말 있어."

"말해."

"나 결혼할 사람 생겼어."

"……."

엄마의 얼굴에 놀라움이 가득했다.

"그동안 말 못해서 미안해."

"아니야, 축하한다. 우리 딸, 다 컸네."

생각보다 엄마는 기뻐해 주었다.

"그런데 엄마 그 사람이 다음 주에 우리 집에 온데. 나도 어제 인사드렸고."

"어제?"

"갑자기 정해진 일이라서 나도 정신이 하나도 없었어."

"어른들은 뭐라고 하셔?"

"당장 결혼하라고 하시지."

"아빠 일은 알고 계시고?"

"아니, 그런데 현 회장님은 알고 계셔."

"현 회장?"

회장이라는 말에 엄마의 표정이 아주 오묘하게 변하고 있었다.

"나랑 결혼할 사람이 SC그룹의 현 회장님이야."

"네 회사 회장? 나이가 70이 넘은 그 회장?"

"아니."

엄마는 현 명예회장을 생각하고 있는 것 같았다.

"아니, 그 아들, 현지훈 회장. 그래도 나보다 나이가 많아. 결혼
한 경험도 있고."

"몇 년 전에 교통사고로 아내와 딸을 잃은?"

"맞아."

엄마는 뭐라고 말해야 할지 모르는 것 같았다.

"나보다 열두 살이 많아. 서른일곱 살에, 상처를 하고 대기업 회
장이지. 우리나라에서 제일 부자고."

"그 사람이 왜 너랑?"

엄마는 너무 놀라서 할 말을 잃은 것 같았다.

"우리랑 사는 세상이 다른 사람들일 텐데……."

걱정이 태산인 것 같았다.

"아니야, 다르지 않더라. 배고프면 밥 먹고 졸리면 자고 화장실
가고 싶으면 가고."

"다르지. 배고프면 요리사가 해 주는 밥 먹고, 졸리면 궁궐 같은
집에서 잘 텐데. 같다고는 할 수 없지."

"우리 엄마가 이렇게 논리 정연한 사람이었어?"

"농담 아니야."

엄마의 얼굴이 굳었다.

"반대하지 않았으면 좋겠어. 그 사람이 아빠 빚 해결해 준 사람
이고 엄마도 돌봐 준데."

"은새야……."

"우리 이제 맘 편하게 살자."

엄마가 은새를 슬픈 눈으로 바라보았다.

"넌 그 사람이 좋아?"

"엄마, 난 그 사람 사랑해."

"그 사람은?"

"아닌 것 같아."

"그런데 왜?"

"사랑한다고는 안 했지만 좋으니까 도와줬겠지? 안 그래?"

엄마의 마음을 달래 주고 싶었다.

"은새야…… 미안하다……."

그녀가 어떻게 말을 해도 엄마는 은새의 마음을 알았다. 그리고 하나뿐인 딸이 돈 때문에 이렇게 됐다는 걸 직감적으로 알게 되었다.

"진짜 잘해 주는 거 맞아?"

"응."

"너는 나처럼 살지 않고 사랑받으며 살길 바랐는데……."

"엄마, 나 잘할 수 있어. 어른들도 좋은 분들이고."

엄마와 은새는 한동안 서로를 안고 펑펑 울었다.

탁탁탁!

책상을 손가락으로 탁탁 치던 지훈은 눈앞에 펼쳐진 서류를 보고는 헛웃음이 나오고 말았다.

송 사장이 큰 사고를 친 것이다. 그가 모를 줄 알고 이런 일을 벌이다니 웃기는 인간이었다.

"어차피 부처님 손바닥 안인데……."

탁탁탁!

손가락으로 여전히 책상을 두드리던 지훈은 이 실장을 호출했다.

"SC건설에 지금 갈 겁니다."

"네."

"한 사장님도 만날 건데 아주 은밀하게 진행이 되었으면 합니다. 우리 비서실에도 비밀입니다."

"네, 그럼 중간 지점에서 만날까요?"

"좋습니다. 이 실장님이 출발하면서 장소를 선택하세요."

"괜찮은 곳이 있습니다."

"어디죠?"

"아는 동생이 하는 커피숍입니다."

이 실장과 함께 이동을 하며 그는 다시 한 번 유출된 서류를 보았다.

송 사장에게 스파이가 있다면 그에게도 당연히 스파이가 존재했다. 물고 물리는 싸움이 지루하게 이어지는 곳이다.

한 사장과 독대를 한 지훈은 서류를 건넸다.

"이게 어떻게……."

"빠른 시일 내에 범인을 찾을 테니 수주금액을 다시 맞춰야 할 겁니다. 분명히 우리가 수주를 따지 못하게 송 사장이 벌인 일일 테니, 정보는 벌써 우리 경쟁 상대인 중국에 넘겼을 겁니다."

한 사장의 얼굴이 사색이 되었다.

"아직 우리가 눈치챈 걸 몰라야 합니다."

"서류의 내용은 그대로 하되, 금액을 조금 더 낮춰야 합니다. 이윤을 덜 보더라도 일단은 중국을 이기는 게 이번 공사의 목표입니다."

"알겠습니다."

"꼭 따 내셔야 합니다. 그래야 송 사장의 목을 쳐 버릴 수 있을 테니까요."

"감사합니다. 그리고 죄송합니다."

"항상 내부의 적을 조심해야 합니다. 돈에 흔들리든, 아니면 가족 때문이든 평소와 분명히 다른 사람이 있을 겁니다. 임원진들의 행동을 세심히 살펴보셔야 할 겁니다."

"네."

그들은 그렇게 은밀하게 만났다가 헤어졌다. 이번 중동 건은 그에게도 중요한 일이 되어 버렸다. 어쩌면 이참에 송 사장을 제거할 수도 있었다.

회사로 돌아오는 길에 그는 우연히 회사 앞에서 송어진을 보았다. 누군가를 기다리는 눈치였다.

"송어진 씨도 감시하고 있습니다. 왜 저기에 있는지는 조금 있으면 보고가 올라올 겁니다."

"……."

요즘은 살얼음판이었다.

뭐든 조심하는 게 좋았다. 예전 같으면 송어진 따위는 신경조차 쓰지 않았을 테지만, 그도 나이를 먹다 보니 열정만 가지고는 사업을 할 수 없었다.

"그리고 오늘 큰 사모님께서 저녁에 나오신다고 합니다."

"어머니가 왜?"

"작은 사모님과 약속을 잡으셨다고, 오늘은 회장님이 양보하라고 하셨습니다."

오늘은 은새를 만나는 날이 아니었다. 하긴 어머니는 그들이 주말만 보는 걸 모르시니까.

"뭘 하신다는 소리는 없었습니까?"

"네."

"이건 송어진이 누굴 만나는지보다 더 궁금합니다."

지훈은 회사 로비에서 송 사장과 마주쳤다.

"회장님."

"……."

"어디 다녀오시는 길이십니까?"

"제가 일일이 말해야 합니까?"

"안부인사쯤으로 받아 주십시오. 항상 저만 보면 날을 세우시
니까. 직원들이 우리를 맞수라고 하지 않습니까?"

아주 의기양양했다. 오늘 지훈의 수행원은 이 실장뿐이었지만,
송 사장의 뒤로는 수많은 직원들이 있었다.

"여기 계신 분들은 그렇게 생각하십니까?"

"……."

그가 직접 물어 보자 다들 꿀 먹은 벙어리였다.

"송 사장님만의 생각이신 듯합니다."

그가 송 사장의 답도 듣지 않고는 자신의 사무실로 향했다.

"재수 없는 인간이야!"

그는 저도 모르게 이렇게 말해 버렸다.

"잘 참으셨습니다. 안 그랬으면 보기 싫은 광경을 직원들 앞에
서 보이실 뻔했습니다."

이 실장이 그에게 말했다. 지훈은 속으로 생각했다. 송 사장의 얼굴을 한 대만 쳤으면 속이 다 시원하겠다고 말이다.

그는 자신의 사무실로 향했다. 그가 사무실에 도착하자 정보원으로부터 연락이 왔는지 이 실장이 그의 방으로 들어왔다.

"유지나 씨를 만나고 계신답니다."

"왜요?"

"그것까지는 모르고, 만나는 사람이 유지나 씨라고만 연락이 왔습니다. 쇼핑백만 받고 헤어졌다고 합니다."

"그래요? 계속 감시하라고 하세요."

세상에 다 감시할 인간들뿐이었다.

"아 참, 이번 토요일에 은새 집에 인사드리러 갑니다. 선물 좀 준비해 주세요."

"네."

바쁜 하루였다.

부담 백배였다. 은새는 유 여사가 만나자고 한 이유가 궁금하긴 했지만, 아직은 어려운 사람이라 피하고만 싶었다. 그런데 단둘이 만나야 하다니 아주 미칠 것 같았다.

"선배."

"네."

"……선배는 또 왜 그래요?"

그날의 후유증이 아주 큰 모양이었다. 영업부 팀원들이 그녀를 피해 다녔다. 잘못 걸리면 잘릴 수도 있다는 생각이 드는 모양이었다.

"선배까지 왜 이렇게 답답하게 구세요?"

"그날의 충격이 하도 커서 그래. 그리고 내가 남자까지 소개시켜 주고……. 그건 회장님께 비밀로 해 줘!"

"알았어요."

"왜 그러는데?"

"이제야 선배 같아요."

하림이 그녀를 보며 웃었다.

"뭔데 다 말해 봐. 내가 은새 씨의 램프의 요정이 되어 줄게."

하림이 눈을 깜빡이며 말했다.

"오늘 시어머님이 보자고 하셔서……."

"시어머니면, 그러니까 현 회장님의 어머니. 유 여사님?"

"네."

"와…… 은새 씨는 만나는 사람이 차원이 다르구나."

"차원이 다르긴요. 그냥 시어머니죠."

"나도 그런 시어머니 가지고 싶다. 완전 부러운걸……."

은새는 머리가 복잡했다.

"뭘 그렇게 복잡하게 생각해? 사람이 처음부터 불편하게 생각하면 평생을 그렇게 대할 수밖에 없어. 이왕 인연이 된 거니까. 식구라고 생각하고 살갑게 대해. 그래야 좋아하실걸? 뚱하게 있는 며느리는 나도 싫다."

"노력해 볼게요."

퇴근시간이 거의 다 되어 가자 은새는 일이 손에 잡히지 않았다. 아무래도 결혼 전에 일은 그만둬야 할 것 같았다. 이렇게 멍하게 있는데 어느 상사가 좋아하겠는가?

유 여사와는 회사 근처에 있는 커피숍에서 만나기로 했다. 커피숍에 들어서자 단연 눈에 띄는 귀부인이 있었다. 나이가 들어서도 저렇게 곱다는 게 부러웠다.

"안녕하세요?"

"어머 은새 씨, 아니 은새 왔어?"

"네."

은새가 밝게 웃으며 자리에 앉았다.

"아직은 저 부르시기 어색하시죠?"

"적응이 되면 괜찮을 거야. 이렇게 자주 만나면 적응이 되지 않을까?"

"맞아요. 저도 좋아요."

"싫으면 말해. 필요할 때만 봐도 돼. 은새도 지훈이 만나려면 바쁠 텐데."

"저보다 회장님이 바쁘셔서 주말에만 만나요. 그래서 평일엔 퇴근 후에는 저도 시간이 많아요."

"회사는 계속 다닐 거야?"

"아뇨, 결혼식 날짜 잡으면 회장님께서 그만두라고 하셨어요."

은새는 최대한 상냥하게 말했다. 그리고 하림의 말처럼 처음부터 거리를 두면 친해질 기회는 영영 사라질 것 같아서 엄마에게 말하는 것처럼 편하게 말했다.

"오늘은 왜 보자고 하셨는지……. 연락받고부터 계속해서 궁금해서 죽을 뻔했어요."

"그래?"

유 여사의 표정을 보니 그녀가 싫은 것 같지는 않아 보였다.

"이거 주려고 만나자고 했어."

그녀가 가방에서 작은 상자를 꺼냈다.

"이게 뭔지……."

작은 상자를 열자 그 안에는 다이아 반지가 들어 있었다.

"내가 현 회장님께 받은 프러포즈 반지이자, 결혼반지야."

"이 귀한 걸……."

"며느리에게 주고 싶었는데 새미하고는 첫 단추부터 잘못 끼워졌어. 그리고 아마도 반지의 주인은 새미가 아니었던 거지."

새미는 현 회장의 죽은 부인이었다. 첫 며느리임에도 새미에겐아 반지가 가지 않았다.

"우리가 결혼을 반대했어……. 죽은 새미에겐 미안한 말이지만정이 안 갔거든."

유 여사는 더 이상 죽은 사람의 흉은 보지 않았다. 유 여사가 시어머니인 게 다행이란 생각이 들었다.

"예뻐요."

화제를 돌리고 싶은 은새였다.

"끼워 봐. 나도 결혼 전엔 은새처럼 말라서 아마 맞을 거야."

은새의 손가락에 반지가 딱 맞았다.

"딱 맞아요. 신데렐라의 유리 구두를 신은 기분인데요?"

"호호호, 비유가 아주 센스 있는데?"

은새는 유 여사가 딸처럼 편하게 대해 주어서 너무나 고마웠다.

재벌이라도 같은 사람이니 너무 다른 별의 외계인처럼 생각할 필요는 없을 것 같았다.

은새와 현 회장의 결혼준비는 생각보다 빠르게 진행이 되고 있었다. 날은 10월로 잡았다는데 마치 금방이라도 치를 것처럼 모두가 분주했다.

언론에서는 연일 은새에 관한 기사가 넘쳐났고, 신데렐라 탄생이라는 글들도 손쉽게 찾아 볼 수 있었다.

"신데렐라는 무슨!"

지나는 얼굴이 굳어지며 핸드폰을 뒤집어 버렸다.

"무슨 일인데 그러세요?"

지나의 머리를 만지는 헤어디자이너가 물었다.

"SC그룹의 현 회장이 내 친구거든."

"알죠. 두 분이 친하신 거……."

헤어숍에 올 때마다 그녀가 한 이야기 때문일 것이다.

"전 두 분이 결혼하실 줄 알았죠."

"우린 친구야."

"저도 그런 거물급 친구가 있었으면 좋겠어요."

"친구야, 첫사랑이기도 하고……."

이제 과거형의 이야기가 되어 버렸다. 지훈은 그녀에게 최선을 다했고 그녀를 사랑했다.

그런 지훈이 다른 여자와 결혼을 한다는 것 자체가 싫었다. 거기다가 매춘부라니…….

어진이 그녀를 불러 중요한 정보를 줄 게 있다고 했다. 그건 바로 고은새가 처음엔 지훈의 잠자리 파트너로 팔려 들어갔다는 것이었다.

여자를 거부하는 그가 걱정이 되어 현 명예회장이 직접 불러들였다고 말이다.

"더러워."

"네?"

"술집의 사창가 여자를 어떻게 신데렐라라고 할 수 있지?"

"사창가요? 술집?"

머리가 완성이 되었다. 그녀가 봐도 아름다웠다. 이렇게 예쁜 그녀를 두고 다른 여자와 결혼을 하다니. 지훈을 이해할 수가 없었다.

오늘은 아버지 때문에 선을 봐야 하는 날이었다. 이혼남이었다. 어차피 그녀도 이혼녀인데 상관없었다.

하지만 외모를 보는 순간 지나는 왜 자신이 지훈을 차지하지 못한 것인가를 후회했다. 외모를 볼 나이는 아니지만 그래도 해도 해도 너무했다. 도대체 아버지는 무슨 생각이신지 알 수가 없었다.

지나는 그래서 지훈을 포기하지 않기로 했다. 처음에 버린 죗값은 이미 충분히 치르고도 남았다. 선본 남자와 헤어진 후에 지나는 지훈에게 전화를 걸었다.

"여보세요?"

다행히 상대방이 전화를 받았다.

[여보세요?]

귀에 익은 여자 목소리였다.

"은새 씨?"

[네. 왜 그러시죠?]

"지훈이 바꿔요."

[샤워 중이세요.]

"뭐요? 왜 거기 있어요?"

[제가 왜 여기 있는 지 아시잖아요. 우린 결혼…….]

"알죠, 몸 팔러 간 거. 다 들었어요. 지훈이한테서……."

[…….]

은새는 답을 하지 못했다. 충격을 먹은 것 같았다.

"세상엔 비밀이 없죠. 특히나 지훈이와 나 사이에는 말이에요. 바꿔 주기 싫으면 바꾸지 마요. 즐거운 밤을 보내게 해 줘요. 그게 당신 일이니까."

지나는 전화를 끊었다. 지나는 은새가 절대로 지훈에게 말하지 못할 거라는 걸 알았다.

"자존심……."

그게 은새의 마지막 자존심일 것이다.

"어디 누가 이기나 해 보지 뭐. 상처를 두 번 못하란 법은 없으니까."

지나의 머릿속에 위험한 생각이 들어차기 시작했다.

"여보세요?"

[누나.]

어진이었다.

"뭐 해?"

[사람 좀 만나고 있어.]

"그래?"

[무슨 일이야?]

"나도 너랑 의논할 일이 있어. 우리 언제 만날래?"

[다음 주 수요일은 괜찮아.]

"알았어."

전화를 끊은 지나는 회심의 미소를 지었다.

"전화 왔어요."

지훈이 수건으로 머리를 말리며 욕실 안에서 나왔다.

"전화?"

"네……."

"누군데?"

"받으니까 끊더라고요. 죄송해요. 저도 모르게⋯⋯."

핸드폰에 찍힌 번호를 확인한 현 회장이 핸드폰을 그대로 침대 위에 던져 버렸다.

"중요한 전화 아니에요?"

"아니야."

그가 그녀를 안았다.

"우리에겐 그보다 더 중요한 일이 있잖아?"

그들의 토요일은 여전히 뜨거웠다. 그의 손이 그녀의 가슴을 움켜쥐었다. 일주일간 얼마나 그리웠던 손인가? 하지만 오늘 은새는 상처받은 작은 새 같았다.

창녀⋯⋯. 돈을 받고 몸을 파는 일을 직업으로 하는 여자⋯⋯.

지금 그녀를 보는 시선은 그랬다. 그런데 왜 그녀와 결혼을 하려든 것일까? 언젠가 그가 말했었다. 아버지의 결혼독촉이 생각보다 심하다고 말이다.

아직도 죽은 아내와 딸을 못 잊는 남자와 몸만 결혼을 하는 게 그녀의 현실이었다. 그의 편의를 위해 은새는 돈을 받고 결혼을 하는 것이다. 잠시 그가 잘해 주는 바람에 현실을 잊고 있었다.

아픈 현실을⋯⋯.

"집중해."

낮은 저음의 목소리가 욕망에 젖어 갈라졌다. 현실로 돌아온 은새는 그의 손길에 집중했다. 하지만 괜찮은 척하기는 생각보다 힘이 들었다.

"왜 그래? 무슨 일 있어?"

그가 그녀의 가슴을 살짝 만지며 말했다.

"피곤한가 봐요."

"당연히 힘들겠지. 여자에겐 준비할 게 많으니까."

"오늘 어땠어요?"

"은새 어머니를 보니 은새가 왜 미인인지 알 것 같았어. 그리고 아주 친절하게 대해 주셔서 감사했고."

그는 덤덤하게 말하며 은새의 가운을 벗겨 버렸다. 그리고 둘은 침대에 누웠다.

아무리 피곤해도 할 건 다 하는 현 회장이었다. 그의 뜨거운 입김이 그녀의 귓가를 다시 한 번 자극했다.

"아…… 이 몸이 나를 미치게 해."

그가 거친 호흡을 내뱉으며 말했다. 그리고 입술을 그녀의 봉긋한 가슴에 내렸다. 그의 뜨거운 입술이 가슴에 닿자 은새의 몸은 자동으로 반응하고 있었다.

생각은 복잡하고 마음의 상처는 받았는데 몸은 다른 말을 하고 있었다.

활처럼 허리를 휘고 그가 주는 자극에 몸을 부르르 떨었다. 이게 돈을 받고 몸을 파는 여자의 반응인가? 라고 생각은 했지만 그가 주는 자극에 여전히 쾌감을 느끼고 있었다. 은새의 두 눈에서 저도 모르게 눈물이 흘러내렸다.

그런 그녀의 상황을 알지 못한 현 회장의 혀가 점점 아래로 내려가고 있었다.

"아아아……."

그녀의 입에선 신음이 터져 나왔다. 이런 상황에서도 은새는 현 회장을 원했다. 그의 뜨거운 열정이 그녀를 집어삼키기를 바라고 바랐다.

그의 손이 그녀의 여성을 가르고 들어와 작은 클리토리스를 자극하기 시작했다.

"아아아……. 아, 흐…….

그녀가 몸을 휘자 현 회장이 미소 지으며 말했다.

"섹스를 위해 태어난 것 같아."

다른 때 같으면 칭찬으로 받아들였겠지만 오늘은 아니었다. 그와의 섹스가 이어지는 동안 은새는 지나의 말을 떠올렸다.

"제발……."

빨리 끝내고 싶었다. 계속하다가는 섹스에 빠져서 미친 듯이 허우적거리는 자신의 모습에 실망할 것 같았다.

그걸 알 리가 없는 현 회장은 그녀의 반응이 만족스러운 것 같았다.

은새의 질 안에 자신의 손가락을 하나를 밀어 넣어 휘저으며 그녀를 자극하고 있었다.

그녀의 몸은 솔직했다. 그의 손길에 애액을 뿜어내며 그녀는 미친 듯이 허리를 움직이기 시작했다.

다른 때보다 몸이 예민하게 반응했다. 아마 그녀의 생각이 예민해져 있기 때문에 더 그런 것 같았다.

몸을 파는 여자…….

그녀는 그런 여자가 아니었다. 처음 시작은 어떻게 되었을지 모르지만 지금은 아니었다. 하지만 그녀의 몸은 이미 지나의 말처럼 그의 작은 행동에도 젖어 들었다. 진짜 자신은 돈에 몸을 파는 여자일까?

머리가 복잡했다. 은새는 현 회장의 얼굴을 잡고 격하게 키스를 했다.

그녀의 행동에 현 회장이 어리둥절해하다가 그녀의 키스를 격하게 받아들여 주었다. 아니 좋아하는 것 같았다.

"으으읍……. 은새야……."

은새는 적극적으로 그의 몸을 어루만지다가 그의 페니스를 손으로 잡았다.

"흡!"

그가 숨을 멈추었다. 그리고 그녀의 부드러운 손놀림에 거친 숨을 몰아쉬었다.

이렇게 그의 몸이 반응하는 것처럼 마음도 그녀를 향해 주면 얼마나 좋을까 라는 생각이 들었다.

그리고 왜 지나에게 그런 말을 했을까 라는 원망스런 마음도 들었다.

그녀의 손에 그의 쿠퍼액이 묻었다. 그도 흥분을 하고 있었다.

"오늘은 솔직하게 반응해 줘요."

"으윽…… 난 언제나 솔직해."

"오늘은 더요."

"으으윽!"

그가 그녀의 손길에 미친 듯이 신음을 하고 있었다. 그러더니 그녀와 위치를 바꾸었다.

"마녀의 손길은 이쯤에서 그만……."

그녀의 질 안에 자신의 페니스를 단번에 밀어 넣었다.

"아아!"

그의 분신들이 그녀 안에 쏟아져 들어왔다. 그리고 그의 몸도 그녀의 위로 부서져 내렸다.

　은새는 그렇게 상처받은 작은 새처럼 그에게서 떨어져 밤새 숨 죽여 울었다.

10.
내 것으로 만들고 싶은
남편

은새의 얼굴이 점차 어두워지고 있었다. 얼마 전 처음으로 인사 드리러 간 날에 속이 울렁거렸던 적이 있었다. 하지만 그러려니 하고 넘어갔다. 하지만 그 후로도 생리를 하지 않아 그녀는 약국 에서 테스트기를 샀다.

하지만 결과는 한 줄이었다.

"역시 아니었어."

왠지 실망감이 스쳤다. 이건 아닌데 라는 생각이 들기도 했지만 아쉬운 마음이 컸다.

화장실이 그렇게 한참을 앉아 있다가 은새는 결혼준비를 위해 이 실장이 소개한 웨딩 전문 업체의 매니저를 만나러 갔다.

회사는 이미 사표를 냈고 하림과는 전화통화를 매일같이 했다. 학교 친구들과도 연락을 하긴 했지만, 그래도 요즘 가장 많은 통화를 하고 위로를 받는 건 하림이었다.

오늘은 하림도 함께하기로 했다. 재벌의 웨딩은 어떤지 궁금하다고 했다. 일요일이기도 하고 해서 은새도 하림을 불렀다.

유명 백화점 앞에서 하림을 만났다.

"선배!"

"은새 씨!"

그들은 사람들이 있건 없건 기쁨에 손을 잡고 폴짝폴짝 뛰었다.

"일주일을 못 봐도 이렇게 서운한데……."

"그러니까요."

회사를 그만둔 지 일주일이 지났다. 10월 결혼을 앞둔 그녀는 정말 눈코 뜰 새 없이 바빴다. 거기다가 집 안 인테리어까지 그녀가 맡아서 더 정신이 없었다.

그러다 보니 하림과도 하루에 한 번 전화통화가 다였다.

"잘 지냈죠?"

"그럼."

둘은 마치 어릴 때 친구들처럼 손을 잡고 백화점 안으로 들어갔다. 3층 숍에서 그녀를 기다리고 있던 웨딩업체 매니저는 생각보다 프로페셔널했다. 그녀가 신혼여행에 가서 입을 옷과 속옷 그리고 장신구까지 일정에 맞춰서 골라 주었다.

솔직하게 하림은 가격에 입을 벌리고 있었고 은새는 그 방대한 양에 놀라고 있었다.

"이렇게 많이 사야 하나요?"

"일주일 동안 행사에도 참석해야 하셔서 의상이 좀 많이 필요합니다. 거기다가 회장님께서 따로 전화를 주셨는데 국내에서도 입을 옷들도 구매하라고 하셨습니다. 행사가 생각보다 많으십니다."

"네."

"은새야…… 회장 와이프는 고단한 삶인 것 같아. 나는 포기해야겠다."

"저도 그러고 싶어요."

그녀들은 지쳐 있는데 매니저는 전혀 지친 기색이 없었다.

"대단하신 것 같아요."

"일이니까요."

힘든 쇼핑이 끝나고 하림과 함께 식사를 위해 백화점의 푸드코트로 향했다.

"맛있는 거 사 준다니까요."

"아니야, 하루 종일 명품만 봤더니 매운 게 먹고 싶었어."

둘은 매콤한 낙지볶음을 시켰다. 이곳 식당은 사람들이 굉장히 많았다.

"장사가 이렇게 잘되면 정말 떼돈 벌 것 같아요."

"내 생각도 그래."

자리가 가까워서 그런지 옆 사람들의 이야기가 여과 없이 들렸다.

"그거 들었어? SC그룹 회장 결혼하는 거?"

"네, 들었죠. 이렇게 또 한 명의 왕자가 떠나는 거죠."

"그런데 말이야. 그거 알아? 한 번 상처하는 사람은 또 그럴 수 있대."

"진짜요? 그럼 이번 부인도 단명하는 건가요?"

"꼭 그렇다기보다 일찍 죽지 않으면 남편이 바람이 난다거나, 아프다거나 뭐 그렇다고 하네……."

은새는 뒤에 앉은 여자들이 이야기를 여과 없이 듣고 있었다. 아무리 남의 이야기고 현 회장의 부인이 죽기는 했지만 이건 완전히 악담이었다.

"신경 쓰지 마."

"알아요."

은새의 표정이 어두워졌다. 사람들은 자신의 일이 아니라고 생각하며 하고 싶은 말들을 마구 쏟아 내고 있었다. 인터넷의 댓글들은 차마 눈 뜨고는 못 볼 지경이었다. 모든 게 은새에게는 상처였다.

저녁을 먹는 둥 마는 둥 하고 은새는 하림과 함께 지하 주차장으로 향했다.

"데려다줄게요."

"그럼 좋은 차 한번 타 볼까?"

은새는 지금 벤츠 리무진을 타고 다녔다. 차는 현 회장이 아닌 유 여사가 그녀에게 선물한 것이었다. 물론 기사도 함께 말이다. 과분한 친절이었지만 감사하게 받았다. 왜냐면 현 회장의 집안 식구들 모두가 안전에 굉장히 민감했다.

특히 차에 관해선 더더욱 그랬다. 아마도 현 회장의 전 부인 죽음의 원인이 교통사고이기 때문일 것이다. 그래서 거절할 수가 없었다.

"와, 진짜 좋은데."

"그래요? 어머님이 선물해 주셨어요. 기사님, 성수동 들렀다가 집으로 가 주세요."

"와…… 이제 진짜 사모님이네."

"그래 보여요?"

"응."

"아참, 결혼식에 오세요. 우리 영업팀 식구들도요."

"다들 가고 싶어서 안달이야. 재벌의 결혼식을 구경하고 싶어서 말이야. 어?"

"……."

하림이 손으로 어딘가를 가리켰다.

"유지나다."

은새가 고개를 돌려서 보니 정말 유지나였다. 양손 가득 주체하지 못할 정도의 쇼핑을 하고 나온 그녀였다.

"보는 이미지는 참 차분한데 생각하고는 좀 다르더라고."

"뭐가요?"

"홍보실의 문정이 알지? 걔가 말해 주는데 옷은 우리가 상상할 수 없는 명품에다가 남자들도 굉장히 많다고 하더라고."

"예쁘잖아요."

"예뻐서 꼬이는 것과 꼬리를 치는 건 엄연히 다른 거거든."

"어떻게 그렇게 잘 알아요?"

"직감."

은새는 멀리서라도 지나를 본 게 그렇게 달갑지는 않았다. 현 회장이 그녀에 대해 말한 여자였다. 돈을 주고 샀다고 말이다. 지나의 얼굴을 보니 마치 그녀가 몸을 파는 여자가 된 것 같았다.

"왜 그래?"

"제가 뭐요?"

"벌레 씹은 얼굴이야."

딱 그 표현이 맞았다. 벌레 씹은 얼굴……. 은새는 지나와는 다시는 마주치고 싶지 않았다. 지나의 얼굴을 보면 그녀의 자존감이 더 낮아질 것 같기 때문이었다.

"그래도 내 눈엔 유지나보다는 고은새가 더 예뻐."

"말이라도 고맙네요."

은새는 한숨을 내쉬며 창밖을 보았다. 아무리 괜찮은 척을 하려고 해도 하나도 괜찮지 않았다.

어두컴컴한 창고에 인철과 정희는 손발이 묶인 채로 의자에 앉아 있었다. 방 안에 검은 양복을 입은 사내들이 쭉 둘러 있었다.

"사장님……."

정희가 울먹였다.

"괜찮아……."

정희에겐 괜찮다고 말했지만, 그의 몸도 지금 눈에 띌 정도로 심하게 흔들리고 있었다.

"왜 이러는지 물어봐요……."

정희가 침묵으로 일관하고 있는 남자들 때문에 더 무서운 것 같았다.

"이봐요, 도대체 무슨 일로 사람을 이렇게 납치를 한 겁니까?"

"……."

289

"이봐요!"

"……."

양복을 입은 남자는 방 안에만 4명이었고 밖에는 더 있었다. 밖의 소리가 더 웅성거렸기 때문이었다. 한적한 시골의 별장 같은 곳에 온 그들이었다.

쾅! 벌컥!

방 안으로 들어온 사람은 다름 아님 김 사장이었다. 그가 어렵게 중국에 가는 배를 구한 날 이렇게 납치가 된 것이었다. 김 사장이 미리 손을 쓴 게 분명했다.

"김 사장……."

"아이고 고 사장님 반갑습니다."

"……."

"이렇게 오랜만에 보니 아주 좋습니다."

"김 사장……."

"돈은 현금으로 5억이나 가지고 계시면서……. 왜 갚을 생각은 안 하실까?"

"내가 돈은 빨리 갚을……."

"돈은 됐고, 다른 얘기를 한번 해 볼까요?"

돈은 됐다는 말만 귀에 박혔다. 작은 돈도 아니고 10억을 그냥 포기할 김 사장이 아니었다. 그게 사채업자의 특성이었다.

"은새랑은 아주 사이가 좋던데……."

"은새? 은새는 왜?"

인철은 딸의 이름이 김 사장의 입에서 나오자 불안했다. 뭔가 큰 사고가 난 게 아닌가 걱정이었다. 겉보기완 달리 여린 아이인데 당연히 걱정이 되었다.

"은새에게…… 무슨 일이라도 있는 거야?"

"워, 워……. 그래도 딸 생각은 하네. 다른 년이랑 도망쳐 집에 있는 식구들은 버려 놓았으면서 말이야."

"……."

입이 열 개라도 할 말이 없었다.

"은새는 안전한 거야?"

"아니 그러니까 이제 와서 왜 생각하는 척이냐고! 병신 같은 게 진짜 열받게 하지 마. 착한 아빠 코스프레하지 말라고!"

"나한테…… 원하는 게 뭐야?"

"은새를 우리 편으로 만들려고."

"뭐?"

"은새가 SC그룹 회장하고 결혼하는 거 알아?"

은새가 그런 사람과 결혼을 하다니. 그것도 몇 달 사이에? 남자 친구가 있다는 말도 듣지 못한 그였다.

"잘못 알았겠지."

"아니, 그건 사실이야. 돈 10억은 그렇게 갚아. 은새에게 살려 달라고 매달려."

"……."

왜 은새에게 살려 달라고 매달려야 하는가?

"안 그러면 이 여자를 네가 보는 앞에서 죽이고 너도 죽게 될 거야. 사람 하나 죽이는 거 나한테는 아무렇지 않다는 것만 알아."

"……."

"쉽지 않아? 살려 달라고 울부짖기만 하면 되는데 말이야."

이유를 알 수 없었지만 김 사장이 큰일을 벌이고 있음을 알 수 있었다. 인철은 두려웠다.

언론이 발칵 뒤집어졌다. SC건설의 수주를 중국에서 가져갔다는 소식에 SC건설의 주가가 폭락을 하고 국내 주식 시장이 출렁이고 있었다. 송 사장의 얼굴에 미소가 스쳤다. 드디어 두뇌싸움에서 그가 이긴 것이다.

"사장님, 본사에서 긴급 사장단 회의가 있다고 바로 들어오시랍니다."

"그래? 알았어."

송 사장은 현 회장의 똥 씹은 얼굴을 볼 생각에 아주 기분이 좋아졌다. 평생 이렇게 기분이 좋기는 처음이었다. 송 사장은 본사에 조금 늦게 도착했다. 왜냐하면 주인공은 언제나 늦는 법이니까 말이다.

SC건설은 당분간 현상 유지도 힘이 들 것이다. 여론의 뭇매를 맞을 각오를 해야 했기 때문이었다. 상을 다 차려 놓고는 중국에 빼앗겼다는 책임에서 결코 자유로울 수는 없을 것이다. 휘파람이라도 불고 싶은 마음이었다.

그가 회의실에 들어가자 사람들이 그에게 인사를 하느라 정신이 없었다. 다른 계열사 사장들도 그가 대세라는 걸 인정하는 상황이었다.

"오셨습니까?"

SC케미컬의 박 사장이 그에게 바짝 붙어서 속삭이고 있었다.

"알고 계셨습니까? 한 사장이 뒷목 잡고 쓰러지고 현 회장은 속이 타들어 간답니다. 오늘 SC건설주가 거의 반토막이 나고 난립니다."

"허허허, 저는 잘 모르죠. 그런 건 현 회장이 알아서 하시지 않겠습니까? 잘나신 분이니까요."

모두가 고개를 끄덕이며 그의 말에 동의를 했다.

"회장님 들어오십니다."

생각보다 표정이 그리 어둡진 않았다. 하긴 그 자존심에 얼굴에 표시를 내지는 않을 것이다. 그 뒤를 한 사장도 쫓아 들어왔다.

"아니 자기들이 잘못해 놓고 우리는 왜 부른 겁니까? 안 그렇습니까? 송 사장님."

"그러게 말입니다."

여기저기서 쑥떡이고 있었다. 물론 현 회장 라인의 계열사 사장들은 조용히 앉아 있었다. 송 사장은 속으로 적군들을 분류하기 시작했다. 그런데 그때였다.

"여러분들의 기대에 힘입어 이번 중동 수주 건을 성공적으로 따낸 SC건설의 한 사장님께 우선 박수를 보냅시다."

짝짝짝짝!

사람들은 어리둥절한 표정으로 현 회장의 말에 따라 박수를 치기 시작했다.

"일이 확정이 되기 전에 여러분들에게 미리 말하지 못한 걸 죄송스럽게 생각합니다. 회사 내에 산업스파이가 중국으로 정보를 넘겨서 이렇게 하지 않을 수가 없었습니다."

또다시 회의실이 웅성거리기 시작했다. 송 사장의 머리가 멍해졌다. 이건 함정이었다. 그를 잡기 위한 현 회장의 작업에 그가 걸려든 게 분명했다.

현 회장의 표정으로 봐서 거짓은 아닌 게 분명했다. 수주를 따내다니. 중국이 왜 다된 밥에 재를 뿌렸는지 이해할 수 없었다. 아니, 다 차려 놓은 밥을 먹지도 못한 것이었다.

그때 그의 핸드폰에 장문의 문자가 들어왔다. 중국 측이 송 사장을 가만히 두지 않겠다는 협박을 했다는 것이었다. 송 사장이 보낸 정보 때문에 그들이 역으로 당했다는 내용이었다.

"여우 같은 새끼."

송 사장은 이를 갈았다. 하루 동안 수주를 따냈다는 소식을 전하지 않으므로 주가를 떨어뜨린 건 다 송 사장을 이 자리에 나오게 하기 위한 현 회장의 책략인 것이었다. 그의 똥 씹은 얼굴이 보고 싶었던 것이었다.

"어쨌든 우리 SC건설은 앞으로 한 단계 더 성장하게 되었습니다. 여러분과 이 기쁨을 함께하고자 이렇게 자리를 마련하였습니다. 다시 한 번 큰 박수 부탁드립니다."

우레와 같이 박수가 쏟아졌고 송 사장은 창백한 얼굴이 되어 정신이 없었다.

"아니야……."

송 사장은 저도 모르게 고개를 흔들었다. 그가 자리를 뜨려고 하자 이 실장이 그에게로 다가왔다.

"회장님께서 끝나고 회장실에서 잠깐 보자고 하십니다."

"날?"

"네, 꼭 드릴 말씀이 있다고 말입니다."

"……그러지."

그는 자리를 뜨려다가 앉았다. 전세가 완전히 뒤엎어진 상황이었다. 그는 회의가 끝이 나고 회장실로 향했다. 그냥 가고 싶어도 이 실장과 경호원들이 그의 뒤를 따르고 있어서 어쩔 수가 없었다.

이제는 마지막 카드를 쓸 수밖에 없었다. 이판사판이었다.

"찾으셨다고요?"

"네, 앉으세요."

그가 자리에 앉았다. 그의 맞은편엔 한 사장이 앉아 있었다.

"단둘이 이야기하고 싶지만 지금은 한 사장님도 아시는 일이라서 같이 자리를 마련했습니다."

"무슨 일입니까? 이렇게 기쁜 날."

"송 사장님, 진짜 기쁘십니까?"

한 사장이 치고 들어왔다.

"아니 무슨 말씀을 그렇게 살벌하게 하십니까? 아무리 잘나가는 건설이라고 해도 내 SC전자와는 비교도 안 됩니다. 아시잖습니까?"

"그럼 그렇게 하시면 안 되죠."

한 사장이 열받은 얼굴로 송 사장을 나무랐다.

"뭘 말입니까!"

송 사장이 소리를 버럭 질렀다. 두 사람 간의 싸움이 격해질 찰

나, 현 회장이 갑자기 차분한 목소리로 끼어들었다.

"송 사장님은 뭔가를 착각하고 계시는 모양입니다. 내 SC전자라니요. 그건 송 사장님의 것이 아니라 주주들의 것이죠. 거기에 주식을 가장 많이 가지고 있는 저의 것이기도 하고요."

"그게 아니라……."

송 사장의 얼굴이 빨갛게 달아올랐다. 화가 끝까지 난 모양이었다.

"그래서 그 심각한 주인 의식은 건설 쪽에 치명타를 입힐 뻔했죠."

"내가요? 왜요?"

"SC그룹의 회장이 되고 싶으니까."

현 회장이 그를 보며 비웃었다.

"송 사장님의 스파이보다 이번에 제 정보원들이 일을 잘했습니다."

"무슨 말인지……."

송 사장은 자신의 일이 들켰음을 직감했다. 잔치집이 될 줄 알았는데 초상집이 되게 생겨 버렸다.

"단둘이 할 얘기가 있을 것 같습니다만……."

송 사장은 마지막 카드를 쓸 상황이었다.

"한 사장님 잠깐만 자리를 피해 주시겠습니까?"

"네."

한 사장이 나가자 현 회장을 차분한 시선으로 보는 송 사장이었다.

"남자들의 세계란 거친 짐승들의 세계와 같아서 서로 물고 뜯으면서 힘을 겨루고 서열을 정리하기 마련이죠. 이번 일도 그런 거라고 보면 됩니다. 이렇게 이를 다 드러내고 힘을 겨루었으니 된 것 아닙니까? 물론 현 회장님이 이번 판은 이기신 거고요."

"송 사장님, 전 다음 판을 벌일 생각이 없습니다. 이번에 이겼다고 다음에 또 이기란 법은 없으니까요. 여긴 밀림도 아니고……."

그의 주변의 모든 것들을 현 회장은 다 쳐낼 생각인 것 같았다.

"저란 증거가 없지 않습니까?"

"증거는 차고도 넘칩니다. 그쪽에게 협박을 받아 딸까지 납치가 된 사람의 증언도 있습니다. 모두가 송 사장님이 시켰다고 하더군요."

"모함입니다."

"여기서 끝내시면 그동안 그룹에 기여한 공로를 인정해서 덮겠습니다. 대신에 혼자서 떠안고 사표를 내세요."

"제가 왜 그래야 합니까? 확실하지도 않은데……."

그때 현 회장이 모니터의 전원을 켰다. 거기엔 그에게 자료를 넘긴 건설회사 임원의 진술 장면이 그대로 있었다.

"좋아, 내가 이대로 물러날 것 같아?"

"버티면 바로 내가 가진 모든 자료를 경찰에 넘길 거야."

현 회장의 목소리가 더욱더 위험스럽게 차분해지고 있었다. 싸움이라는 게 목소리 큰 사람이 이기는 것이라지만 지금은 조금 상황이 달랐다.

"고인철이라고 알아?"

"……."

뜬금없는 그의 말에 현 회장이 그를 이상한 눈으로 보고 있었다.

"고은새의 아버지지. 아마도 두 사람의 인연을 만들어 준 인물이 아닐까 생각되는데?"

그가 녹음기의 작동버튼을 눌렀다.

[살려줘……. 뭐든 다 할게. 제발…….]

여기서 잠깐 멈추었다.

"우리 쪽에서 데리고 있지. 가족의 품으로 돌려보내야 하지 않겠나?"

"……."

현 회장이 가만히 있었다. 아니 눈 하나 깜짝하지 않았다.

"싫은가? 그렇다면……."

그가 전화기를 들었다.

"고인철을 죽여 버려."

"……."

이런 반응을 예상했던 게 아니었다. 현 회장은 지금 장인이 될 사람을 구하지 않았다.

"장인어른을 죽인다는 데도 눈 하나 깜박하지 않는군. 고은새를 사랑하는 게 아니었어."

"은새를 향한 내 마음의 상태는 내가 알아서 할 테니 신경 꺼셨으면 합니다. 그리고 전 그런 장인을 둔 적이 없습니다."

"……."

정말 독한 놈이었다.

"제가 드린 기회를 저버리신 건 송 사장님이십니다."

"뭐, 뭐야!"

"체통을 지키세요!"

현 회장은 이렇게 말하면서 이 실장을 호출했다.

"그냥 봐줄 것 없이 넘겨."

"제가 뭐라고 했습니까? 기회를 줘도 소용이 없을 거라고 하지 않았습니까?"

"뭐, 뭐야? 이놈들이!"

송 사장이 소리를 지르자 경호원들이 들어와 송 사장의 양팔을 잡아서 거의 들고는 밖으로 끌고 나왔다. 밖에는 한 사장이 그런 그를 한심한 눈으로 보고 있었다.

"이거 놔!"

그는 경호원들에 이끌려 경찰서까지 갔다. 송하철 인생에 최대의 난관에 봉착했다. 그는 이번 싸움에서 졌다는 걸 서서히 깨닫고 있었다.

송하철이 경찰에 넘겨지자 김 사장은 고인철과 정희를 처리하기로 마음먹었다. 돈은 이미 송 사장에게 받았다. 그의 복수가 이루어지지 않아서 열이 받을 뿐이었다. 진짜 그의 힘으론 현지훈을 어떻게 손댈 수가 없는 모양이었다.

"김 사장님……. 제발……."

고인철은 거의 병신이 되지 않을 만큼 맞았고 그의 여자인 정희도 고인철만큼 맞았다. 바닥이 그들의 피로 흥건했다.

"왜……?"

김 사장은 머리를 갸웃거렸다.

"장인인데 왜?"

이해가 가지 않았다. 천하에 호로새끼인 그도 자신의 장인어른에게 잘하는데 현 회장이 자신의 장인인 고인철을 등질 것이라곤 생각도 못했다. 10억에 놀랄 현 회장도 아니고 이해가 되지 않았다.

"쓸데가 없어."

고인철은 쓸데가 없었다.

"저 새끼하고 저년은 정신병원에 처넣어 버려."

"김 사장⋯⋯."

고인철이 피를 토하며 그를 불렀다.

"살려⋯⋯ 줘."

"누가 죽인대? 미친 새끼야!"

"살려 줘⋯⋯."

"안 죽여. 넌 정신병원에서 미친놈들하고 같이 미쳐 가. 그러면 돼."

무서운 말이었지만 더 무서운 건 김 사장은 자신이 내뱉은 말 대로 할 것이기 때문이었다. 고인철은 울부짖으며 한번만 살려 달 라고 은새를 어떻게든 우리 편으로 만들겠다고 했다. 하지만 김 사장은 더 이상 고인철의 말을 귀담아듣지 않았다.

10월 첫 주 일요일⋯⋯. 특별할 것도 없는 날인데 은새에게 오 늘은 가장 특별한 날이 되어 버렸다. 사랑하는 사람과 결혼을 하 는 축복받은 날이기 때문이었다. 이렇게 말하면 둘이 서로 사랑하 는 뉘앙스라서 다시 정정하면, 그녀만 애가 타게 사랑하는 남자와 결혼하는 날이었다. 그는 그저 어른들에게 잔소리를 듣지 않기 위해 결혼을 하는 것 같았다.

한 가지 이유를 굳이 더 넣자면 그녀와의 섹스가 좋았기 때문일 수도 있었다. 어젯밤에 엄마는 미안하다며 펑펑 우셨다. 하나뿐인 딸의 결혼을 축하만 해 줄 수 있는 상황이 아니었기 때문이었다.

사랑을 받으며 편하게 살기를 바랐는데 아빠 때문에 거의 팔려 가는 결혼을 한 것 같아 마음이 아프신 모양이었다. 괜찮다고 현 회장이 잘해 준다고 아무리 말을 해도 소용이 없었다. 이제는 잘 사는 모습을 보여 주는 수밖에 없었다.

"잘할 수 있어."

은새는 이렇게 다짐을 했다. 거울 속에 눈처럼 하얀 드레스를 입은 아름다운 여자가 앉아있었다. 자신의 모습 같지 않았다. 아름다운 모습이었지만 슬퍼 보이기도 했다. 은새는 거울을 보며 억지로 미소를 지었다.

"은새 씨!"

하림과 팀원들이 신부 대기실을 찾았다.

"와! 진짜 예쁘다. 내가 본 신부 중에 가장 예뻐."

하림이 이렇게 말을 하며 울먹였다.

"왜 울어? 이렇게 좋은 날에……."

하 팀장이 하림을 구박했다. 형부와 처제 사이가 완전 톰과 제리였다.

"이렇게 와 주셔서 감사해요."

그녀가 웃으며 감사의 인사를 했다.

"날씨가 너무 좋아요. SC호텔 야외 예식장이 이렇게 멋진 줄 몰랐어요. 완전 환상적이에요. 부러워요. 은새 씨!"

회사 동료들도 완전 난리였다.

"들어올 때 우리나라 회장님들은 다 본 것 같아."

"맞아 연예인들도 많이 오고…… 역시 SC그룹 회장님의 결혼식이라서 격이 다른 것 같아."

"맞아, 맞아."

"은새 씨 예식장이 너무 예쁘고 고급스러워. 은새 씨가 회장님하고 거기 서 있으면 완전 동화 속의 왕자님과 공주님같을 거야."

"고마워요."

자기 일처럼 기뻐해 주는 하림에게 다시 한 번 감사의 인사를 했다.

"떨리지?"

"네."

동료들은 나갔지만 하림은 그녀의 곁에 남아 있어 주었다. 웨딩 업체 직원들이 도와주고 있었지만 그녀의 손을 잡고 있어 줄 사람은 없었다. 그걸 하림이 하고 있었다. 그때였다. 유지나가 그녀의 신부 대기실로 들어왔다.

"안녕하세요?"

하림이 경계를 하며 인사를 했다. 지나와 은새의 사이가 그렇게 좋지 않을 거라는 생각 때문일 것이다. 은새는 손이 떨리고 심장이 두근거렸다. 결혼식장에서 무슨 소리를 할지 걱정이었다.

"잠깐 나가 있어 줄래요? 신부와 할 얘기가 있어서."

"그냥 말하세요. 그리고 오늘은 좋은 날인데 무슨 말인지는 모르겠지만 꼭 오늘 말하셔야 해요?"

하림이 날을 세웠다.

"대단한 보디가드네? 그럼 같이 있을 때 얘기하고."

"선배 잠간 나가 계세요."

그녀가 감수해야 할 일이었다.

"은새 씨."

"괜찮아요."

은새의 말에 하림이 나갔다.

"대기실 앞에 있을게."

문에 얼굴을 밀어 넣고는 하림이 말했다.

"네."

하림이 사라지자 지나가 웃으면서 말했다.

"내 자리를 차지하니까 좋아?"

"······."

상대할 가치가 없는 여자였다.

"어차피 내 자리……."

"아뇨, 그렇게 될 리는 없을 거예요."

"뭐? 이 창녀가!"

지나가 날을 세웠다.

"말조심하세요. 다시 한 번 이렇게 교양 없이 굴었다가는 현 회장님께 다 말하겠어요."

"지훈이는 네 말을 안 믿어."

"아뇨, 당신이 한 말, 다 녹음이 됐거든요."

"뭐?"

"그러니 입조심하는 게 좋을 거예요. 경고하는데, 살아가기 힘들게 될 수도 있어요. 난 예전의 고은새가 아니라 SC그룹의 며느리 고은새예요. 당신 하나 망가트리는 건 이제 식은 죽 먹기란 얘기죠. 유지나 씨!"

은새가 경고를 했다. 더 이상 참고 있을 수는 없었다. 유지나가 씩씩거리며 예식장을 빠져 나갔다.

"신부님 준비하세요."

스탭이 와서 곧 예식이 시작됨을 알려 주었다. 그리고 스타일리스트가 와서 끝이 안 보이게 긴 웨딩베일을 씌어 주었다. 하얀 베일이 그녀를 더욱 신비롭게 만들어 주었다. 그리고 드디어 신랑이 있는 곳으로 이동했다.

현 회장은 버진로드 끝에 서서 그녀를 기다리고 있었다. 아빠가 없는 그녀를 배려해서 그가 같이 걸어 들어가기로 했다.

"예뻐."

"회장님도 멋져요."

그가 그녀를 진짜 사랑스럽다는 듯이 보며 웃어주었다. 이 웃음이 온전히 그녀를 사랑하는 마음이 가득 담긴 미소이기를 바라고 또 바랐다. 하지만 그건 그저 그녀의 바람일 뿐이었다.

그의 팔짱에 팔을 끼우고 그들은 함께 버진로드를 걸었다. 이렇게 그들은 부부의 길을 함께 걷게 되었다.

결혼식이 끝이 나고 피로연이 시작되었다. 피로연은 현 회장의 뜻에 따라 크고 화려하게 진행이 되었다. 우리나라 최고의 재즈 가수가 그들이 춤을 추는데 아름다운 사랑 노래를 불러 주었고 은새는 잠시나마 그의 품에 안겨 세상에서 가장 행복한 여자가 되어 있었다.

돈이 많은 재벌의 품이라서가 아니라 어느새 깊이 사랑하게 되어 버린 자신의 남편의 품이었기 때문이었다. 그녀가 그를 꼭 끌어 앉자 현 회장이 그녀의 정수리에 입을 맞춰주었다.

"행복해?"

"네, 행복해요."

그가 낮은 목소리로 그녀에게 물었고 은새는 진심으로 답을 했다. 피로연은 그렇게 무르익고 있었다. 유 여사는 은새의 손을 잡고 다니며 여기저기 손님들에게 인사를 시키느라 정신이 없었다.

손님들이 너무 며느리를 예뻐한다고 유 여사에게 말해도 유 여사는 상관하지 않고 여기저기 그녀를 데리고 인사를 다니느라 정신이 없었다. 그런 모습을 현 명예회장과 엄마도 흐뭇하게 보고 있었다.

현 명예회장이 엄마에게 뭐라고 했는지 예식 전까지 굳어 있던 엄마의 얼굴이 많이 편안해졌다. 다행이라는 생각이 들었다. 은새는 오랜 시간 서 있었더니 다리가 아파 오기 시작했다. 새 신발을 신어서 뒤꿈치도 다 까진 상황이었다.

그래서 잠시 쉬기 위해 그녀는 피로연장의 뒤편으로 잠깐 이동했다. 하림에게 뒤꿈치에 붙일 밴드를 부탁하고 했다. 하림이 밴드를 구하러 간 사이에 그녀는 벤치에 앉아서 다리를 만지고 있었다.

"호호호……. 진짜야!"

지나의 목소리였다.

"맞아, 그때 우리가 그랬어. 너도 기억하지?"

고개를 돌려 소리가 들리는 방향을 보니 지나와 현 회장이 서 있었다. 현 회장은 등을 돌리고 있어서 무슨 말을 하는지 들리지 않았지만 지나의 상황은 훤하게 보았다.

"언제 갈까?"

어딜 간다는 소리인지. 그리고 결혼한 남자랑 무슨 소리를 하는 건지 은새의 눈이 뒤집어졌다. 자신이 이렇게 질투의 화신인 줄은 몰랐었다.

"지훈 씨!"

처음이었다. 현 회장이라고 하지 않고 그의 이름을 부른 적은 단 한 번도 없었다. 나이 차이도 있었고 왠지 그렇게 부르면 안 될 것 같다는 생각 때문이었다.

놀란 현 회장이 그녀 쪽으로 고개를 돌렸다.

"거기서 뭐 하는 거예요?"

"……."

은새는 신고 있던 구두를 벗어 손에 들고는 그들이 있는 곳으로 맨발로 걸어갔다. 발이 아파서 신을 신고는 당당하게 걸을 수가 없었기 때문이었다. 그 모습을 현 회장이 멍하게 보고 있었다.

"유지나 씨!"

은새가 그녀보다도 머리 하나가 더 큰 지나를 당당하게 불렀다.

"……."

지나의 표정이 순간 당황스러운 표정으로 변했다. 놀란 모양이었다.

"왜 내 남편의 옆에 있는 거죠?"

"우린 친구 사이예요!"

지나가 기가 막힌다는 듯이 친구란 말을 강조해서 말했다. 현 회장 앞에선 평소 그녀를 대하는 것처럼 못되게 굴 수는 없는 모양이었다. 아주 교양있게 말하려 노력하는 것 같았다.

"지훈 씨, 유지나 씨에게 날 돈 주고 샀다고 말했어요?"

순간 현 회장의 표정이 무섭게 굳었다.

"뭐? 유지나!"

"지훈아…… 난…….

"말했냐고요?"

그녀가 다시 한 번 다그치자 현 회장이 굳은 표정으로 여전히 지나를 보며 말했다.

"난 그런 말 한 적 없어."

"난 다 들었어. 네가 새미 대신에 저 여자를 돈 주고 샀다고 말이야."

지나가 끝까지 우겼다.

"누구한테?"

"내가 아는 사람에게…….

"누군지 나에게 말해야 할 거야. 안 그러면 너라도 내가 가만두지 않을 테니까."

"지훈아……."

"다시는 내 눈에 띄지 마라. 누가 그랬는지는 꼭 말하고."

"지훈아……."

현 회장이 손짓을 하자 경호원들이 어디 숨어 있다가 왔는지 귀신같이 그들에게 다가왔다. 그리고 그가 말하자 지나를 데리고 사라졌다. 그리고 이 실장을 불러서 지나에게 답을 들으라고 했다.

이 실장까지 사라지자 그녀와 현 회장 둘만 자리에 남게 되었다.

"지훈 씨라……."

"죄송해요. 너무 화가 나서……."

"화를 자주 내는 것도 괜찮을 것 같아."

"네? 어머!"

현 회장이 그녀를 가볍게 안아 들었다.

"뭐 하시는 거예요? 사람들이 본다고요."

"이보다 더한 짓을 해도 이해할 거야. 우린 신혼이니까."

"네?"

그가 그녀를 안아 들고 걷기 시작했다.

"다리가 아프면 아프다고 말하지."

"어떻게 그래요. 손님들도 있는데……."

"다음엔 많이 불편하면 말해."

"……."

그의 품이 이렇게 좋은지 은새는 오늘 여러 번 느끼고 있었다. 그런 생각을 하는 동안 그가 그녀를 어디로 데리고 가는지 알지 못했다.

"여긴……."

신부 대기실이었다. 그가 등 뒤로 문을 걸어 잠갔다.

"잠깐 쉬어."

"그래도…… 읍!"

그가 그녀의 입술을 집어삼켰다. 은새를 쉬게 하려고 들어온 건 아닌 것 같았다. 그의 혀가 거칠게 그녀의 입안을 휘젓고 있었다.

"헉헉……. 계속 이렇게 하고 싶었어."

"……."

"내가 미친 걸까?"

"아뇨, 내가 미친 거예요."

은새가 그의 목에 팔을 감고 깊은 키스를 되돌리고 있었다. 그의 마음이야 어떨지 모르지만 지금 은새는 그를 사랑하고 있었다. 그의 모든 행동 하나하나가 그녀에겐 의미가 있었다. 이렇게 그녀의 편이 되어 준 게 너무나 고마웠다.

그리고 그는 최소한 그녀를 돈에 팔려온 여자라고 지나에게 이야기하지 않았다. 그녀의 자존심을 건드리진 않은 것이다.

츄읍츄읍…….

키스만으론 부족했다. 그를 가지고 싶었다. 살구색의 피로연 드레스는 그녀의 육감적인 몸매를 그대로 드러내고 있었다.

"헉헉……. 이 옷을 만든 놈을 죽여 버리겠어."

"네?"

"피로연 내내 이렇게 섹시한 몸을 보고만 있어야 하니까."

"……."

그녀가 그의 부풀어 오른 페니스를 작은 손으로 문질렀다.

"윽……. 위험해."

그가 은새의 손을 잡으며 말했다.

"하고 싶어요. 당신은 날 만질 수 없으니 내가 당신을 만질 차례예요."

"……."

그녀는 이렇게 말을 하고는 그의 앞에 무릎을 꿇었다.

"은새야……."

그리고 그의 벨트를 풀고 바지의 지퍼를 내렸다.

"흡!"

그가 호흡을 거칠게 삼켰다. 은새는 그를 바라보며 자신의 입술을 혀로 적시고 있었다. 그리고는 그의 페니스 끝을 혀로 핥았다.

"으윽! 은새야."

"츄읍츄읍……."

이번엔 은새가 그의 페니스를 맛있게 먹어치우기 시작했다. 그의 페니스가 그녀의 입안에서 움찔거리고 있었다. 은새의 입술에서 그의 페니스가 들어갔다가 나왔다를 반복하고 있었다. 그의 페니스를 터질 듯이 부풀어 있었다.

"아아아아!"

그가 신음했다.

"은새야……."

거의 죽을 것 같은 목소리로 그녀의 이름을 부르고 있었다.

"일어나……."

"싫어요. 지금은 나만 당신을 탐할 수 있어요. 안 그러면 우리가 무슨 짓을 했는지 내 피부에 다 티가 날 거라고요."

거의 벗다시피 한 곳에 그가 키스마크라도 생기게 한다면…….
생각만 해도 아찔했다.

"은새야……. 윽!"

그의 페니스를 다시 빨아들인 그녀였다. 얼마 후에 그가 다급하게 그녀의 입에서 페니스를 빼고는 바닥에 그의 분신들을 뿌렸다.

"으윽!"

그의 얼굴이 붉게 달아올랐다. 그리고 그들은 깔끔하게 신부 대기실을 정리하고는 아무 일이 없었다는 듯이 그곳을 빠져나왔다.

그렇게 그들만의 은밀한 추억을 만들었다. 은새는 생각했다. 현지훈을 자신의 남자로 기필코 만들겠다고 말이다. 몸도 그리고 마음도……

11. 불안한 마음

파리의 에펠탑을 이렇게 방 안에서 보다니 아니 놀라운 일이었다. 신혼여행의 마지막을 그들은 파리에서 보내고 있었다. 이탈리아, 스페인, 그리고 영국. 이제는 파리까지 가기는 했지만 그들은 방에만 있었다. 솔직하게 말해서 서울에 있었어도 될 뻔했다.

집에 있는 것과 다른 건 매일 저녁 축하 만찬을 각기 다른 나라 사람들과 함께한다는 것을 빼고는 그들은 방에서 떠나지 않았다.

그가 그녀를 놓아주지 않고 있었다. 마치 사랑하는 사람같이 그는 그녀를 소중하게 다뤄주었다.

은새는 눈을 뜨고 한참이나 지훈을 바라보고 있었다. 그의 미간에 깊게 패인 주름을 손가락으로 만졌다.

"으으음……."

그가 그녀의 손을 잡으며 눈을 떴다.

"일어났어요?"

"이렇게 나를 유혹하는데 일어나야지."

"내가 언제요?"

"지금 이렇게……."

"읍……."

그가 그녀의 입술에 길고 긴 키스를 했다.

"아주 요물이야."

"일어나요, 난 에펠탑을 보고 싶다고요."

"나중에."

"아니, 꼭 볼 거예요. 신혼여행지가 호텔방은 아니잖아요?"

"맞아, 난 은새를 놓아줄 마음이 없어. 그리고 에펠탑과 공유하고 싶은 마음은 더더욱 없고."

"현지훈 씨!"

"성은 빼고 지훈 씨라고 해. 좀 더 부드러운 음성으로……."

원래 이렇게 끈적이는 남자였나 싶을 정도로 신혼여행의 지훈은 달랐다. 그의 입술이 은새의 입술을 다시 눌러왔다. 그의 손은 벌써 촉촉하게 젖어 있는 은새의 여성을 만지고 있었다.

"난 여기가 좋아……."

그의 목소리가 잠겼다.

"마르지 않는 샘물 같아……."

지훈은 특히 그녀의 여성에 집착하는 것 같았다.

"이렇게 촉촉하면 들어갈 때 기분이 좋거든."

"그만해요."

"왜?"

"부끄럽단 말이에요."

"그건 부끄러운 게 아니라 좋은 거야. 그래서 난 은새에게 빠져 있는 거고."

"아아아아……."

그가 손가락을 질 안으로 밀어 넣고는 움직이기 시작했다. 질척이는 소리가 났다.

"아아아아……."

질척이는 소리와 함께 은새는 저도 모르게 허리를 움직이며 그의 리듬에 몸을 맡기고 있었다. 그의 페니스가 아직 들어오지 않았음에도 은새는 흥분을 하고 있었다.

그의 손가락이 그녀의 질 벽을 긁자 은새는 몸을 활처럼 구부리며 신음소리를 냈다.

그가 손가락을 움직이며 입으론 유두를 빨아들이고 있었다. 은새는 지훈의 공격에 속절없이 무너지고 있었다. 은새가 피로연 때 그에게 한 야릇한 행동 때문에 벌을 받고 있는 것 같았다.

츄읍츄읍…….

그가 유두를 거칠게 빨아들이고 있었다. 새벽까지 이어지던 섹스 때문에 지쳐 잠이 들었던 그들이었지만 아침이면 또다시 불타올랐다.

"헉헉……. 한국에 돌아가면 어쩌지?"

"아……흐……. 왜요?"

"이렇게 하루 종일 못하니까."

"뭐라고요! 읍!"

그녀의 항의는 그의 입속으로 사라졌다. 그가 그녀의 몸 위로 올라와서 자리를 잡았다. 그리고는 그의 페니스를 한손으로 잡고 다른 손은 그녀의 여성을 만지고 있었다.

"아아…… 어서……."

"뭐라고?"

"빨리 넣어 줘요."

그녀가 자신의 다리를 더 벌렸다.

"아악!"

그의 페니스가 그녀의 질 안으로 파고들어 왔다.

"으윽!……. 너무 좁아……."

그녀의 질은 그의 커다란 페니스가 들어가기엔 너무나 타이트
한 모양이었다.

"아아악!"

퍽퍽퍽!

하지만 일단 들어가면 그의 페니스와 그녀의 질은 완벽한 합을
이루었다. 질척이는 소리가 방안을 울리고 있었다.

"더…… 더……."

이제는 부끄러운 줄도 모르고 그녀는 그에게 더한 것들을 요구
하고 있었다. 그가 속도를 더 높이고 있었다. 마지막을 향해 달리
는 그들이었다. 아무래도 오늘도 호텔에서 떠나지 못할 것 같았
다.

송어진은 철창 사이로 아버지의 얼굴을 보고 있었다. 죄수복을
입은 아버지의 모습은 아주 낯설었다. 자신의 롤모델인 아버지가
이렇게 구속이 되어 있다니 믿을 수가 없었다.

"윤 변호사와 이야기를 해서 보석을 신청할까 합니다."

"해 봐야 소용없어."

"아버지."

아버지는 약한 모습을 보이는 게 아니라 이를 갈고 있었다.

"현 회장은?"

"신혼여행 중입니다."

"나를 이렇게 만들어 놓고는 속 편하게 신혼여행을 다니신다 이거지? 그 창녀와 말이야?"

"아버지!"

아버지의 추한 모습은 아직 보고 싶지 않았다. 그냥 당당한 아버지의 모습이었으면 했다.

"SC전자는?"

"새로 대표를 뽑았습니다."

"어떤 새끼가 감히 내 자리를?"

"부사장이 승진했습니다."

"호랑이 새끼를 키웠어. 어쩐지 면회도 안 온다 했어. 넌?"

그도 회사에서 해고가 되었다. 사직서를 내기 전에 이미 해고처리가 되어 버렸다. 지금 그도 고민이 많았다.

"전 미국으로 갈까 합니다."

"뭐?"

"아버지의 일은 변호사들이 처리할 거고……."

"뭐야? 네가 남아서 내 손발이 되어야지 어디를 가?"

"어머니가 도와 드릴 겁니다."

"도망치는 거야?"

"네."

더 이상 아버지와 함께해서 그에게 이득이 될 것이 없었다. 그럴 바엔 그가 살길을 찾는 게 지금 상황에선 유리했다. 이게 다 아버지에게 배운 것들이었다. 달면 삼키고 쓰면 뱉어 내는 인간관계를 말이다.

"송어진!"

"아버지, 저도 살아야겠습니다. 안녕히 계십시오."

그의 생각엔 아버진 쉽게 나올 상황이 아니었다. 이제 현 회장이 돌아온다면 김 사장과 벌인 일들까지 모두 죄목에 추가할 것 같았기 때문이었다. 아버진 이게 다라고 생각하겠지만 그가 아는 현 회장은 여기서 멈출 인간이 아니었다.

교도소를 빠져나오며 그는 자신의 차에 몸을 실었다. 유지나는 요즘 방 안에서 나오지 않고 있었다. 무슨 충격을 받았는지 지나는 거의 폐인이 되어 있었다.

현 회장이 은밀히 움직인 가운데 작업 대상인 사람들이 하나둘씩 사라졌다. 김 사장도 지금 행방이 묘연한 상황이었다. 소문엔 은새의 아버지를 죽이려던 김 사장을 현 회장이 작업해 버렸다는 소리가 있었다.

고은새의 아버지는 같이 있던 여자와 함께 지금 정신병원에 감금이 되어 있다는 소문이 있었다. 현 회장은 돈 때문이 아니라도 사람 자체가 아주 냉혹하고 무서웠다. 유일하게 그가 잘하는 건 고은새뿐이었다.

"진짜 사랑하나?"

갑자기 그런 궁금증이 생긴 어진이었다. 그는 지금 빨리 미국에
가고 싶은 마음뿐이었다.

신혼여행에서 돌아온 은새는 자신들의 본가에 들러 인사를 드
리고 친정에도 들렀다가 자신들의 신혼집으로 돌아왔다. 그냥 누
워 자고 싶은 마음이었지만 그는 출근을 했다. 집에 돌아오니 2시
가 조금 넘은 시간인데 급한 일이 있다면서 회사에 출근을 한다고
했다.

은새는 너무 지친 나머지 그가 회사에 간 사이에 소파에 그대
로 잠이 들어 버렸다. 너무 지치고 피곤했다. 신혼여행을 다녀온
사이에 그녀의 체중이 2킬로나 빠졌다. 겨우 2킬로라고 말하는
사람도 있겠지만 그녀의 마른 몸을 본 사람이라면 놀랄 몸무게였
다.

곤하게 잠을 자고 일어나니 6시였다. 4시간이나 소파에 그대로
잠이 들었던 것이다. 은새는 짐을 대충 정리하고는 샤워를 위해
욕실로 들어갔다.

피로를 풀고 싶었다. 따뜻한 물을 받고 그대로 안으로 들어갔
다. 마음을 안정시키기 위해 아로마향도 피웠다.

편하게 누워 콧노래도 했다. 이제는 마음이 편한 것 같았다. 그리고 처음엔 낯설던 이 집도 인테리어를 그녀의 스타일로 바꿔서 그런지 정이 들었다.

"으으음……."

은새는 이렇게 노래를 부르며 한가한 시간을 보내고는 욕실에서 나왔다. 오랜만에 혼자라서 그런지 현 회장의 빈자리가 느껴지고 있었다.

"어?"

인기척이 들렸다. 현 회장이 온 모양이었다. 그녀는 머리를 말리려다가 말고는 그대로 욕실 밖으로 나갔다.

"지훈 씨……."

콧소리까지 섞으며 그를 불렀다. 현 회장은 지훈이라고 불러 주는 것 가장 좋아했다.

"지훈 씨!"

그렇게 말하면서도 오글거려 죽을 것 같았다.

"아주 좋은가 봐?"

갑자기 검은 물체가 툭 튀어나와 그녀의 앞길을 막았다. 김 사장이었다. 너무 놀란 은새는 저도 모르게 뒷걸음을 쳤다. 김 사장의 얼굴 한쪽이 아주 이상했다.

"놀라긴 내 얼굴이 좀 달라졌지? 이게 다 현 회장 덕분이야. 현

회장이 네 아비를 구하기 위해 사람들을 보냈거든. 그때 내 광대
뼈가 함몰됐어."

"……."

"괜찮아……. 너도 곧 이렇게 될 테니까."

"……."

"얼마나 아픈지 궁금하지 않아?"

김 사장의 손엔 해머가 들려 있었다. 광대뼈 함몰이 아닌 그녀
를 죽일 생각이었다.

"사실 현 회장과 함께 죽으려고 했는데 현 회장이 평생을 괴로
워하라고 이렇게 하는 거야? 부인이 또 죽는 거지."

"이건 이렇게 해결할 일이 아니야."

"이렇게 해결 안 하면 어떻게 할 건데? 아, 돈?"

"그래, 돈."

"돈은 필요 없어. 난 널 꼭 죽이고 말 거야!"

그가 은새에게 달려들었다. 은새는 죽을힘을 다해서 그의 해머
를 피하고 있었다.

"이 쥐새끼 같은 년!"

은새는 그나마 집의 구조를 알기 때문에 김 사장을 요리조리 피
할 수가 있었다.

"이리 안 와!"

"……."

그가 해머로 집 안 곳곳을 부수고 있었다. 그녀의 정성이 묻어 있는 장식품들이 망가졌다.

"고은새!"

"헉헉헉……."

숨이 턱까지 차올랐다. 언제까지 피할 수 있을까? 그녀는 작은 방에 들어가서 문을 잠갔다.

탕! 탕! 탕!

그가 해머로 문고리를 쳤다. 은새는 장식장을 가져다가 문을 막았다. 막을 수 있는 모든 걸로 문을 막았다.

"제발……."

현 회장이 들어오길 바라는 마음이었다.

"아니……. 오지 마……."

그러고 보니 현 회장도 위험했다. 그냥 그녀 혼자 감수하는 게 나았다. 그가 다치기라도 한다면 못 참을 것 같았다.

"헉헉헉……."

그녀의 호흡이 거칠어졌다.

탕!

문이 완전히 부서졌다.

"네가 이렇게 하면 살 줄 알아?"

"정신 차려. 분이 풀릴지는 모르지만, 나를 어떻게 하면 회장님이 가만있지 않을 거야. 그러면 너도 살기는 힘들어. 하나 남은 광대뼈까지 사라질 수 있어. 그러니까…… 그만해."

다리에 힘이 풀려 풀썩 주저앉았다.

드드득—

그녀가 쌓아 놓은 가구들이 김 사장의 힘에 의해 밀리고 있었다.

드드드득—

김 사장이 들어올 정도로 공간이 생기려고 했다.

"아아악!"

은새는 있는 힘껏 다시 가구들을 밀고 있었다. 버티는 데까지는 버텨야 했다.

"지훈 씨……. 흑흑흑……."

무서웠다. 두려웠다. 지금 이 순간 그녀는 지훈만이 생각났다. 두 눈에선 끊임없이 눈물이 흐르고 있었다. 그런데 갑자기 뒤에서 밀던 김 사장의 힘이 느껴지지 않았다.

퍽퍽!

우당탕하는 소리가 들렸다. 그가 온 모양이었다. 은새는 그 자리에 주저앉아 덜덜덜 떨고 있었다. 손톱이 부러졌는지 손톱에서 피가 나고 있었다. 하지만 지금 너무 놀라서인지 고통이 느껴지지 않고 있었다.

퍽퍽퍽!

"죽어 버려!"

현 회장의 화난 목소리가 들렸다. 은새는 힘이 없어서 도저히
일어날 수가 없었다.

집에 들어와 보니 아수라장이었다. 그는 조용히 집 안 곳곳에
숨어 있는 비상벨 하나를 눌렀다. 경호원들과 연결이 되어 있는
비상벨이었다. 가장 나중에 설치가 된 것이라 은새는 모르고 있었
다.

"은새야⋯⋯."

은새에게 무슨 일이 있다면 그가 누구든지 반드시 죽여 버릴 것
이다.

탕! 탕! 탕!

문고리를 부수는 소리였다. 그때 경호원들이 들어왔다. 그리고
소리가 나는 쪽으로 그들은 이동했다.

제발 무사하기만 바라는 마음이었다. 그가 걸음을 옮길 때마다
부서진 가구들이 눈에 띄었다.

"은새야⋯⋯."

그의 머릿속에는 부서진 가구보다는 은새로 가득했다. 혼자 두

는 게 아니었다.

　불안했다. 죽을 것 같았다. 그때 그의 눈에 김 사장이 보이기 시작했다. 김 사장은 방 안으로 들어가기 위해 애를 쓰고 있었다.

　그는 김 사장의 뒤로 가서 그의 손을 잡았다. 그러자 경호원들이 그의 손에서 해머를 빼앗았다. 그러고 나서는 거의 이성을 잃어버리고 김 사장을 때리기 시작했다. 얼굴이건 가슴이건 닥치는 대로 주먹을 휘둘렀다.

　"악!"

　"죽여 버리겠어."

　"으윽!"

　그때였다. 경호원들이 그의 팔을 잡아 그와 김 사장을 떼어 냈다.

　"죽이겠습니다."

　경호대장이 걱정이 됐는지 그렇게 말했다.

　"이거 놔! 죽여 버릴 테니까."

　"회장님, 안에 사모님이……."

　그제야 정신이 든 그였다. 그는 가구를 밀고는 그 안에 주저앉아 있는 은새를 안았다.

　"은새야, 괜찮은 거야?"

"흑흑흑……."

은새는 울면서 그의 품에 안겼다.

"은새야……."

그도 은새의 정수리에 입을 맞추며 은새의 이름을 불렀다. 그러
다가 그녀의 손가락에 흐르는 피를 보았다.

"다친 거야?"

"아니에요. 괜찮아요. 그냥 손톱이 부러진 거예요."

은새가 덜덜 떨면서도 그를 진정 시키고자 말을 했다.

"전 괜찮아요. 진짜예요. 다른 데 가지 말아요. 무서워요."

"은새야……. 미안해……."

그가 은새를 품에 안았다.

"안 가……. 네 옆에 있을게."

"사랑해요."

"……."

"이 말을 못하고 죽을까 봐 무서웠어요."

"……."

그녀가 그의 품에 꼭 안겼다. 지훈은 머리를 한 대 맞은 것 같았
다. 그런데 입가엔 미소가 걸렸다. 왜 웃음이 나는지 모르겠지만
좋았다.

그녀의 말에 가슴이 따뜻해졌다. 아니 행복했다. 미친놈 같

앗다.

"은새야······. 나도······."

그녀가 잠이 들었다. 너무 많은 에너지를 쏟아 냈는지 지쳐 잠이 든 것이다. 지훈은 은새를 안아서 침실로 옮겼다. 그리고 침실 밖을 경호원에게 지키게 했다. 소 잃고 외양간을 고친 느낌이었지만 어쩔 수가 없었다.

그리고 그는 바로 김 사장에게로 향했다. 그에게 너무 맞아서 피범벅이 된 그는 그의 집 정원에 무릎을 꿇고 앉아 있었다.

"왜 이러는 거지?"

"훗, 왜 이러는 거냐고? 네가 내 모든 걸 빼앗아갔어."

"정신을 못 차리나 보군."

"하하하······."

김 사장은 미친놈처럼 웃었다.

"상대를 골라도 너무나 잘못 고른 거지. 네가 이제까지 주먹으로 이기고 누른 사람들과 나는 다르지."

"······."

"그리고 나만 건드린 게 아니라 내 아내까지 건드렸어."

"아내는 무슨, 창녀인데······."

퍽!

말이 끝이 나기 전에 김 사장의 얼굴을 날려 버린 지훈이었다.

"넌 주먹도 아까워. 사람 구실 못할 정도로 손봐서 경찰서에 넘겨."

"네."

그의 눈에서 김 사장을 치워 버렸다. 그리고 그는 이 실장에게 전화를 해서 새로운 집을 당장 구하라고 했다. 그리고 은새가 잠이 들어 있는 침실로 향했다. 너무나 피곤한 하루였다.

은새가 눈을 뜨자 현 회장이 그녀를 꼭 안고 잠들어 있었다. 은새는 그의 얼굴을 본 후에는 더 깊이 파고들었다.

"은새야……."

"네……. 어디 가지 말아요. 내 곁에 있어 줘요."

"알았어. 어디 안 가."

"거짓말."

"진짜야."

오늘은 화요일이라 그가 출근을 하는 날이었다. 거기다가 신혼여행으로 회사를 일주일이나 비운 상황이었다.

"내일까지 휴가야."

"네?"

"그리고 당분간은 장모님이 집에 와 계실 거야."

"……."

"왜 그런 눈으로 봐?"

"고마워서요."

"그 말 말고 다른 말을 해야지."

"다른 말?"

그가 무슨 말을 원하는지 알고 있는 은새였지만 그의 눈을 보고는 부끄러워서 할 수가 없었다.

"감사합니다?"

"여우……."

그가 환하게 웃었다.

"집 밖에 이제 경호원들이 있을 거야. 그리고 이사 가면 별채에 일하는 사람들을 상주시킬 거고. 본가처럼 말이야."

"그러지 않아도 돼요."

"아니 꼭 그렇게 해야 해."

"왜요?"

"은새가 다치는 게 싫어. 그리고 앞으로 우리 아이들도 말이야. 안전이 제일 우선이야."

그의 입술이 그녀의 정수리에 닿았다.

"사랑해요."

"은새는 요물이야."

은새가 그의 손을 보더니 입술을 가져다 댔다.

"왜 이랬어요?"

"그놈을 죽여 버릴 뻔했어."

그의 주먹이 다 까져 있었다.

"권투선수 같아요."

"그래?"

그가 쿡쿡 웃었다.

" '영웅이에요.' 뭐 이런 말을 해야 하는 거 아닌가?"

"사랑해요."

"……이건 반칙인데?"

그는 그녀가 듣고 싶어 하는 대답 대신에 길고 긴 키스를 해 주었다. 은새도 그의 입술을 빨아들였다. 한없이 부드러운 키스가 이어졌다.

똑똑똑!

"누가……. 읍!"

그는 신경도 쓰지 않고 계속해서 키스를 이어갔다.

똑똑똑!

"명예회장님께서 사모님과 함께 오셨습니다."

은새가 그를 밀치며 빠르게 일어났다.

"은혜를 원수로 갚는군."

"빨리 일어나요."

은새는 다급하게 옷을 입었다. 그리고 그의 얼굴에 아무 옷이나 던졌다.

"제발요……."

그리고 은새가 사정을 한 후에야 그가 일어나 옷을 입었다.

"은새야?"

시어머니가 그녀를 보자마자 안았다.

"괜찮은 거야?"

"네."

"넌?"

"전 좀……."

그러면서 얄밉게 손을 시어머니에게 내밀었다.

"어떤 놈인지 내가……."

"당신은 좀 참아요."

지훈이 누굴 닮았나 했더니 시어머니를 똑 닮았다. 오히려 시아버지가 더 차분했다. 이래서 피는 못 속이는 것 같았다. 하지만 그것도 잠시 시아버지가 전화로 검찰청에 전화를 거는 걸 보니 시아버지도 만만한 사람이 아니란 걸 알았다.

"당장 이사 가. 그리고 당분간은 집에 들어와 있어."

"어머님이 와 계시기로 했어요. 경호업체도 불렀고요."

"당장 들어와!"

"네⋯⋯."

시아버지가 소리치자 지훈이 꼬리를 내렸다. 지금은 어른들의 말이 옳기 때문이었다. 은새는 또 이런 일이 일어나지는 않을지 불안한 마음이 들었다.

어른들이 가시고 나자 은새는 지훈과 드디어 둘이 되었다.

"배고프지 않아?"

"배고파요. 밥 먹을까요?"

"내가 해 줄게. 가만히 앉아 있어."

생각보다 지훈은 가정적이고 다정한 사람 같았다. 집에 준비된 반찬을 내고 된장찌개를 뚝딱 끓여 냈다.

"진짜 요리를 잘하는 것 같아요."

"기본이지."

은새가 자리에 앉게 그가 의자를 빼 주었다.

"최고의 남편이에요."

"아니, 난 최고의 남자이고 싶어."

"맞아요. 고은새에게 최고의 남자."

그가 웃었다.

"웃는 모습은 멋진데, 다른 데 가서 웃을까 봐 걱정이네요."

"걱정 마. 안 웃어."

그가 밥을 먹으면서 진지하게 말했다.

"난 은새가 싫어하는 짓 안 해."

"저도 안 해요."

"그럼 됐어."

그들은 조용히 밥을 먹었다. 은새는 다른 어떤 때보다 지금이 좋았다. 따뜻하고 평화롭고…….

몇 달간 그녀의 인생에서 사라졌던 평온함이 돌아온 것 같았다.

"진짜 출근 안 해요?"

"내일까지 휴가야. 뭐 할까?"

"영화나 보러 갈까요? 저녁도 먹고."

"그럴까?"

그 후로 그와 함께 평범한 데이트를 했다. 그가 빠르게 작은 상영관 하나를 통째로 빌렸고 레스토랑 하나도 통째로 빌렸다. 남들과는 다른 평범함이 그에게는 있었다. 은새는 웃음이 났지만 그를 그냥 따랐다.

그랬더니 생각보다 행복한 하루를 보낼 수 있었다.

"오늘 너무 좋았어요."

"진짜 좋았어?"

"네."

그들은 아직 보수가 덜된 집으로 돌아가야 했지만 어제의 일로 더욱더 끈끈한 관계가 되었다. 은새는 이런 게 가족이 아닐까? 하

는 생각이 들었다. 그리고 속으로 다시 한 번 다짐했다. 잘해 나
갈 수 있다고 말이다. 그녀는 평범한 사람과 결혼한 것이 아니었
다.

12. 너를 안은 후에

새로운 집에 들어온 지 한 달이 되었다. 평창동에 위치한 그들의 집은 본가와 비견이 될 정도로 아주 커다란 저택이었다. 전에 살던 주인은 우리나라 최고의 부동산 재벌이었다고 한다. 그분이 갑자기 외국으로 가는 바람에 집이 급매로 나와서 좋은 조건에 사게 되었다.

수영장도 있고 작은 골프장도 있었다. 그녀의 입장에선 작은 리조트 같았다.

"후……. 끝도 없구나……."

아침부터 집 안 청소를 하느라 정신이 없었다. 도우미 아주머니들이 주로 하지만 그녀도 가만히 있는 타입은 아니었다.

"작은 사모님……."

"알아요. 빨리 끝내고 우리 밥 먹어요."

어려서부터 엄마를 도와 청소하던 버릇이 지금 빛을 발하고 있었다. 물론 요리는 낙제점이지만 말이다.

"말순 씨, 내 요리 실력이 진짜 아닌가요?"

그녀의 집안일을 도와주는 말순, 명자, 숙희 아주머니는 모두 그녀의 엄마뻘이었다. 그래서 한 분 한 분 이름을 묻고 얼굴과 매치해서 외워 이름을 불렀다. 이모니, 아줌마니 하는 건 예의가 아닌 것 같아서였다.

"네."

"그래도 발전의 기미는……."

"없어요."

"네."

요리를 도맡아하는 말순은 그녀에게 주방 출입은 금지라고 못을 박았다. 말순은 본가의 찬모였다가 유 여사가 특별히 보내준 것이었다.

"그냥 가만히 계시는 게 모두를 위해 좋습니다."

"청소 점수는요?"

"그건 80점 주죠."

이번엔 명자가 말했다.

"그런데 안 도와주셔도 돼요. 이건 저희 일입니다."

"그래도 명자 씨, 말순 씨, 숙희 씨랑 이렇게 있는 게 좋아요."

"친구들은요?"

"다 아가씨들이라서 좀 그래요. 결혼이나 하고 만나면 모를까?"

이렇게 솔직하게 그녀가 마음을 열고 대하니 다들 그녀를 좋아했다.

"밖에 김씨 아저씨는 혼자세요?"

정원사인 김씨 아저씨는 별장에 강 집사님과 같이 계셨다. 1층은 남자숙소, 2층은 여자숙소였다. 경호원들도 1층 남자숙소를 썼다.

"네, 부인이 일찍 죽고 아들 하나 있다네요."

"그런 명자 씨랑 딱 좋네요."

명자의 얼굴이 붉어졌다.

새로운 집에 정이 점점 들었다.

"그런데 요즘 왜 그렇게 회장님의 출장이 잦으신 거예요? 어제도 안 들어오시고……."

"숙희야!"

제일 언니인 말순이 말을 잘랐다.

"요즘 건설 때문에 해외 출장이 잦아요. 이번엔 어제 하루가 아니라 이번 주 내내요. 중동에 아주 큰 공사를 땄거든요."

"아······."

모두가 고개를 끄덕였다.

"그래도 신혼인데······."

"숙희야, 눈치는 집에 두고 오셨어요? 우가 그걸 몰라 바쁘시다 잖아?"

"······."

말순의 말에 숙희가 입을 쭉 내밀고는 더 이상 말을 하지 않았 다.

"나이를 거꾸로 먹어요. 으그······."

"그만하세요. 제가 걱정돼서 그러시는 건데······."

"그나저나 아기방은 내일부터 공사라던데······."

이 집에 주인들이 다 어른들이라서 아이들을 위한 시설이 아무 것도 없었다. 그래서 내일부터 아기방 인테리어가 들어간다. 아기 생각을 하니 속상한 은새는 자리에서 슬며시 빠져나왔다.

결혼한 지 몇 달이 지났고 그전부터 그와 깊은 관계였는데 아직 아이는 생기지 않았다. 아기가 쉽게 들어서지 않는 이유를 알고 싶어서 산부인과도 예약해 놓았다. 이번 주 금요일이었다.

오늘이 화요일이니 아직 며칠은 더 기다려야 했다. 게다가 엎친 데 덮친 격으로 지훈의 출장일정이 너무나 빡빡했다. 회사 일을 모른다고 하면 원망이라도 하겠지만 지금은 너무 바쁜 현 회장이었다.

그리고 현 회장은 잘못이 없었다. 그의 넘치는 정력은 그녀가 더 잘 알았다.

"나 때문에 아기가 안 생기는 거야."

은새는 갑자기 풀이 죽었다. 지훈이 말은 안 하지만 이솔이와 같은 딸을 원하고 있음을 말이다.

정원의 벤치에 앉아 풀이 죽은 얼굴을 하고 있는 은새를 모두가 걱정스럽게 바라보고 있었다.

벌써 목요일이었다. 내일이면 그가 돌아온다는 생각이 은새는 하루 종일 들뜬 마음이었다. 거기다가 오늘은 엄마까지 와서 더욱 좋았다.

엄마는 그녀의 집과 그렇게 멀리 떨어지지 않은 아파트에 살았다. 그게 안전에도 좋고 편안하다고 지훈이 엄마의 집을 그곳에 사 주었다. 그리고 엄마가 뭔가를 배우러 다니는 걸 좋아하는 걸 알고 차까지 뽑아 주었다.

생각보다 지훈은 그녀에게 잘해 주었다. 깊이 사랑하는 여자는 아니지만 지훈에게 그녀는 조금씩 특별한 존재가 되어 가는 느낌이었다.

"엄마 요즘 바빠?"

"응, 바쁘지. 이제 노래교실도 다녀."

"와, 우리 엄마가 제일 바빴네."

"넌?"

"나도 바쁘지. 새로 집을 이사 오는 바람에 할 일이 많아졌어."

엄마는 그녀의 표정을 살폈다.

"걱정 있어?"

"아니, 내가 걱정이 있다고 하면 사람들이 욕해."

엄마는 그녀와 함께 커피도 마시고 이야기도 나누다가 집으로 돌아갔다. 갑자기 또다시 허전하다는 생각이 들었다. 친구들을 만나서 차 한잔하고 시어머니와 한국화도 배우고 코바늘 인형 만들기 수업도 듣는데 그녀는 뭔가 허전한 한 주를 보낸 느낌이었다.

저녁이었다. 은새는 2층 거실에 앉아서 롤스크린을 내렸다. 그리고 오랜만에 영화를 볼 생각이었다. 그래서 영화를 찾으니 볼만한 것이 없어서 아무거나 틀었다. 그랬더니 그녀의 결혼식 장면이 펼쳐졌다.

[잘 찍어.]

현 회장의 목소리였다.

[알았어.]

저 목소리는 현 회장의 중학교 동창이자 몇 안 되는 친구 중에 하나인 영화감독 김윤호였다.

[예쁘지.]

[그래 네 신부 예쁘다.]

[배우 해도 되지 않을까?]

[그렇게 좋아?]

[응.]

너무 놀라서 저도 모르게 전원 버튼을 누르고 말았다. 그러니까 지금 김 감독이 따로 촬영한 영상에서 그가 그녀와 결혼하는 게 좋다고 말했다. 믿기지 않았다.

[어디가 좋아?]

[다.]

그녀가 직장 동료들과 이야기를 나누며 웃고 있는 장면이 클로즈업되어 있었다.

[얼굴을 더 당겨 찍어. 영화감독이라는 새끼가 그것도 못 찍어선…….]

[안 찍어 준다.]

[알았어, 다음에 투자할게.]

[어떻게 하라고? 얼굴을 클로즈업하라고?]

[에라이……. 썩어 빠진 놈.]

둘은 친한 친구답게 욕까지 섞어 가며 그녀의 얼굴을 찍고 있었다.

[너 전에는 안 그랬잖아?]

[나도 처음이야. 이런 느낌.]

[사랑이라도 하냐?]

[…….]

그의 대답은 들리지 않았다. 뭐라고 했는데 다시 돌려 보기를 해도 그 부분의 말이 다른 사람들의 소리와 섞여서 뭐라고 하는지 알 수가 없었다. 10번이나 돌려 보았지만 도저히 모르겠어서 은새는 포기했다.

"아니라고 했을 거야."

그녀는 그렇게 말을 하고는 스크린을 정리하고 샤워를 위해 침실로 들어갔다.

"으으윽!"

크게 기지개를 켰다. 하도 집중을 해서 봤더니 눈이 다 아팠다.

"공부를 이렇게 했으면 하버드에 갔겠어……."

은새는 윗옷을 벗고 청바지도 벗었다. 그리고 큰 거울 앞에 서서 자신의 몸매를 훑어보았다.

"어디가 문제인 거지?"

"다 문제지."

뒤에서 갑자기 남자 목소리가 들려 화들짝 놀란 은새였다.

"지훈 씨! 읍!"

그가 다짜고짜 그녀의 얼굴을 양손으로 감싸고는 키스하기 시작했다. 은새도 너무 반가운 나머지 그의 목에 팔을 두르고 열렬히 그의 키스에 답했다.

"어떻게 된 일……. 읍!"

그의 손이 다급하게 그녀의 가슴을 만지고 있었다. 그리고 한손으론 여성을 만지기 시작했다. 정신이 몽롱할 정도의 쾌감이 그녀를 덮치고 있었다.

"아아앙……."

그의 손가락이 그녀의 질 안으로 비집고 들어와서 그녀를 자극하고 있었다. 질척이는 소리가 들렸다. 하지만 부끄러운 줄도 모르고 은새는 자신의 허리를 움직이며 그의 손가락이 주는 쾌감을 극대화하고 있었다.

"아흐……."

그녀의 신음이 계속해서 터져 나오고 있었다. 그가 다급하게 자신의 바지를 아래로 내렸다. 위의 옷은 벗을 정신도 없었다. 그의 호흡은 전력질주를 한 사람처럼 거칠었다. 그가 그녀의 다리 하나를 들어 올렸다. 그리고 자신의 부푼 페니스를 그대로 밀어 넣었다.

"아악!"

일주일 만에 맛보는 그의 페니스였다. 은새는 미칠 것 같은 쾌감에 그의 등을 할퀴고 말았다. 하지만 그도 그녀도 거기에 신경 쓸 정신이 없었다.

퍽퍽퍽!

그가 요란한 소리가 나도록 빠르게 움직이고 있었다. 그가 그녀의 정신을 쏙 빼놓고 있었다.

"아…… 흐……."

그가 여전히 허리를 움직이며 그녀의 가슴 하나를 손에 쥐고는 유두를 빨기 시작했다. 그도 끝도 없는 욕망에 빠져들어 버렸다. 그녀의 몸에 자신의 흔적들을 새기며 그는 그렇게 그녀를 홀리고 있었다.

"요부……."

"내가 아니라 당신이 요부예요. 홀린 것 같아요."

그녀의 말에 그가 웃음을 터트렸다. 그리고는 더욱더 격하게 허리를 움직이기 시작했다. 만족을 모르는 행위였다. 그는 그녀의 몸에 자신을 박을 것처럼 깊숙이 밀어 넣었다.

"아아아……."

"으윽!"

그가 그의 분신들을 그녀 안아 쏟아 냈다.

"헉헉헉……."

그들의 거친 숨소리가 방 안에 가득했다.

"왜 이렇게 일찍 왔어요?"

"싫어?"

"아뇨, 반가워서 그렇죠. 보고 싶어서 죽는 줄 알았어요."

"그래서 그렇게 옷을 다 벗고 있었어?"

"그래서가 아니라……."

"그럼?"

"아니에요……."

그녀는 또다시 풀이 죽은 얼굴이었다. 영문을 모르는 그는 은새
에게 무슨 일이 있나 싶어 걱정스런 얼굴을 하고 있었다.

"씻으세요."

"먼저 씻어, 바로 들어갈게."

그는 윗옷을 벗으며 말했다. 은새는 조용히 욕실로 들어가서 샤
워기의 물을 틀었다.

쏴아악!

그가 와서 좋았지만, 내일 병원진료가 걱정이 되기도 했다.

"아가야……. 넌 언제 올래?"

그녀는 물소리에 섞이게 조용히 혼잣말을 했다. 그때 샤워부스
안으로 그가 들어와서 물을 잠갔다.

"안 씻을 거예요?"

"아니, 이것부터 주고."

그가 갑자기 무릎을 꿇더니 그녀의 발목에 무언가를 채웠다.

"이건……."

"넌 내 거라는 표시지."

발찌였다. 테니스 목걸이와 마찬가지로 작은 다이아몬드가 일렬로 박힌 아주 비싼 발찌 같았다.

"설마? 다이아?"

"맞아, 난 보석 중에 다이아몬드를 가장 좋아하지. 그리고 당신 생일이 4월이잖아. 다이아몬드가 4월 탄생석이야."

"이렇게 비싼 거, 못하고 다녀요."

"꼭 해."

그가 일어나 그녀를 안았다.

"왜요?"

"내 사랑의 표시니까."

"……."

그녀의 심장이 터질 듯이 뛰기 시작했다.

"사랑해."

"……."

그가 그녀에게 사랑한다고 했다.

"녹음이 잘 안 돼서 안 들렸지?"

그가 그녀가 영상을 보던 때부터 있었던 것 같았다.

"혹시……."

"은새가 5번 보는 거 봤어."

그는 그녀가 10번 돌려 본 건 모르고 있는 것 같았다. 창피한 생각에 얼굴을 손으로 가렸다.

"안 들린 말을 해 줄 테니까 들어. 한 번만 할 거야? 사랑이라도 하냐는 김 감독의 말에 난 사랑한다고 했어."

"흑흑흑……."

눈물이 샤워기의 물처럼 쏟아져 나오기 시작했다.

"난 나만 사랑하는 줄 알고……. 흑흑흑……. 속상했어요."

"그래서 풀이 죽은 거야?"

"그건 아니에요……. 흑흑흑……."

"그럼?"

"……."

그녀는 아기 때문이라는 말은 차마 하지 못했다. 마음이 무거운 은새였다. 하지만 그것도 잠시 비누칠을 해 주는 그의 손길 때문에 은새는 아무것도 생각할 수가 없었다.

"아아아……."

"왜 그래?"

그녀의 가슴에 비누칠을 가며 그가 아무 일도 없다는 듯 물었다.

"아…… 흐……."

그가 유두에 비누칠을 하자 은새는 절로 신음이 터져 나왔다. 그리고 그녀의 여성도 깨끗하게 닦아 주었다. 그의 손길에 은새는 미칠 것 같았다. 샤워를 마치고 그들은 물기도 제대로 닦지 않은 채로 침대에 누웠다.

그의 입술이 그녀의 온몸을 더듬고 있었다. 부드러운 혀가 그녀의 유두에 닿았을 때 은새는 몸을 활처럼 휘었다. 그의 모든 것이 그녀를 흥분시키고 있었다. 발목에 다이아 발찌가 달빛에 빛나고 있었다. 은새가 다리를 들어 올렸다.

"너무 예뻐요."

"마음에 들어?"

그가 그녀의 가슴을 빨며 물었다.

"이 발찌에 담긴 당신의 마음이 더 좋아요."

"은새야……."

"고마워요. 그리고 내 온 마음을 다해 사랑해요."

"나도 사랑해."

"이 말이 이렇게 쉬운 말인데 왜 그렇게 안 해 줬어요?"

그가 씩 하고 웃었다.

"왜 대답 안 해 줘요?"

"지금은 더 하고 싶은 게 있어서……."

그가 그녀의 다리를 벌리고 그녀의 여성을 입안 가득 빨아 대기 시작했다. 정신이 없을 지경이었다. 하지만 그는 멈추지 않았다.

츄읍츄읍…….

그가 혀로 그녀의 클리토리스를 자극하기 시작했다. 정말 정신을 놓아버릴 것 같은 자극이었다. 아랫배가 찌릿했고 그녀의 클리토리스가 그녀의 의지와는 무관하게 움찔거리고 있었다. 미칠 것 같았다.

그의 혀가 주는 극한의 쾌감이 은새를 집어삼키고 있었다.

"아아아……. 넣어 줘요."

이제 은새는 자신이 원하는 걸 말할 줄 알았다. 그리고 지훈도 그런 은새의 말을 잘 들어 주었다. 그가 은새의 다리 사이에 자리를 잡았다. 오늘따라 그의 거대한 페니스가 그녀의 눈길을 사로잡고 있었다.

"아악!"

"으윽!"

그의 페니스가 그녀의 안으로 들어왔다. 촉촉하게 젖은 그녀의 질 안으로 미끄러지듯이 들어 온 페니스였다.

퍽퍽퍽!

언제 들어도 야릇한 그들의 살 부딪치는 소리가 방 안을 울렸다.

"아아아……. 사랑해요……."

"으윽……. 나도 사랑해."

그가 허리 짓을 더욱더 세차게 하고 있었다. 마지막을 향한 몸 부림이란 걸 알고 있었다. 은새의 신경은 오늘밤 아기가 찾아와 주는데 쏠려 있었다. 이 사실을 그는 알지 못할 것이다.

"헉헉헉!"

그의 허리에 은새가 자신의 다리를 감았다. 더 많은 분신들을 받아내기 위함이었다. 아기를 꼭 갖고 싶었다. 그를 닮은 아이를 말이다.

"으으윽!"

그의 분신들이 그녀 안에 퍼지고 있었다. 이 느낌이 언제나 좋 았다. 하지만 신은 그녀에게 아기를 허락하지 않았다. 그래서 더 속이 상한 그녀였다. 그가 그녀의 위로 무너져 내렸다.

"헉헉헉……."

은새는 말없이 그를 꼭 안아주었다. 그가 얼마나 힘들게 일을 하고 그녀의 곁에 와 주었는지 알기 때문이었다.

"다음엔 너무 힘들게 일하고 오지 마요. 난 항상 이 자리에서 당 신을 기다리고 있으니까요."

"……."

그녀가 그의 등을 토닥였다. 그에게 힘이 되길 바라는 마음이었다. 그렇게 그들은 서로를 안으며 따뜻한 밤을 보냈다. 새벽까지 이어진 섹스에 은새는 거의 기절할 정도로 잠이 들었다. 눈을 떠 보니 그는 출근하고 없었다.

"바보."

그녀는 자책하며 침대에서 몸을 일으켰다. 시간을 보니 9시였다. 10시에 병원 예약이라서 그녀는 서둘러 준비했다. 이제 겨울이라서 옷을 단단히 입은 은새의 마음은 벌거벗은 채 시베리아 한복판에 서 있는 것과 같았다.

인터넷으로 검색을 몇 날 며칠을 해서 찾은 병원이었다. 우리나라 최고의 불임 전문 클리닉이었다.

"난 괜찮을 거야."

일반 산부인과와는 분위기가 달랐다. 사람들의 표정이 그리 좋아 보이진 않았다.

"고은새 씨!"

"네."

드디어 그녀의 차례였다. 의사가 그녀의 나이를 보고는 피식 웃었다.

"결혼하신 지도 몇 달 안 되고 나이도 어린데……."

"그러면 조건이 안 되나요?"

진짜 몰라서 물은 말이었다.

"아뇨, 검사는 원하시면 해 드리죠. 제 얘기는 조금 더 기다려 보시는 것도 괜찮지 않을까 해서요. 비용도 만만치 않고 힘도 많이 드는 일이니까요."

"알아요. 각오했습니다."

그녀의 단호한 말에 의사도 조금 전과는 다르게 진지하게 질문을 했다.

"남편분의 나이가 많아서 오신 건가요?"

"아뇨, 그 사람은 문제가 없어요."

"발기가 된다고 해서 정자들이 건강한 건 아닙니다. 성생활과는 많이 다르다는 말입니다. 검사를 해야 안다는 겁니다. 대부분은 같이 오셔서 검사를 받으십니다."

"오늘은 저만 할게요. 필요하면 다음에 같이 오고요."

"네, 그러시죠. 생리는 언제가 끝이었습니까?"

"그러니까……. 안 한 지 두 달이 넘었어요. 원래 불규칙합니다."

그녀의 말에 의사가 고개를 갸웃하더니 뭔가를 건넸다.

"일단은 소변 검사부터 하죠."

"네, 그런데 소변은 왜 받아야 하나요? 어떤 검사인가요?"

"임신 테스트입니다."

"했는데…… 선이 하나만 갔어요."

"너무 초기라면 그럴 수 있습니다."

은새는 속으로 아닌데 라고 생각하며 화장실로 향했다. 괜히 기대했다가 실망만 할까 봐 두려웠다. 그리고 소변을 컵에 받아갔다.

의사가 그녀의 소변에 작은 키트를 가져다 댔다.

"아니죠?"

"……."

"임신이 맞습니다."

그가 붉은 줄이 두 개인 키트를 보여 주었다.

"선생님……."

은새는 눈물이 날 것 같았다.

"너무 조급하셨네요. 축하합니다. 가까운 산부인과에 가시면 될 것 같습니다. 아시다시피 저희는 불임 전문 병원이라서요."

"네."

은새는 뛸 듯이 기뻤다. 그래서 아무런 생각 없이 SC본사로 향했다. 그가 일을 하고 있다는 건 지금 중요한 사항이 아니었다. SC본사의 경비원들이 그녀를 보고는 모두가 거수경례를 했다.

다들 그녀를 알아본 모양이었다. 민망함에 고개를 숙이며 인사를 하면서 들어간 은새였다. 갑자기 잘못 온 게 아닌가 라는 생각이 들었다. 벌써 그녀가 왔다고 회장실에 전화가 간 게 분명했다.

회장실에 도착하자 아니나 다를까 이 실장이 엘리베이터 바로 앞에서 그녀를 맞이했다.

"안녕하세요?"

"안녕하십니까?"

"그동안 잘 지내셨죠?"

"네, 물론입니다."

모두가 그녀를 보고는 자리에서 일어났다.

"저 신경 쓰지 마시고 일들 하세요."

그러자 직원들이 자리에 앉아 일을 시작했다.

"회장님은 계신가요? 제가 연락도 없이 불쑥 와서……."

"지금은 회의 중이신데 10분 정도면 끝날 것 같습니다. 잠깐 앉아서 기다리세요. 커피 드릴까요?"

"아뇨, 전 괜찮아요. 신경 쓰지 마시고 일하세요."

이 실장보다 오히려 은새가 안절부절못했다. 10분 후 사무실의 문이 열리고 다섯 명의 남자들이 나왔다. 모두가 그녀를 보고 놀랐는지 인사를 했다. 다들 모르는 얼굴인데 그 사람들은 그녀를 아는 모양이었다.

"저 들어가 볼게요."

"네."

그녀가 사무실 안으로 들어가자 지훈은 놀란 것 같았다.

"은새야."

"네, 아주 기쁜 소식을 전하려고 하니까. 내가 무슨 말을 해도 아주 기뻐해야 해요. 안 그러면 진짜 울어 버릴 것 같으니까. 그동안 내가 이것 때문에 스트레스를 너무 많이 받았어요. 밤마다 뭐가 잘못됐나 싶어서 거울을 보며 혼잣말을 하기도 하고……."

그녀의 속사포 같은 말에 지훈은 멍하게 듣고 있었다.

"내가 잘못된 줄 알고 오늘은 병원에도 가고……."

"병원?"

그가 병원이라는 단어에 민감해했다.

"내 말 막지 마요. 결정적인 말을 해야 하니까."

너무 흥분이 되었다.

"있잖아요……. 나, 임신했대요."

그의 표정을 봤어야 했다. 기쁜 것도 같고 아닌 것도 같고 아주 오묘했다.

"안 기쁘군요……."

"아니야. 기뻐."

"그런데 표정이……."

그가 자리를 박차고 일어나 그녀에게 다가와 그녀를 꼭 끌어안았다.

"기뻐…… 단지, 이솔이가 생각이 났을 뿐이야."

그의 말을 들으니 그녀가 그에 대해 배려하지 않았음을 느꼈다.

"미안해요. 내 생각이 짧았어요……."

그런 그녀를 지훈이 꼭 안아주었다.

"기뻐."

"알아요."

"걱정했어?"

"네, 우리가 하는 거에 비하면 너무 안 생기니까……."

"우리가 하는 거?"

"놀리지 말아요."

그가 그녀를 꼭 끌어안고는 웃었다.

"병원에 간 거야?"

"아직 산부인과는 안 갔어요."

"병원이라며?"

"불임클리닉이요."

"뭐? 은새가 이렇게 참을성이 없는 줄 몰랐는데? 결혼한 지 얼마나 됐다고……."

"하지만 우리가 하는 것에 비하면 아기가 안 생긴 거라고요."

"알았어."

그가 은새를 달래 주었다. 지금은 너무 기쁜 순간이었다.

"어머니, 아버지께 말씀드려야겠다. 정말 좋아하실 것 같아."

그가 전화를 걸었다. 그리고 아기 이야기를 하자 너무나 기뻐해
주셨다. 은새도 어른들의 반응에 기분이 좋았다.

"산부인과는 어머니가 추천해 주신데."

"알았어요."

그가 갑자기 재킷을 집어 들었다.

"어디 가시게요?"

"축하해야지. 그리고 지금은 점심시간이고."

시간을 보니 그의 말이 맞았다. 그는 자신이 직접 차를 몰아 은
새를 데리고 어디론가로 향했다.

"점심 안 먹어요."

"조금만 참아."

그가 그녀를 데리고 간곳은 서울 외곽에 있는 납골당이었다.

"여기는⋯⋯."

"우리 이솔이와 새미에게 인사를 시켜주고 싶었어. 우리 새로
운 식구를 말이야."

그는 앞장서서 걸어갔다. 은새는 괜히 마음이 짠했다. 그래서
조용히 그의 뒤를 따르기만 했다. 그들이 도착한 곳에는 '윤새미'
와 '현이솔' 이라는 묘비가 있는 가족묘였다.

"이렇게 같이 있어야 외롭지 않을 것 같아서……."

그의 목소리가 떨리고 있었다.

"인사드려요. 은새예요."

은새가 묘에 대고 인사를 했다.

크고 화려한 묘였다. 다들 선산에 묻는데 이솔이와 새미는 따로 이곳에 묻었다고 했다.

"뱃속에 아가도 인사드려요. 멀리서도 저희를 지켜주세요."

"……."

그는 조용히 눈물을 흘리고 있었다.

"잘살게요."

은새는 꼭 이 말을 하고 싶었다. 지훈과 은새는 한참을 그곳에 있다가 나왔다.

"고마워요."

"뭐가?"

"이렇게 데려와 줘서요. 언제나 마음에 걸렸거든요."

지훈은 은새를 태우고 그곳의 작은 음식점으로 향했다.

"배고팠지?"

"아뇨."

늦은 점심을 먹은 그들은 서울로 향했다.

"이렇게 무단으로 나오고 그러면 회사에서 잘려요."

"가고 있습니다. 회장님."

"어머, 자기가 회장이면서."

"내 마음속이 회장은 언제나 고은새야."

그가 그녀의 손을 꼭 잡았다.

"오늘 함께해 줘서 고맙고……."

그들은 서울을 향하는 동안 거의 말을 하지 않았다. 은새는 이제 창밖의 하늘을 보며 감사의 인사를 했다. 그리고 다짐했다. 앞으로 잘살겠다고 말이다.

이런 남자를 허락해 줘서 너무나 고맙다는 인사도 했다.

하늘은 화창하고 구름 한 점 없었다. 마치 알았다고 답하는 것처럼 말이다. 은새는 남편의 어깨에 기댔다. 그리고는 행복한 미소를 지었다. 세상에서 그녀가 제일 행복한 것 같았다.

"언제 이 여자다 싶었어요."

"첫날."

"언제 첫날이요?"

"김 사장이 당신을 보낸 첫날."

"언제요?"

"당신을 안은 후에……."

그는 그녀와 잠을 잔 후에 알았다고 했다. 이렇게 끌리는 여자는 처음이었다고 말이다. 은새도 생각했다. 그를 본 순간 그녀는 예사롭지 않음을 느꼈다고 말이다. 그렇게 그들의 인연은 뜨거움에서 시작이 되었지만 그들의 사랑은 영원할 거라고 말이다.

에필로그

넓은 잔디밭에 뛰어 노는 아이는 하나인데 이를 지켜보는 어른들은 수없이 많았다.

"애가 어디 답답해서 놀겠어요? 다들 관심들을 산뜻하게 집어넣으시고 일들 하시죠."

"……"

그녀가 말을 해도 다들 답이 없었다. 다빈이가 세 살이 되었는데도 아직까지 그들은 갓난아기에게 해 주듯이 다 해 주고 있었다.

"말순, 명자, 숙희 씨는 주방으로, 강 집사님과 김씨 아저씨는 정원으로. 유모만 남아 계세요. 빨리요."

모두가 자리에서 사라지자 답답함이 조금 덜했다.

"애를 도대체 몇 명이 키우는지 모르겠어요."

"이제 뱃속에 공주님이 나오면 더할 텐데요."

"하긴 회장님은 완전히 딸아이 물건 사느라 정신이 없어요. 태어나기 전에도 이런데, 태어나면 안 봐도 비디오예요."

강 집사가 달려왔다. 이번엔 더한 사람들이 왔다.

"다빈아! 현다빈!"

시어머니와 시아버지였다.

"오셨어요?"

"아니 일어나지 마라. 그대로 있어."

만삭인 그녀를 과보호하시는 시어른들이었다.

"밥은 먹었어?"

"어머니 덕에 저 몇 킬로그램이나 늘었는지 아세요?"

"그래도 잘 먹어서 다행이야."

오늘도 양손 가득 뭔가를 가지고 오셨다.

"뭐예요?"

"뭔지 묻지 말고 먹어. 아주 몸에 좋은 거니까."

어머니는 그녀와 말을 하지만 눈길은 다빈에게 가 있었다. 현명예회장과 잔디밭에서 노는 다빈이었다.

"어머니, 다빈 아빠 좀 말려 주세요."

"왜?"

"내일 여기 잔디밭 없애고 애들 놀이 시설이 들어온데요."

"다빈이가 놀겠다면 해 주는 게 좋지."

말이 안 통하는 집이었다. 솔직하게 속으로야 좋지만 다빈이가 버릇이 없어질까 봐 걱정이었다.

"지훈이는 일찍 들어와?"

"네, 매일 칼퇴근이에요. 다빈이랑 노는 거 되게 좋아해요."

시어머니는 아들의 상처가 그녀로 인해 많이 치유되었다고 생각하는 것 같았다. 시어머니라기보다는 그냥 엄마 같았다.

"예정일이 언제지?"

"정확하게 3주 남았어요."

"한 달도 안 남았구나."

"네."

그때였다. 친정엄마도 운동을 하고 집에 가는 길에 그녀의 집에 들렀다.

"오늘도 같은 멤버네요."

이렇게 모이고 나서 저녁은 그녀의 집에서 먹고 헤어지는 게 거의 매일 반복되었다. 그래도 은새는 가족이 함께할 수 있다는 것에 감사했다.

"저녁 먹고 가세요. 지금……."

배가 갑자기 사르르 아프기 시작했다. 막달이라서 뭉치는 거라고 하기엔 아팠다.

"왜 그래?"

그녀의 표정을 본 엄마가 물었다.

"아니야……."

"아니긴. 배 아픈 거야?"

"약간……."

그녀가 다시 인상을 썼다. 그러자 엄마가 그녀를 다시 의자에 앉혔다. 그때였다. 갑자기 양수가 터져 버렸다. 아무런 징후도 없이 갑자기 아프더니 양수가 터졌다.

"엄마……."

은새는 너무나 두려웠다. 순탄하기만 했던 다빈이의 출산과는 상황이 달랐다.

"빨리 차에 태워."

그녀는 그렇게 갑작스럽게 병원으로 가게 되었다. 지금 이 순간 가장 보고 싶은 건 지훈이었다.

"엄마…… 지훈 씨 보고 싶어……."

"금방 올 거야. 그러니까 마음 편하게 가져."

"응……."

배는 아파 오고 불안했다. 그렇게 도착한 병원에서 은새는 진통의 절정을 느끼고 있었다. 너무나 빠른 전개에 당황스러울 따름이었다. 아이를 낳은 후에야 지훈을 볼 것 같았다. 지훈의 얼굴을 한 번 보고 나면 좋을 것 같은데…….

"은새야!"

지훈이었다.

"괜찮을 거야. 은새, 잘할 수 있지?"

"네."

이제야 안정된 마음으로 분만실로 들어가는 은새였다.

"신발 하나는 어디에 두고?"

아래를 내려다보니 실내화 한 짝만 신고 있었다. 잠시 후에 이 실장이 헐레벌떡 그의 구두를 들고 와서야 미친 사람 같지 않았다.

"정신이 그렇게 없어 가지고…….쯧쯧쯧."

명예회장이 그를 보고는 혀를 찼다.

"죄송합니다."

"죄송할 것 없어. 네 아버지는 더하면 더했지 덜하진 않았으니까."

유 여사가 그의 편을 들어 주었다. 장모님은 기도를 하고 계셨고 모두가 걱정과 기대감을 가득 담은 얼굴로 분만실 앞을 지키고 있었다.

"고은새 씨 보호자분."

"네?"

"예쁜 공주님의 출산을 축하드립니다."

분만실로 들어간 지 한 시간도 되지 않아 아기를 낳았다. 지훈
은 딸이란 소리에 자신도 모르게 눈물이 흘렀다. 간호사가 웬일인
지 빠르게 분만실 안으로 들어갔다. 그러더니 이번엔 의사가 나왔
다.

간호사가 그들을 알아본 모양이었다. 잠시 후에 원장이 직접 내
려왔다.

"축하드립니다."

"감사합니다."

SC병원은 우리나라 최고의 의료 기관이었다. 원장 얼굴 보기가
하늘의 별 따기인데 그들의 경우는 달랐다. 그들은 원장과 함께
신생아실로 가서 아이를 보았다. 지훈의 눈가가 다시 촉촉해졌다.

이솔이가 다시 태어난 것 같았다. 새미와 은새가 닮았듯이 이솔
이와 아기도 닮아 있었다. 지훈은 은새가 입원해 있는 방으로 들
어가서는 퉁퉁 부어 있는 은새의 손을 잡았다.

"고생했어."

"애기는요?"

"예뻐, 은새랑 똑같이 생겼어."

"안 되는데. 당신 닮아야 하는데……."

"닮은 녀석은 하나 있잖아."

은새가 키득거렸다. 지훈은 은새의 손을 꽉 잡았다.

"고마워. 그리고 사랑해."

"저도 사랑해요."

은새가 그가 좋아하는 화사한 미소를 지었다. 그의 목표는 딸 둘, 아들 둘 모두 네 명의 아이들이었다. 그들이 넓은 잔디밭에서 뛰어노는 모습이 보고 싶은 지훈이었다.

은새와 함께 노력해야 할 부분이지만 생각만 해도 기분이 좋아지는 지훈이었다. 그들의 모습은 많은 언론에 노출이 되었고 조용한 삶은 아니지만 그 안에서 평범하고 조용한 삶을 살려고 노력하는 지훈이었다.

"우리 앞으로도 행복하자."

"네."

"내가 노력할게."

그는 은새의 입술에 입을 맞추었다.

"우리는 안 보이냐?"

아버지가 한마디 하셨다.

"모르는 척해 주세요."

그의 말에 아버지와 어머니가 병실 밖으로 나가셨다. 잠깐 동안이지만 지훈은 둘이 있을 때 은새에게 애정 표현을 많이 해 주었다. 이제 조리를 하는 동안은 그녀가 그림의 떡이란 걸 지훈은 알기 때문이었다.

"금욕의 계절이 왔어."

"호호호."

한순 섞인 그의 말에 은새가 웃음을 터트렸다.

"이렇게라도 좋으니 다행이야."

"시간은 금방 가요."

그녀의 말이 맞았다. 시간은 금방 간다. 그래서 더 아쉽고 더 소중한 것이다. 지훈은 그들의 행복을 위해 인내하며 앞으로 한발 더 나아가기로 마음먹었다. 은새와 지금의 아이들 그리고 미래의 아이들과 함께 오래오래 행복하기 위해서…….

··· THE END ···